СЕРГІЙ ГЕРМАН

Published by Virgola Press, New York
www.virgolapress.com

ISBN: 978-1-968788-09-4

Дружині Анні

СЕРГІЙ ГЕРМАН

ЗМІСТ

ЧАСТИНА ПЕРША

I

«Може, мій підзахисний і сподівався, що йому допоможуть знайти вихід із ситуації, в якій він опинився: людській натурі властивий оптимізм. Але за вкрай складних обставин, не зважаючи на важку провину, він власноруч пробив собі дорогу до глибокого розуміння того, що трапилося, і тоді вже тримався її, не збиваючись на манівці... Хоча через політичне каліченя власного морального «я» і під тиском злочинних наказів цей чоловік нагромадив на собі важкі гріхи, він усе ж готовий до спокути... Кара не повинна знищити підсудного. Високий Закон і християнське милосердя можуть допомогти злочинцеві врешті-решт прийти до Бога, ми не повинні перешкоджати цьому».

Докторові Гельмуту Зайделю здалося, що у цьому місці головуючий у процесі суддя Третього карного сенату федеральної судової палати Гейнріх Яґуш стишив голос і, перш ніж оголосити вирок, на якусь мить зупинився. Найвірогідніше, він хотів перевести дихання, бо промова була довгою і тривала вже понад сорок хвилин. Не виключено, що причини тієї короткої паузи, якої могло і не бути і яка могла виявитися лише плодом уяви доктора Зайделя, полягали в іншому. Наприклад, у спробі довести тишу, що панувала у судовій залі, до повного абсолюту, ідеалу, довершеності, до, так би мовити, найвищого звучання, чи радше – німоти, порожнечі, можливих лише за певних особливих обставин. А може, й навпаки – це напруження зали, понад сто людей, завмерлих в очікуванні близької розв'язки драми, глядачами і водночас учасниками якої вони були протягом останніх шести днів, передалося судді Яґушу, і він мусив зупинитися, аби вгамувати хвилювання.

Усяке могло трапитися, але чи було так насправді, чи ні – доктора Зайделя зараз це вже не дуже цікавило. Він знав, чим закінчиться промова судді, якими будуть останні слова усного обґрунтування вироку, розумів, що виграв справу. Усвідомлення перемоги прийшло вже після перших слів судді Яґуша, і з того моменту він лише чекав підтвердження своїм передчуттям. Вони не забарилися: дійшовши до правничої оцінки справи, суддя погодився з прокурором у тому, що вбивцею є той, хто підступно вбиває людину, але відразу застеріг – у випадку якщо злочинець здійснює замах з власної ініціативи. Якщо ж ні, а захист дав цьому переконливі докази, слід визнати підсудного не вбивцею, хоча це він здійснив акти вбивств, а лише інструментом, помічником тих, хто є реальними замовниками обох злочинів і хто наразі перебуває далеко від палацу судочинства в Карлсруге.

Лишалося дочекатися, коли у цьому процесі буде поставлено крапку, і привітати себе з блискучою перемогою, яка викличе неабияку дискусію серед правників не лише в Європі, а й за океаном. Не вбивця, а лише помічник злочинця, хоча в обох випадках стріляв у своїх жертв саме він...

«Тобі вдалося переконати суддів, – казав собі доктор Зайдель, спостерігаючи за реакцією зали на слова, що лунали з уст головуючого і ясно вказували, на чий бік хилиться чаша терезів. – І навіть якщо знайдуться такі, що вважатимуть вирок невиправдано м'яким порівняно зі скоєними злочинами (а такі знайдуться і звинувачуватимуть у всьому мене), я можу з чистим сумлінням, дивлячись їм у вічі, заявити, що не намагався вигороджувати свого підзахисного, послуговуючись правничою казуїстикою чи сумнівними аргументами. І якщо вважати цей процес політичним, то тим паче не можна ігнорувати той очевидний факт, що підсудний був лише знаряддям убивства, властиво, без права вибору. Тим часом буде створено прецедент – і цей вирок матиме далекосяжні правничі наслідки. Вам це вдалося, докторе Зайделю…»

– Суд постановив: покарання становить вісім років каторжної тюрми із зарахуванням часу слідства, – відкарбував останні слова вироку суддя Ягуш. У широкій тозі темно-вишневого кольору він був схожий на римського прокуратора. Лише великий берет на голові судді не давав сплутати епохи і власне процес, який міг мати місце винятково у другій половині XX століття.

Він поклав текст вироку на зелене сукно і перевів погляд на залу. Суддя Ягуш знав, що з усіх присутніх на процесі чимало належало до людей зі служби генерала Гелена і поліції. Зважаючи на сенсаційні зізнання, що звучали тут, існувала велика вірогідність спроб примусити підсудного замовкнути назавжди. Тому вже на прилеглих до суду вулицях снувала сила-силенна поліцейських і агентів у цивільному. Усіх кореспондентів, які зверталися за акредитацію, ретельно перевіряли. При цьому послуговувалися простою засадою: чим менше їх перебуватиме у залі судових засідань, тим вищою буде вірогідність запобігти замаху.

Агенти були навчені контролювати свої емоції. Завдяки цій стриманості суддя Ягуш одразу вирізняв їх з-поміж присутніх. Однак у мить, коли пролунали зачитані ним останні слова вироку, всі обличчя, звернуті в його бік, усі постаті, що ніби підвелися зі стільців і застигли в очікуванні підтвердження своїх передчуттів чи навпаки – їх неґації, злилися в один суцільний відрух. Енергія співпереживання, що накопичувалася у цій залі протягом останніх шести днів, тепер вирвалася назовні.

Журналісти кинулися хто в коридор, аби якнайшвидше дістатися до телефонів, щоб передати до своїх редакцій звіти про перебіг останнього дня процесу, хто до суддів, хто до позивачів. Кількоро репортерів з блокнотами в руках пробиралися крізь залюднену залу до Зайделя.

Гельмут Зайдель мав усі підстави бажати зустрічі з журналістами, можливо, навіть влаштувати прес-конференцію. Це був його день. Завдяки обраній ним лінії захисту і сьогоднішньому виступу ім'я адвоката Зайделя мало усі шанси опинитися на перших шпальтах газет, що робило його одним із найбільш успішних адвокатів. Він розумів, що слід закріпити успіх і найкращий спосіб домогтися цього – дати якомога більше інтерв'ю. Однак саме зараз, у цю мить, Зайдель відчував потребу усамітнитися, щоб трохи заспокоїтися, бо на що він не мав права – це дати нагоду своїм конкурентам і заздрісникам використати випадкове недокладне висловлювання, аби применшити сьогоднішній успіх. Тому інтерв'ю, заяви, коментарі та всю іншу марноту, на яку приречена публічна особа, – усе це слід було відкласти на день-два.

Користуючись тим, що в залі запанував гармидер, Зайдель швидко повкидав до теки папери і, пірнувши у юрбу навколо столу головуючого, почав просуватися до бічного виходу.

Як не дивно, але йому вдалося вибратися непоміченим. Журналісти чатували біля головного входу до зали засідань. Двері, з яких вийшов Зайдель, були розташовані в протилежному кінці коридору, звідки можна було завернути за ріг і таким чином дістатися широких сходів, що вели до масивних вхідних дверей, оздоблених візерунками з кутого заліза.

Надворі в обличчя пахнув теплий вітерець. Після кондиціонерів, які працювали у залі суду, здавалось, що в жовтні до Карлсруге повернулось бабине літо. Біля будинку судочинства все ще сновигало багато поліцейських. Зайдель вирушив у напрямку Герценштрасе, сподіваючись, що тут його ніхто не перестріне. Однак це вдалося лише частково – біля гасштете, куди він прямував, його наздогнав колега – адвокат Вальтер Бренер. Втім, це були мінімальні втрати, і Зайдель запросив його з собою.

У гасштете було гамірно. Усі столики виявилися зайнятими – зближався час mittagessen. Помітивши Зайделя і його супутника, кельнер швидко оцінив ситуацію, якусь мить розмірковував, а відтак дав знак рухатися за ним. У глибині зали за колоною стояв вільний столик на двох осіб.

– П'ятниця, можна дозволити собі налаштуватися на комфортніший режим праці. Ну, а ви, колего, маєте повне моральне право забути про роботу, принаймні, до понеділка. Ви виграли дуже складну справу. Я хочу вас щиро з цим привітати, – сказав, звертаючись до Зайделя, адвокат Бренер. Він був досвідченим правником, Зайдель іноді з ним консультувався.

– Дякую. Ви знаєте, я не маю схильності переоцінювати свої здобутки, як і можливості. Але сьогодні я отримав сатисфакцію після того, як суддя Яґуш завершив виголошення вироку.

Зайдель відкинувся на спинку стільця і щойно тепер відчув полегшу: він міг говорити про цей процес у минулому часі. А ще зранку, коли збирався до суду, ця перспектива видавалася йому вельми віддаленою.

– Не лише ви. Взагалі, як на мене, це був винятковий процес. Безпрецедентний. Принаймні, я не пригадую подібних справ, які розглядалися б у федеральному суді першої інстанції. Фактично, завдання суду полягало у тому, щоб довести правдивість зізнань підсудного. Він сам себе оскаржував – неймовірно! А як ви охарактеризували б цей процес: як політичний чи все ж кримінальний? – запитав Бренер. Він мав збуджений вигляд.

– Гадаю, цей процес був, у першу чергу, політичним. Якби у ході слухання справи сформувався суто кримінальний підтекст, я впевнений, що остаточний вердикт був би іншим – значно суворішим. Ви маєте рацію, моє завдання полегшувалося поведінкою підсудного, його ці-

лковитою щирістю, що створювало ефект самооскаржен-
ня. Однак сама по собі готовність співпрацювати зі слі-
дством і повна відкритість не гарантували поблажливості
суду. Моє завдання полягало у тому, щоб створити
правничий прецедент – довести, що коли убивця діє за
наказом згори, ба більше – за наказом вищого державного
керівництва, його дії слід розглядати, як дії помічника
злочинців. Тобто вбачати у ньому інструмент виконання
злочинного наказу, – відповів Зайдель.

До столика підійшов кельнер, і вони замовили два
Augustinerbrau.

– Як на мене, прихильність суду до вашого підзахис-
ного була спричинена і тим великим позитивним вражен-
ням, який принесли його свідчення, – зауважив Бренер.

– Завдяки йому вільний світ довідався про методи,
якими послуговується Кремль. Його зізнання дають
Заходу потужні козирі у протистоянні з росіянами. У
часи «холодної війни» це набагато важливіше, аніж
демонструвати військову перевагу. Публічне викриття
дворушництва на перемовинах! Який удар може бути до-
шкульнішим? Крім усього іншого, тепер Совєти змушені
будуть відмовитися від застосування зброї, застосованої в
Мюнхені. Я не думаю, що вони відмовляться від своїх
методів, але на винайдення нових способів індивідуально-
го терору знадобиться не один місяць. А за цей час може
багато чого змінитися.

– Ця справа, поза всяким сумнівом, має багато вимі-
рів, і частина з них у ході процесу була знехтувана, – за-
уважив Зайдель. – Гадаю, найближчим часом ми
матимемо нагоду почути критичні закиди стосовно
м'якості вироку. І йтиметься у них про те, що тут не мину-
лося без тиску з боку Ізраїлю та його друзів у Штатах. Такі
самі настрої, ймовірно, переважатимуть і серед поляків...

— Ті не наважаться висловлювати їх відкрито, бо зовнішня політика Варшави визначається у Москві. — Не в тім річ, — заперечив Зайдель.

— Погляд на українське підпілля на Заході не є однозначним. Відомо, що цей рух застосовував не менш брутальні методи боротьби. Тому будуть спроби звинуватити нас у тому, що терор українських націоналістів на цьому процесі був свідомо проігнорований.

— Колего, українські ребеліанти справді менш за все нагадують скаутську організацію, але погодьтесь: предметом цього процесу були не методи українського націоналістичного підпілля. Цим нехай займаються інші. На процесі йшлося не про ґенезу українського руху опору, а про таємну операцію Москви на території суверенної держави, в даному випадку — нашої. Я не виключаю, що Москва могла сфабрикувати певні епізоди терору повстанців проти цивільного населення...

— Це правда, — погодився Зайдель. — Аби втовкмачити у свідомість мого підзахисного переконаність у тому, що він бореться з бандитами, вони могли вдатися і до таких методів. Росіяни готували його для здійснення операцій виняткової складності й важливості, бо залежало на тому, щоб вишколити з нього не лише суперагента, а й фанатика, готового віддати життя за перемогу світового пролетаріату. Але так діють усі розвідки світу. Візьміть для прикладу Моссад. Його агентура повинна беззастережно вірити в ідею відродження втраченої державності. Задля цього проти ворогів Ізраїлю можна вжити будь-яку зброю і не потерпати при цьому від докорів сумління. Мій підзахисний теж діяв з ідеологічних переконань. За виконання двох замахів він отримав у нагороду фотоапарат і орден. Погодьтеся — не так багато. Він був упевнений, що бореться за краще життя свого народу, за те, щоб війна нарешті закінчилася. УПА не дуже перебирало у засобах, коли карало за колаборацію з Совєтами...

Зайдель надпив Augustinerbrau. Він починав відчувати, як поволі позбувається напруження, що не попускало його протягом довгих шести днів. Сьогодні вночі, напередодні вирішального дня процесу, він погано спав, знову і знову обмірковуючи свій виступ на суді, його ключові позиції. Вже коли почало світати і погідний день 19 жовтня 1962 року став несміливо зазирати у широке вікно, він не витримав, підвівся з ліжка і пішов до кабінету, де на письмовому столі лежав текст промови.

«Було б помилкою порівнювати мого підзахисного з паном Мольтке, який, перебуваючи, скажімо, у Ганновері, обмірковує, як замордує власну жінку, – почав читати Зайдель, узявши сторінку навмання. – Пан Мольтке може без примусу ухвалити рішення, яке відповідає загальновизнаним нормам моралі, й сказати собі: я цього не зроблю. Я продовжуватиму сидіти у кав'ярні, а потім подамся до свого бюро. Однак для підсудного зважитись не виконати наказ своїх зверхників означало підписати собі смертний вирок, бо як діє каральна служба совєтів він добре знав: прецінь сам був виконавцем таких вироків. Чи можемо ми узяти на себе відповідальність стверджувати, що ось за ось таких обставин (які можемо виразно окреслити) людина повинна знехтувати своїм життям, а за інших – ні? Чи маємо ми на це моральне право?».

Назагал Зайдель лишився задоволений цим пасажем, але, згадавши про теплу постіль, з якої щойно підвівся, вирішив посилити текст. У новій версії пан Мольтке розмірковував про ймовірність вбивства дружини, лежачи з нею під боком у ліжку, а коли ухвалив рішення, яке не суперечить моральними засадами християнина, говорив собі: «Я цього не зроблю, я спатиму далі». Попри певні ризики видатися занудним моралізатором, відредагований варіант здався Зайделю більш переконливим. «Судді обов'язково повинні звернути увагу на цей аргумент, запам'ятати його. Він є вирішальним, на ньому вибудувана уся лінія захисту, – думав він. – Тому краще бути звинуваченим у занудності, аніж у слабкій аргументації».

Відтак він продовжував читати: «Отже, неправильно вважати, що ми можемо підходити до підсудного з такою самою міркою, як до людини, спроможної в нашому правовому суспільстві вільно ухвалювати рішення, що відповідають нормам моралі. Наше кримінальне право призначене для оцінювання карних вчинків, але воно має певні недоліки, коли йдеться про злочини, організовані державою. Це два зовсім різні типи злочинів».

Іншими словами, Зайдель пропонував розглядати справу свого підзахисного з позицій визначень, яких немає у Кримінальному кодексі Федеративної Республіки Німеччини. Таким чином, могли виникнути ускладнення, тому що суд візьме до відома головні аргументи захисту, але може відхилити їх, посилаючись на юридичне визначення злочинів такого штибу в чинному законодавстві. Водночас, це був шанс створити важливий прецедент.

Від спогаду про минулу ніч Зайделя відволік голос Бренера.

– Вертаючи до проблеми нищення євреїв українськими націоналістами, можна очікувати, що у пресі з'являться нагадування про Шварцбарда, його виправдання паризьким судом, – зауважив той. – На цьому тлі вісім років з урахуванням часу слідства для вашого підзахисного видаються не таким уже й умовним покаранням. – Мені теж так здається, – погодився Зайдель. – Але навіть якщо будуть спроби акцентувати на поблажливості суду, то це питання не до мене. Ви знаєте, я не належу до людей, схильних плутати політику з професійним обов'язком...

Пара – молодий пристойний чоловік з тоненькими чорними вусиками і середніх літ жінка, одягнута дорого й зі смаком – підвелися з-за сусіднього столика і попрямували до виходу. Зайделю здалося, що він бачив їх сьогодні на процесі. «Мабуть, мені ще довго ввижатиметься у кожному перехожому хтось, хто міг бути протягом цих шести днів у суді в Карлсруге, – подумав він, відпроваджуючи їх поглядом. – Та й сам я ледве чи забуду колись цю справу».

– При всьому бажанні ми не можемо абстрагуватися від політики. Те, що сьогодні відбулося в Карлсруге, і те, що від18 бувається на Кубі, – події одного ґатунку. Совєти потайки розмістили ракети під самим носом у американців...

– Стосовно росіян я собі дозволю з вами не погодитися, – заперечив Зайдель. – Росіяни зробили це у відповідь на інсталяцію американських «Юпітерів» у Туреччині. Я не є симпатиком Совєтів, але задля об'єктивності слід визнати, що американці поводяться не менш брутально. Ви гадаєте, вони зупинилися б перед фізичним знищенням своїх супротивників, якби йшлося про загрозу національній безпеці Сполучених Штатів? Думаю, що ні. І діяли б не менш рішучо, щоб не сказати підступно, ніж Совєти. Але, по-перше, розвідка будь-якої країни, не має значення якої – вільної чи комуністичної, – є ефективною лише тоді, коли досягає мети. Інша річ, що внутрішнє законодавство повинно в той чи інший спосіб дозволяти такі дії і при цьому не суперечити міжнародному праву.

– Але ж це практично неможливо.

– Правильно, тому нинішній процес був політичним.

Зайдель з Бренером ще деякий час розмірковували про те, чим може закінчитися Карибська криза і як довго американці залишатимуться у Федеративній Республіці. Стосовно присутності янкі в Німеччині їхні думки не збігалися. Бренер вважав, що нічого небезпечного у цьому немає, позаяк американці є тією силою, яка остуджує гарячі голови в Москві. Зайдель стояв на позиції, що їхня присутність обмежує суверенітет німців і стримує процес об'єднання Німеччини.

– З чого ви взяли, що без американців Совєти не погодяться на об'єднання на основі наших пропозицій? –

запитав він, коли вони вийшли на вулицю. – Європейську безпеку гарантує НАТО, а це не лише Америка. Якщо американці підуть, росіяни теж змушені будуть звільнити Східний сектор. І лише тоді відкриється шлях до владнання наших внутрішніх справ.

Стояв погідний осінній день. Було доволі тепло, наче літо бажало залишити по собі останній живий слід перед тим, як остаточно поступитися холодним осіннім дощам. Поліцейські кудись пощезали, перехожі пересувались неквапно, намагаючись максимально насолодитися диханням жовтня та спокоєм, який переповнював вулиці міста. Так само без поспіху рухалися вулицями авта. Водії проводжали поглядами велосипедистів, які могли будь-якої миті завернути до скверу чи парку. Алеї і доріжки у парках були такими само чистими, як вода у штучних ставках і озерцях, про які подбали архітектори, відновлюючи це понівечене війною місто.

– Ви великий романтик, колего, – зауважив Бренер. – Присутність американців є фактором стримування Москви. Однак на перешкоді об'єднання Німеччини стоїть не військове протистояння. Об'єднання відбудеться лише тоді, коли німці на Сході переконаються у тому, що німці на Заході живуть краще, ніж вони. Я не думаю, що на це знадобиться аж так багато часу. Цілком імовірно, що ми з вами ще доживемо.

Сподіваюся, – сказав Зайдель, подаючи на прощання руку. – Ваш підзахисний втік на Захід, бо там він бачив краще життя?

– Ні, – відповів задумливо Зайдель. – Він зважився на такий крок зовсім з інших міркувань. Гроші його не дуже цікавили. Не забувайте, він – продукт комуністичної системи. Цій системі треба віддати належне: вона уміє виховувати людей, позбавлених потреби матеріальних вигод. Попри те, що радянці є атеїстами, їхній відданості абстрактній ідеї могла б позаздрити будь-яка релігія. Ви пригадуєте, як він відреагував на запитання адвоката однієї з потерпілих, чи вручення йому ордена мало підстави до грошової винагороди?

— Пригадую. Він сказав, що це не американська відзнака. Мовляв, американці платять своїм героям, а совєтські патріоти ідуть на смертельний ризик заради ідеї. Але ви не відповіли на моє запитання...

— Він порвав із КДБ через жінку...

— Ви хочете сказати, що його зрада була подиктована причинами суто особистого характеру?

— Це можна назвати як завгодно — зрадою, прозрінням, моральним переродженням, зміною політичних поглядів або ще якось там — не має значення. Чи Йосиф Флавій був зрадником, коли перейшов на бік римлян? Історія давно забула про це. Зате вона запам'ятала «Іудейську війну». Важливі не мотиви — їх можна спрепарувати для суду в найбільш вигідному для підзахисного вигляді. Важливі наслідки цієї, як ви кажете, зради. Йосиф Флавій, до прикладу, написав добру книжку.

— У даному випадку наслідки теж виявилися досить позитивними. Якщо, звичайно, погодитися, що політичні дивіденди можуть компенсувати смерть двох людей. Отже, сенсаційним зізнанням на процесі ми завдячуємо жінці?

— Я думаю, це очевидно, колего, — сказав доктор Зайдель, натягуючи рукавички. — Мій підзахисний з власної волі ніколи не зважився б піти проти КДБ. Але одного дня він закохався, а дівчина виявилася з характером. Банальна історія, чи не так?

II

Перукарня на Блюхерштрасе в американському секторі складалася з трьох приміщень. У першому — середніх розмірів кімнаті з широким вікном-вітриною на вулицю, що, власне, й слугувала за перукарню, біля стіни, затягнутої сатином у квітки, стояло два продовгастих столики, над якими висіли овальні дзеркала, і два крісла з високими спинками. Ще кілька таких самих крісел стояли під стіною. В куті, за маленькою ширмою, розміщався умивальник із широким нікельованим краном, прикритий знизу дерев'яним пеналом, виготовленим із того самого дерева і у тому самому стилі баухауз, що й столики під дзеркалами. З протилежної від вхідних дверей стіни були двері, що вели у друге приміщення – невеличку кімнату з віконцем на задній двір, в якій містилися маленький письмовий стіл із телефоном, кутова шафа з дверцятами і висока відкрита етажерка з акуратно складеними гросбухами. У третьому приміщенні, до якого вели двері з головної зали, була вбиральня з умивальником, унітазом, полицями з рушниками та іншим дріб'язком, необхідним для обслуговування клієнтів.

Фрау Шульце – літнього віку жінка, власниця перукарні – вважала, що її заклад цілком заслуговує на те, аби вважатися кращим у дільниці. Серед її постійних клієнток були такі, що могли дозволити собі зачіски не лише з оказії урочистостей, а й значно частіше – три-чотири рази на тиждень. Зазирали сюди і дружини американських офіцерів, і журналістки, яких розділений навпіл Берлін, крім усього іншого, вабив з суто професійних зацікавлень.

Фрау Шульце здебільшого займалася бухгалтерією, при цьому двері до її кабінету весь час лишалися відчиненими, і вона могла спостерігати за тим, що відбувалося в салоні. Одного дня вона побачила, як до зали несміливо увійшла середнього зросту дівчина і зупинилася, зніяковіло роззираючись. На той момент у перукарні майстрині сиділи без діла. Одна з них усміхнулася до дівчини і показала на крісло ближче до вікна-вітрини: «Прошу, фройляйн. Як будемо зачісуватися?»

Фройляйн, однак, продовжувала стояти, а по якійсь хвилині, долаючи ніяковість, сказала, що вона за оголошенням.

– Тоді це туди, – вказала майстриня на двері до кабінету фрау Шульце. Її погляд не приховував зацікавленості.

Дівчина попрямувала, куди їй вказали, але увійти не наважувалася. Вона чекала, поки літня фрау, що сиділа за секретером, відведе очі від своїх паперів.

– Заходь, дитино, – сказала нарешті фрау Шульце, оцінюючи дівчину, яка застигла на порозі. На вигляд їй можна було дати років сімнадцять-вісімнадцять – не більше.

Назвати її красунею – означало б свідомо не помітити дещо невиразних ліній обличчя, надміру вузько зведених очей і копиці недбало зачесаного темного волосся, яке, вочевидь, було надто жорстким і неслухняним, аби триматися певної форми. Однак постава дівчини була ідеальною, що вкупі з залишками підліткової незграбності робило її привабливою для чоловіків.

«Таке собі юне чупірадло», – охарактеризувала її для себе фрау Шульце.

– Отже, фройлян прочитала в газеті наше оголошення? Але, якщо фройлян звернула увагу, там вказано, що заклад шукає досвідченого майстра, а не ученицю...

На слові «досвідченого» власниця салону зробила притиск.

– Так, я зауважила. Але я маю досвід... Я закінчила курси перукарів у східній зоні, а потім ще вчилася у фрау Хорн. Після цього вона взяла мене на роботу.

– І чому ж ти вирішила від неї піти?

Відповідь забарилася. Дівчина мовчала. Врешті промовила:

– Я хочу працювати у західному секторі. Мені тут більше подобається.

Голос у неї був низький, навіть трохи хрипкий.

Фрау Шульце зміряла дівчину поглядом. Вона вагалася: відправити юну прохачку туди, звідки та з'явилася, чи дати їй шанс.

— Гаразд, дитино, — постановила фрау Шульце. — До речі, як ти називаєшся?

— Інґе.

— Добре, Інґе, можемо спробувати. Зараз підемо до салону, і ти зачешеш мене. Тоді вирішимо, наскільки доцільно продовжувати розмову.

У салоні фрау Шульце сіла у крісло. Інґе поглянула на інструмент, що лежав на столику під дзеркалом — ножиці для стрижки Hercules, для манікюру — Nippes. Цей інструмент вважався у перукарів професійним.

Зачіска власниці салону відповідала її вікові, й змінювати її не мало сенсу — так, злегка підправити, не більше. Але Інґе мусила продемонструвати, що їй під силу щось більше, ніж просто стрижка.

— Я запропонувала б вам трохи змінити стиль, — сказала вона після хвилини-другої розмірковування. — Спробуємо випростати волосся і вкоротити його на потилиці. Буде більш по-молодіжному.

— Ти гадаєш, у моєму віці пристойно виглядати, як двадцятирічна? — запитала фрау Шульце.

— Я так не сказала, — заперечила Інґе. — Я лише запропонувала трохи змінити стиль.

Ти ж пропонуєш вкоротити ззаду...

— Якщо ви забажаєте повернутися до старої зачіски, ви зможете зробити це будь-якої хвилини. Зміна форми буде мінімальною. Я на вашому місці погодилася б.

Майстрині, які стежили за розмовою, приготувалися до того, що фрау Шульце обірве молоду нахабу на півслові. Але так не сталося. Вона зненацька погодилася:

— Ну що ж, ризикнемо. Бо коли ж змінювати стиль, як не у п'ятдесят вісім...

Хвилин тридцять по тому фрау Шульце підвелася з крісла і ще раз уважно роздивилася себе у дзеркалі. Побачене, схоже, задовольнило її. Принаймні, ніяких докорів на адресу дівчини не пролунало.

Потім Інґе почула, що фрау Шульце готова взяти її на роботу, але за умови, що на перших порах вона працюватиме лише з новими клієнтами і під її суворим контролем. Крім того, її платня буде нижчою, ніж у інших майстринь, тому що вона «наразі нічого не вміє».

Останні слова Інґе не зачепили. Головне, вона працюватиме у західному секторі й зароблятиме все одно більше, бо платитимуть їй у західнонімецьких марках. Якщо продати їх на чорному ринку в Східному Берліні – виходить не так уже й мало.

– І ще одне, – попередила фрау Шульце. – На своїй голові теж мусиш навести лад. Я не хочу, щоб ти відлякувала моїх відвідувачок своїм недбалим виглядом. Чи, може, це стиль такий?

– Ні, фрау, це не стиль. Я справді не дуже переймаюся тим, який маю вигляд... –

– Чому?

– Не знаю... Мені здається, що на мене і так ніхто не зверне уваги...

– Даремно. Збагнути, що на думці у чоловіків настільки ж важко, наскільки складно зрозуміти, чому ти вийшла заміж саме за свого чоловіка. Закохалася? Але чому саме в нього, коли поруч були набагато вродливіші, багатші й таке інше?

– Я не знаю, фрау, я незаміжня... – Я це до того, щоб ти не сумнівалася у своїй привабливості. Повір, я знаюся на тому, про що кажу. А стосовно твоєї голови – це не прохання, а вимога. Незачесана можеш сюди не приходити. Відтоді перед тим, як вирушати до салону фрау Шульце, Інґе приборкувала волосся, яке ніяк не хотіло утримувати якусь біль-менш пристойну форму, і хоч його господиня була перукаркою, все одно демонструвало свою норовистість.

Інґе мешкала у Дальґофі – передмісті Берліна, у невеличкому приватному будинку з батьками і молодшим братом Фріцом. Поруч був гараж, в якому тато ремонтував авта і цим заробляв на життя. Справи в автомайстерні йшли непогано – у батька працювало троє робітників, але грошей на те, щоб прогодувати сім'ю з чотирьох осіб, все одно не вистачало. По закінченні школи Інґе мусила піти працювати.

Інґе любила Дальґоф, але воліла виїхати звідти. Дальґоф нагадував їй про війну. Інґе часто снилося, ніби на їхній будинок знову летять бомби. Ніби вона прокидається і полегшено зітхає, бо страшне видіння виявилося лише сном, але тієї самої миті розуміє, що той день, чи точніше – той ранок таки повернувся.

Коли на Дальґоф вперше полетіли бомби, щойно починало світати. Ще учора ввечері Інґе чула лише віддалену канонаду, яка зближалася, набухала загрозливим гуркотом, як грозова хмара перед першим спалахом блискавки, але залишалася невидимою. Канонада лякала тим, що її не можна було уникнути. Інґе не знала, чим закінчиться те глухе понуре ревище, яке тепер чулося дуже виразно. Усвідомлення наближення біди не вимагало відповіді на це питання. Інґе знала лише, що до неї приступає війна і що дуже скоро вона побачить її зблизька.

Бомби полетіли на Дальґоф із літаків, які несподівано з'явилися у небі. З землі у них почали стріляти, хоча зупинити таку армаду було неможливо. Літаки зникли, але бомби продовжували рватися, наче їх було поскидано сюди так багато, що відтепер земля мала здригатися увесь час, аж до кінця світу, про який мовилося у одкровеннях св. Іоана. Інґе ще не складала слів із літер, але чула про це одкровення від мами, яка читала Святе письмо у підвалі, де вони ховалися під час повітряної тривоги.

Того самого дня у Дальґофі з'явилися німецькі солдати. Вони перебігали з місця на місце, стріляючи кудись, де, напевно, зачаївся ворог. Дехто з них падав і потім уже не підводився. Декого під кулями виносили на ношах санітари. Інґе бачила усе це крізь шпари схованки, якою їй слугувало заглиблення під сходами, що вели до підвалу.

Потім Інґе вперше побачила росіян. Вони мали незвичний вигляд. Інґе ніколи не зустрічала людей, так почудернацьки одягнутих – у ватянках, підперезані пасом, у чудернацького крою шапках. Ці люди викрикували щось незрозумілою їй мовою, залягали на землю, зривалися і відтак знову залягали, повзли. Враз один із тих солдатів забіг до них у будинок, не мовлячи ні слова видерся сходами на другий поверх і звідти почав стріляти.

Інґе з мамою забилися в кут і чекали, що зараз солдат зійде вниз і вистрілить у них. Але він не зробив цього, а лише глянув, сказав щось і, обережно визирнувши, вийшов надвір.

Інґе була дитиною війни. Вона знала, що війна ніколи не залишить її і на все життя залишиться незмінною супутницею. Подекуди війна видавалася чимось таким, без чого неможливо існувати. Їй важко було повірити, що є люди, які не чули вибухів бомб, розривів снарядів. У її розумінні це було неможливо – війна була скрізь і була усім. Бо хіба могло бути так, що стріляли і вбивали лише в Дальґофі й Берліні? Під час повітряних нальотів небо до самого обрію затягувала величезна хмара літаків, і її дитяча уява малювала таке саме небо над усією Німеччиною і, може, навіть над усім світом.

Ці спогади жили в ній досі. Війна закінчилася дванадцять років тому, Німеччина відбудовувалася, на місці руїн у Берліні з'явилися нові квартали. Із семирічної дитини Інґе перетворилася на дорослу дівчину. Хіба лише погляд іноді виказував у ній дівчинку, яка знала, що таке війна: іноді він застигав, ставав насторalong, звернутим кудись у глибину її єства, де жили відчуття, відомі лиш їй.

Інґе не могла втямити, що діється в її внутрішньому світі. Усе довкола бачилося їй, як крізь шибку вікна, в яке били краплі рясного дощу. Майбутнє не мало виразних форм, воно існувало відокремлено від Інґе. Єдине, в чому вона була певна, це що прийдешність нерозривно пов'язана з минулим, з війною, і що позбутись спогадів про дитячі пережиття неможливо.

Інґе не дуже добре орієнтувалася, в якій країні вона живе. У школі її навчали, що існує дві Німеччини, і що та, в якій вона живе – справедливіша. Інґе мусила вступити до Спілки вільної німецької молоді й відвідувати зібрання. Там обговорювали майбутнє. Те, що діялося сьогодні, нікого не цікавило. Сьогодні вважалося неіснуючим, не вартим уваги, дистанцією для розбігу, приготуванням до завтра. Діяти належало колективно, ніяких спроб іти у майбутнє самостійно. Лише разом, пліч-о-пліч з друзями зі Спілки. Поодинці нічого не вийде.

Вдома тато часто скаржився, що його намовляють закрити майстерню, бо він експлуататор – має найманих робітників.

«Я нікого не експлуатую. Навпаки – даю людям роботу. Їм не треба нічим перейматися – ні запчастинами, ні бухгалтерією. Вони лише крутять гайки і отримують добру платню. На це мені інспектор з якихось там соціальних служб сказав, що воно напевно так, але краще б я вступив у авторемонтний кооператив, де усі рівні, бо усі – господарі. Я йому відповів, що не люблю, коли в майстерні багато господарів, бо тоді не знаєш, де інструмент, і взагалі, що слід робити.

«Ви не маєте рації, гер Поль, – заявляє він мені. – У новій Німеччині нема місця капіталістам. Капіталісти уже були за третього рейху. Чи ви хочете вороття тих часів?»

Я, звичайно, стримався, але мені страшенно кортіло взяти його за комір і викинути з майстерні геть, – казав спересердя батько.

Інґе його розуміла. Вона теж не любила, коли довкола збиралося забагато людей, не любила першотравневих демонстрацій, класних зібрань і тісняви у трамваї. Можливо, тому не мала друзів серед однокласників, а вчителі її майже не помічали.

У школі Інґе ходила в середняках. Вона ніколи не намагалася виглядати кращою за інших, наприклад, демонструвати, що знає не лише обов'язкових Шіллера і Гейне. Вдома дівчина тихцем читала Бальзака, Мопассана і навіть Толстого. Однак університет їй не світив, а стояти біля верстата чи сидіти за швейною машинкою Інґе не збиралася. Вона мріяла виїхати кудись далеко, де ніщо не нагадувало б їй дитинства і війни, втекти з діри, в якій минало важке і нецікаве життя її батьків.

А ще Інґе хотіла закохатись. Відколи їй минуло вісімнадцять, тривожне очікування чогось незвичайного і хвилюючого перетворилося на звичний стан її душі.

III

У 50-х роках минулого століття Берлін являв собою місто, поділене на чотири сектори. Найбільшим із них був радянський, до якого входило вісім районів, починаючи з Центру і закінчуючи Кьопеніком. Найменшим – французький у складі всього двох районів – Веддінг і Райнікендорф. Загалом сектори союзників разом з американською та британською зонами налічували дванадцять районів Берліна. Кордон між східною і західною зонами був фактично умовним, і берлінці могли перетинати його без особливих труднощів.

Перукарня фрау Шульце розташовувалась у дільниці, де було багато дорогих магазинів з гарним одягом і парфюмерією, кав'ярень і ресторанів, за столиками яких сиділи пані та пани, зовсім не схожі на мешканців східної частини міста. Постійними відвідувачками її салону були теж, здебільшого, багаті фрау. Вони нікуди не поспішали, хіба у випадках, коли песики, яких вони залишали прив'язаними біля дверей салону, починали набридливо скавучати.

Серед клієнток траплялися американки. В основному це були молоді жінки, які служили в численних установах американської місії. Більшість із них носили військову форму, що додавало їм особливого шарму. В їхній ході та манері тримати себе поєднувалися військова підтягнутість і легке кокетство. Інґе вони здавалися уособленням успішності. Вона заздрила їхній упевненості в собі й мріяла коли-небудь стати такою само привабливою і незалежною.

Зачісуючи цю вишукану публіку, Інґе мимоволі чула розмови, які вели між собою відвідувачки салону німкені. Здебідьшого, вони обмінювалися враженнями про останні світські новини, наприклад про те, у чому прийшла на прийняття до панства Штернів така-то, або про що розповідала така-то, повернувшись із Парижа.

Англійської Інґе не знала, тому, про що пліткували американки, могла лише здогадуватися. Іноді до зали зі свого кабінету виходила фрау Шульце, і тоді в салоні заводили балачки про політику. Фрау належала до тих мешканців Берліна, у яких щоранку на ґанку опинялися свіжі газети. Крім того, в її кабінеті стояв невеличкий радіоприймач. Налаштований на радіостанцію «Вільний Берлін», він майже не вимикався. Фрау Шульце орієнтувалася у всьому, що діялося не лише по обидва боки німецького кордону, а й у світі. Інґе часто чула, як власниця салону дискутувала зі своїми клієнтками про якийсь план Маршалла, загрозу конфлікту з комуністами і бідну Німеччину, схожу на подружжя, приречене жити у вимушеній сепарації. З усіх присутніх лише Інґе мешкала у східному секторі, тому нерідко у розпал таких розмов жіноцтво раптово затихало і звертало свої погляди у її бік.

— Скажи нам, дитино, що там діється? Чи, може, я помиляюся, коли думаю, що у комуністів є проблеми не лише зі свободою, а й з харчами? – запитувала фрау Шульце, незмінно називаючи Інґе «дитиною».

– Я не знаю, що вам відповісти, фрау. Я виходжу з дому вранці, а повертаюся ввечері, тому мені важко розібратися у тому, що там діється. Тато каже, що комуністи хочуть забрати у нього майстерню, а мама нарікає на дорожнечу. Але вони бідні люди, а бідним завжди здається, що десь життя краще. Можу лише сказати, що мені більше подобається в західній частині. Тут не будують однакових багатоповерхівок і взагалі якось гарніше...

Здебільшого, відповідаючи на запитання присутніх, Інґе не наважаючись сказати, що в Східному Берліні майже немає магазинів із модним одягом. Їй здавалося, що тоді відвідувачки салону фрау Шульце подумають про неї щось недобре. Ну, наприклад, що в голові у неї лише шмати. Хоча так воно і було. Повертаючись додому після роботи, Інґе могла зупинитися навпроти вітрини дорогого магазину одягу і стояти біля неї доти, доки не помічала, що надворі вже починає смеркати. Їй ввижалося, що вона вбрана он у той приталений жакет, а на ногах у неї елегантні лакові туфельки темно-синього кольору. Торбинку Інґе добирала особливо прискіпливо, тому що їх на вітрині було виставлено з десяток, а при такому виборі завжди легко помилитися. Інґе уявляла, як виходить вранці зі свого будинку в легкому хутрі, накинутому просто на нічну сорочку. Вона нікуди не поспішає, а йде вигуляти песика, щоб потім повернутися додому і випити каву з молоком, завбачливо подану їй служницею. Її чоловік поїхав на роботу, бо двері гаража залишилися не причиненими, і авта у ньому вже не видно...

Ті мрії зроджувалися в її уяві ще й тому, що фрау, яким вона робила зачіски, іноді бажали, аби вона підтримувала з ними розмову, а позаяк цікавилися вони модою, Інґе мусила якось висловлюватися з приводу нових колекцій від Chanel чи когось з інших паризьких законодавців моди. Так вона потрохи освоювала досі не знайому для неї територію зацікавлень заможних людей.

Бувало, що Інґе потрапляла в поле зору клієнток. Якось одна з них – жінка середнього віку, судячи з поганого знання німецької – американка або британка, почала розпитувати про те, де вона живе і як потрапила на роботу до західного сектора. Зачесавшись, залишила пристойні чайові й сказала, що Інґе їй дуже симпатична. Через деякий час вона знову опинилася в кріслі Інґе й повідомила, що їй дуже подобається, як легко працює гребінь у руках дівчини і який у неї досконалий смак.

– Якщо ви не проти, ми могли б після роботи з'їсти морозиво в гаштете десь неподалік. Я запрошую, – запропонувала вона Інґе.

Це було трохи несподівано. Інґе ще ніколи не бувала в товаристві багатих фрау, а іноземок – поготів. Якусь мить вона вагалася, побоюючись, що чутиметься у її товаристві скуто. Але міс, яка назвалася Еліс, швидко розвіяла її побоювання.

– Я так втомилася від спілкування з бюргерками, з якими мені доводиться мати справу щодня, що радо відпочину від них у товаристві молоді. Вам ще, певно, і вісімнадцяти немає?

– Вже є, – відповіла ніяковіючи Інґе. Вона подумала, що одягнута надто бідно, аби іти до якоїсь дорогої кав'ярні. Але Еліс, схоже, передбачила і це.

– Ми підемо туди, де збирається молодь, де достатньо демократична атмосфера, аби випадково не зустріти когось із моїх старих черепах.

Усе ж ресторан виявився дорогим. Це відчувалося по тому, як себе тримала публіка – невимушено, але й не надто розкуто, щоб не сказати – розв'язно. У кнайпах, де до цього доводилося бувати Інґе, не подавали порцелянового посуду і серветок. Там пахло дешевим тютюном і ніколи – дорогими сигарами. Мусив минути якийсь час, аби Інґе освоїлася в цьому задимленому і гамірному місці.

Говорила в основному Еліс. Інґе слухала, втім, не надто уважно. У розмірковуваннях її респектабельної співрозмовниці про майбутнє німецької молоді було мало цікавого. Зрозуміло, життя таких, як Інґе, у східному секторі не порівняєш з життям їхніх однолітків у західному, але що тут вдієш? Вона охоче винайняла б тут кімнату, а згодом, можливо, і залишилася б назавжди, але на ті гроші, які вона заробляє з ножицями у руках, далеко не заїдеш. І потім, у Дальґофі живе її родина – батьки, молодший брат...

Еліс погоджувалася, що проблема справді існує, але радила не здаватися. «Усе можна вирішити, було б бажання і присутність поруч когось, хто допоміг би. Я думаю, усе владнається», – підбадьорила вона Інґе, коли надійшов час розходитися.

Навіщо Еліс запросила її на морозиво, Інґе так і не зрозуміла. Наступного дня деяку ясність внесла фрау Шульце. З певного часу вона опікувалася Інґе, як дочкою, дбаючи уберегти її від небезпечних спокус, які чатували на провінціалок у Берліні на кожному розі. Вона запросила її до свого кабінету, зачинила двері й сказала:

– Хотіла запитати, як твої справи? Учора я випадково помітила, що після роботи ти завернула не на трамвайну зупинку, а перейшла через дорогу і попрямувала у протилежний бік, – фрау Шульце промовила це ніби ненароком, але Інґе зрозуміла, що шефова знає про вечір, проведений у товаристві Еліс. Уникнути розпитів було запізно.

Щойно тепер Інґе збагнула, що вчинила необачно – контакти з клієнтками поза стінами салону вважалися небажаними. Фрау Шульце попереджала її про це, коли брала на роботу. Добре було б якось викрутитися з незручної ситуації, сказавши неправду, але Інґе не вміла брехати.

– Мені не шкода, що ти посиділа у ґаштете, і я не бажаю тобі нічого злого, – продовжувала та, коли Інґе, похнюпившись, розповіла, де і з ким була учора ввечері. – Але я надто добре знаю життя, щоб не розуміти, чого може жадати багата американська пані у Західному Берліні від бідної дівчини, яка живе у Східному. Так-от, багата американська пані може жадати від молодої німкені, схожої на тебе, двох речей: тілесних втіх або стати її платним інформатором. Перше облишмо, бо це не той випадок. Тепер про друге. Щоб ти правильно розуміла, хто такий інформатор, я спершу поясню тобі, чому я не люблю американців. Не взагалі, а тих, хто отаборився у Берліні. О, так, вони виграли війну, на якій убили мого чоловіка і сина. Але це не дає їм права скрізь пхати свого носа. Я не люблю комуністів і знаю, що вони розуміють лише силу, а може, і її не розуміють. Але мені не подобається, коли американці вчать нас, німців, що ми маємо робити. І коли вони намагаються скрізь шпигувати, використовуючи для цього знову-таки нас. Ця американка, напевно, захоче, щоб ти виконувала у Східному Берліні завдання, які вона даватиме тобі. Спершу це будуть дрібні послуги, але потім вона накаже робити більш серйозні речі, й ти не зможеш відкрутитися, бо такі, як вона, знаються на справі, яку роблять. Воно тобі не потрібне. Нехай засилають туди своїх співвітчизників, а найкраще – взагалі дадуть нам спокій. Німці з німцями порозуміються. Тому будь обережна і не поведися на її пропозиції і обіцянки.

Під кінець промови фрау Шульце розчервонілася, але невдовзі заспокоїлася, бо за хвилину говорила вже про інше.

– Тобі, до речі, вже не п'ятнадцять. Ти, як кажуть, дівка на виданні. Тобі потрібно не зі старою хвойдою Еліс вештатися, а зі своїми однолітками. У тебе є хлопець?

– Ні, фрау, зараз у мене немає хлопця. Хоча, доки я не пішла до вас працювати, я товаришувала з одним – із нашого передмістя.

– Сподіваюся, ви розійшлися не через мене?– запитала фрау Шульце трохи глузливо, але без кпини.

– Ні, фрау, не через вас. Просто мені стало з ним нецікаво.

– І це все?

– Все. А де я можу познайомитися з хлопцем? Не на вулиці ж.

– Зрозуміло, що не на вулиці й не в трамваї. Молодим фройляйн не личить вступати зі сторонніми у розмову в громадських місцях. Інша річ – на танцях або деінде. У Східному Берліні є такі заклади?

– Я не знаю, фрау. Коли я маю вільний від праці день, я мушу допомогти батькам по господарству. Після цього чуюся втомленою і мені не хочеться нікуди йти.

– Це погано, Інґе, – констатувала фрау Шульце. – Ти мусиш бувати на людях...

– І потім, я... боюся, – додала Інґе.

– Чого ти боїшся, дитино?

– Я не знаю. Але мені здається, що на мене чекає щось лихе, біда... Інґе важко зітхнула і похилила голову.

– Дитино, з кожним із нас рано чи пізно трапляється щось погане, – зауважила фрау Шульце. – Одного дня на Берлін вперше з початку війни полетіли бомби, багато людей залишилися під руїнами, і це було погано. Потім я отримала повідомлення про те, що мій чоловік загинув смертю хоробрих у Північній Африці. Це теж було погано. Невдовзі поштар приніс листа, з якого я довідалася, що більше ніколи не побачу сина – його убили на Східному фронті. У мене залишилася дочка, але вона думає лише про те, як би я швидше зійшла в могилу і залишила їй свій будинок і все, що в ньому є. Це теж погано, дитино. Фрау Шульце замовкла, розгладжуючи складку на рукаві сукні, а потім продовжувала.

– Треба спокійно до цього ставитися і молитися. Ти ходиш до церкви?

– Ходжу, фрау.

Батьки Інґе були людьми віруючими, і раніше родина Поль ходила на службу Божу кожної неділі. Потім кірху зачинили, бо нібито не знайшлося грошей на її ремонт, хоча насправді тому, що комуністи атеїстами.

– Треба молитися. Не проси Господа про блага, а просто звертай до нього свої думки. Бог не любить, коли його плутають зі святим Миколаєм. Він не є для сповнення людських забаганок. Я навіть підозрюю, що Господь трохи недолюблює прохачів. Не те, що зовсім не любить, а просто недолюблює, тобто звертає на них увагу в останню чергу. Тому не треба відволікати його нашими людськими уявленнями про щастя. До щастя завжди чого-небудь бракуватиме. Але якщо ти просто щиро відкриватимеш Йому своє серце, Він обов'язково почує тебе і триматиме в своїй опіці. І тоді твої страхи зникнуть і видадуться поганим сном, який забувся, щойно ти поглянула у вікно, крізь яке видно безхмарне небо і сонце.

Фрау Шульце примружила зволожені сльозою очі...

«Зайве нагадування», - подумала Інґе. Хто б став сперечатися, що у Бога не можна просити. Та й про що просити? Про кохання? Інґе не наважувалася навіть подумати про це слово. Про потаємне не просять. Воно як тінь – промайне і знову зникне, зачаїться, принишкне. Таємне – лякливе, як думка про скоєний гріх, як спогад про гострий біль, як усвідомлення безпорадності перед майбутнім. Його не слід витягати на денне світло. Місце потаємного – закапелки людської душі, куди доступ суворо обмежений, в тім числі й для тебе самого.

Інґе боялася... і жадала думати про кохання. Ніби стояла із сусідськими дітьми перед табличкою «Заміновано!» на полі за крайніми будинками Дальґофа. Там, зовсім поруч, цвіли маки і ромашки, і трава колихалася висока і соковита, в якій можна було сховатися, якщо навіть не лягти, а просто пригнутися. З поля тягнуло запахом полину і вигорілого металу – метрів за сто звідси, з-за чагарників, визирали рештки збитого літака ...

– Фрау, я хотіла б запитати вас про одну річ, – сказала Інґе. – Але пообіцяйте, що скажете мені правду...

– Авжеж, дитино, кажи...

– Я справді негарна?

Фрау Шульце не знайшлася, що відповісти. Вона підвелася і підійшла до Інґе.

– Хто тобі сказав таке, дитино?

– Ніхто. Я знаю сама... На таких, як я, чоловіки не звертають уваги...

– Ти хочеш сказати, що знаєш чоловіків? Промовивши ці слова, фрау Шульце

Схаменулася: запитувати у дівчиська, чи знає воно чоловіків, гм... Але давати задню було пізно, і вона продовжувала.

– У чоловіків досить специфічне уявлення про справжню вроду. Вони охоче волочаться за так званими красунями, але до вінця ведуть інших. Чоловіків, дитино, не стільки цікавлять правильні риси обличчя жінки, скільки розміри її бюста і стегон. З цим також буває по-різному. Єдине, що може завадити жінці стати об'єктом зацікавленості чоловіка – це негарні ноги. Але і на це є рада – подовжена спідниця. З усім цим у тебе немає жодних проблем. Просто ти у нас ще дуже дурненька, – констатувала фрау Шульце і несподівано пригорнула Інґе до себе.

Цю мить Інґе пам'ятала дуже виразно. Згодом не раз у хвилини відчаю, коли їй здавалося, що все остаточно втрачено, що війна таки наздогнала її і тепер від неї вже нікуди не сховаєшся, вона згадувала, як фрау Шульце пригорнула її, а потім відійшла і сіла за секретер. Обличчя старої знову набрало виразу діловитості, ніби це не вона хвилину тому пригортала її до себе, тихо промовляючи: «Ти просто дурненька... »

Зрештою, ту розмову Інґе згадувала й за інших обставин. Десь за місяць після цього, а може, за два на її ім'я надійшов лист зі школи, в якій вона вчилася. У ньому значилося, що Інґе належало звернутися найближчої суботи до канцелярії директора, аби отримати довідку, без якої, згідно з новими приписами, тепер не брали на роботу. Інґе не збиралася працювати у східному секторі, але останнім часом ходили чутки, що кордон із Західним Берліном можуть закрити, тому, про всяк випадок, вона вирішила забрати ту довідку.

У суботу в канцелярії виявилася лише секретарка, яку Інґе не любила через недобрий погляд і завжди стиснуті тонкі губи. Подумки вона називала її «стервою». Секретарка, так виглядало, платила їй взаємністю. Мовчки взявши у Інґе атестат і метрику, вона наказала їй чекати і вийшла з кімнати.

Опинившись насамоті, Інґе згадала шкільні роки. Зрештою, без жодних сентиментів. По правді кажучи, шкодувати не було за чим: сама нудота і очікування кінця занять. Якщо це можна було назвати спогадами, то через якийсь час їх перервали. Двері прочинилися, і до канцелярії увійшов незнайомий чоловік. На вигляд років тридцяти. Він був при краватці, одягнутий у костюм, який відразу виказував у ньому чиновника. Обличчя невиразне, ніби виліплене для того, щоб викликати мінімум цікавості. Якби через півгодини у Інґе попросили описати його зовнішність, вона не спромоглась би навіть пригадати, якого кольору той мав волосся, не кажучи вже про все інше.

– О, Інґе, як ти змінилася! – звернувся до неї чоловік так, ніби вони були давніми знайомими.

Інґе промовчала. Вона була переконана, що бачить цього типа вперше. Тим часом незнайомець сів за стіл секретарки і повідомив, що він одразу упізнав Інґе – вони зустрічалися на змаганнях з гандболу. Вона тоді стояла на воротах, а він був суддею зустрічі.

– Ти знаменито захищала ворота, без тебе команда вашої школи вилетіла б уже в чвертьфіналі, – продовжував чоловік. У його голосі вчувалася удавана щирість.

Він і далі щось казав, а вона сиділа мовчки, поглядаючи на двері, з яких мала би вже з'явитися секретарка.

Однак та чомусь затримувалася, а незнайомець все не вгавав. Врешті він замовк, а потім несподівано поцікавився, чи вона працює, бо сюди його привели службові справи. І нарешті сказав, що він називається Юрґеном і що є інспектором районного управління, яке займається соціальною адаптацією молоді.

– Якщо ти не маєш праці – можу допомогти, – запропонував Юрґен.

– Ні, дякую, я маю роботу, – спромоглася на кілька слів Інґе.

– І де ж ти працюєш, якщо не секрет?

Інґе зовсім не хотілося продовжувати розмову з цим типом, і поготів – звірятися йому у чомусь. Але вона не вміла брехати і, клянучи себе за простацтво і нерішучість, таки видавила: «У західному секторі, перукаркою».

Юрґен, чи як він там називався, вдав, ніби він у захваті від почутого, і взявся вихваляти Інґе. Він вважав, що влаштуватися на таку роботу в Західному Берліні пощастить не кожному.

– Там, напевно, охочих було до біса.

– Не знаю, – відповіла байдуже Інґе. Їй набридло слухати цього телепня, чекати на секретарку, і вона постановила піти: довідку можна буде забрати іншим разом.

Інґе підвелася, однак відв'язатися від набридливого типа виявилося не так просто. Він повідомив, що всі справи у школі він завершив, і попрямував за нею на вулицю.

Тут Юрґен почав розповідати про плани організації дозвілля молоді, а потім несподівано запитав:

– Ти ж хочеш допомогти нам?

– Допомогти? У чому? – не зрозуміла Інґе.

– Ну, скажімо, викривати тих, хто бажає перешкодити нашій молоді жити в мирній країні, вчитися, здобувати потрібну людям професію...

Одразу по тих словах Інґе зрозуміла, хто біля неї і чого домагається. Незнайомець був явно зі Штазі. Вона зловила себе на думці, що він чимось схожий на Еліс, і згадала настанови фрау Шульце. Треба було якось відшити цього типа, і тут Інґе відчула, що здатна збрехати.

— Я мушу подумати, — сказала вона. — І, крім того, порадитися з батьками. Я завжди раджуся з ними, коли йдеться про щось важливе.

Юрґен виявився не готовим до такого повороту справи. Він занервував і почав переконувати Інґе не розповідати про цю розмову батькам.

— Вони можуть не зрозуміти. Літні люди далекі від зацікавлень молоді. Тому цього робити не потрібно. Тобі ясно?

У його голосі чулася погроза. Інґе відреагувала на неї спокійно:

— Я завжди раджуся з батьками, мене так привчили з дитинства, — повторила вона достатньо голосно, аби почули перехожі, які проходили повз них.

Більше Юрґен не з'являвся.

IV

Приблизно у цей час мюнхенською Шванталерштрасе прямував молодий чоловік приємної зовнішності. Він був вище середнього зросту, стрункий, із зачесаним назад темним волоссям. На ньому був не дорогий, але модно скроєний костюм, шовкова краватка, елегантні туфлі. Так одягаються чоловіки, які працюють у юридичних канцеляріях, де зовнішній вигляд клерка повинен відповідати статусу контори, що позиціонується як «поважна». Він мав подовжене обличчя з правильними рисами, чоло не надто високе, але й не низьке, не виразні очі. Хіба ніс молодого чоловіка міг би бути делікатнішим. Зрештою, зовнішність його вирізнялася тим, що її не годен був запам'ятати, а відповідно — й описати.

35

Був квітень 1957 року. Весна видалася теплою і вологою, тож трава на газонах уже вимагала догляду. Сонце пригрівало ще не по-літньому, але вже можна було відмовитися від плаща. Власники деяких кав'ярень починали виставляли столики на вулиці. Зранку місця там ще ніхто не займав, та ближче до ланчу вільних столиків майже не лишалося. Мюнхен нагадував старого бюргера – поважного, заможного, ощадного в рухах і словах. Пульс Берліна був частим і уривчастим, Мюнхена – рівним і спокійним.

Півгодини тому молодий чоловік, який називався Зіґфридом Дреґером, вийшов з готелю «Грюнвальд» неподалік залізничної станції. Він нагадував представника якоїсь берлінської фірми, який приїхав до Мюнхена у службових справах, але наразі має трохи вільного часу, щоб перейтись містом. Невдовзі чоловік опинився на Франц-Йосифштрасе.

Вулиця, вочевидь, цікавила Зіґфрида Дреґера. Можливо, він збирався за потреби винайняти тут кімнату чи підшуковував приміщення для представництва фірми, яка відрядила його до Мюнхена з цією метою.

Якоїсь миті молодого чоловіка зацікавив старий чотириповерховий будинок. Він навіть зайшов досередини і піднявся сходами догори, уважно вивчаючи прізвища власників на табличках, почеплених на дверях помешкань. Скидалося на те, що він когось шукав, але не мав докладної адреси.

В інші дні молодий чоловік з'являвся у місті з самого ранку і, погулявши до години десятої, повертався до себе в готель «Грюнвальд», звідки на коротко виходив лише на пошту. Інколи його можна було помітити у місті в обідню пору. Зіґфрид Дреґер пересувався вільно, але при тому намагався не виділятися з натовпу, рухаючись в одному темпі з іншими перехожими, а якщо вирішував зупинитися, то стишував ходу, ніби підшуковуючи будинок, який міг його зацікавити. Зіґфрид Дреґер когось шукав, але наразі безрезультатно.

Через три дні він змінив маршрут прогулянок і тепер прогулювався по кілька годин на Штахус-Карлплац. Одного разу під час такої прогулянки Зіґфрид Дреґер несподівано пришвидшив крок, попрямував до трамвайної зупинки і, придбавши квиток за 30 пфенінгів, увійшов до вагона. Хоча у вагоні були вільні місця, він не сідав, а залишався стояти позаду якогось чоловіка, тримаючись за шкіряну петлю, прикріплену до поручня. В якийсь момент одягнув темні окуляри, але потім зняв їх. Зійшов Зіґфрид Дреґер на зупинці, наступній за Мюнхнер-Фрайгайт і звідти рушив назад до готелю.

Повернувшись до свого номера, не роздягаючись приліг і так пролежав до вечора. Важко було сказати, чи він спав, чи лише лежав, заплющивши очі. Годині о восьмій піднявся, перейшовся кімнатою і визирнув у вікно. Зіґфрид Дреґер побачив, що на місто вже впали сутінки, і вийшов перекусити до найближчої кав'ярні. Потім повернувся до готелю, не вмикаючи світла роздягнувся і ліг. Цього разу молодий чоловік заснув.

На ранок він розрахувався в рецепції за п'ять діб проживання в «Грюнвальді», підхопив невеличку валізу і пішов на залізничну станцію. За півгодини Зіґфрид Дреґер сидів у поїзді до Берліна.

Минуло чотири години – і поїзд зупинився на контрольно-пропускному пункті між двома німецькими державами: Федеративною Республікою Німеччина та Німецькою Демократичною Республікою. Тут перевіряли документи. Після паспортного контролю двері вагонів зачинили і опломбували. До Берліна потяг рухався вже без зупинок. Зіґфрид Дреґер зійшов у західній зоні, але затримуватися тут не став, а спустився в метро, звідки дістався до станції Фрідріхштрасе на території Східного Берліна. Щойно опинившись на залюдненій центральній вулиці столиці НДР, Дреґер відчув утому.

Він знав, що причиною було напруження, яке не відпускало його протягом усього тижня у Мюнхені, а особливо – в останні два дні. Тепер можна було трохи відпружитися. Він зайшов у найближчу кнайпу і замовив пива.

Дреґер сидів за столиком, з якого можна було спостерігати за тим, що діється на вулиці. День стояв сонячний, і облич чя берлінців, особливо молодих, які проходили повз нього, випромінювали щасливу безтурботність, можливу лише в юності. Так було не завжди. Іноді, коли Дреґер приїжджав до Східного Берліна, йому, навпаки, здавалося, ніби мешканці міста живуть у постійній напруженості, що виказували погляди перехожих виразно насторожені. Це були такі самі німці, як і в Мюнхені, і в Західному Берліні. І все-таки – це були різні люди, різні міста. Там, звідки він повернувся, його переслідувало відчуття дискомфорту, ніби всі, що йшли йому назустріч, відчували у ньому чужинця. Дреґеру здавалося: атмосфера доброзичливості й відкритості, в яку потрапляв тут приїжджий з-за східного кордону, насправді була позірною і фальшивою. За усім цим мала приховуватися утаємничена ворожість до людей, які сповідували іншу мораль і мали інший світогляд.

Дреґер не міг пояснити собі, звідки з'являлося у ньому це відчуття. Там, на заході, весна була такою само теплою і лагідною й місцеві мешканці раділи їй так само щиро, як і тут. Водночас, і Дреґер мусив це визнати, міста на заході відрізнялися від міст на сході: там уже оговталися після війни. Крізь зруйнований купол Рейхстагу ввечері світилися зірки, і уся понівечена снарядами будівля навіювала спомини про недалеке минуле. Але варто було відвести погляд – і настрій змінювався. Ніби усе відбувалося у театрі, де крутилася сцена, і услід за понурими декораціями першого акту перед глядачами тепер розгорталася інша дія, що відбувалася у наповненому пахощами весняному саду. Автор п'єси полюбляв контрасти...

Споглядаючи яскраву рекламу, розкішно удекоровані вітрини магазинів, дорогі автомобілі, вишукано одягнуту публіку, Дреґер розмірковував над тим, чому в східній частині він відчував себе, ніби студент у скромному гуртожитку. Дреґер пояснював це тим, що захід зумисне демонстрував сходові свої переваги, дражнив багатством, спокушав необмеженою свободою. Насправді ця ідилія була оманливою, і Дреґер у цьому не сумнівався.

Допивши пиво, він вийшов на вулицю і знайшов телефонну будку. Швидко набрав номер.

– Слушаю, – почулося російською мовою. Голос був чоловічий, приємного тембру.

– Я вернулся, – промовив Дреґер теж по-російськи.

– Хорошо. Отдыхайте. Встретимся завтра. Где и во сколько – сообщу дополнительно.

Дреґер хотів додати, що добре було б побачитися ще сьогодні, бо він повинен повідомити деякі важливі речі, але в слухавці вже лунали короткі гудки.

День його повернення до Берліна припав на неділю, попереду чекав вільний вечір. Дреґер ще не вирішив, куди піде. У нього не було жодних планів, окрім бажання якось відволіктись від думок про тиждень, що минув, забути про них, відігнати пригніченість, яка вже виразно давала про себе чути.

У квартирі по Маріїненштрасе, 4, яку винаймав у вдови фрау Странек, він спершу зайшов до ванни, щоб набрати гарячої води, потім вернув до кімнати, відслонив фіранки і відчинив вікно. На спортивному майданчику діти грали у футбола. Вони ганяли м'яча з криками, час до часу зупиняючи гру для з'ясування стосунків. «Дітям вдається домовлятись без посередника, – розмірковував Дреґер, стежачи за хлопчаками. – Дорослі так не вміють. Вони уперто наполягають кожний на своєму, а потім беруться за зброю. Після цього нищать кілька мільйонів собі подібних. Війна ніколи не закінчиться. Ніхто не може зупинити її, навіть ми».

Дреґер увімкнув радіо. Приймач був налаштований на хвилю РІАС. Диктор розповідав про події в Угорщині. Мовилося, що на революцію відреагували і в НДР. Ніби у Берліні, Магдебурзі, Лейпцигу та інших містах республіки готуються протести під політичними гаслами та загальний страйк. Диктор зауважив, що цього разу, у противагу виступам 17 червня 1953 року, до влади в країні може прийти демократичний уряд, який звернеться по допомогу до західних держав.

Дреґер зазирнув до ванної, чи вже набралася вода. Коли повернувся до кімнати по рушники, в ефірі лунала музика. Несподівано вона обірвалася і диктор почав начитувати літери та цифри. Це були шифрограми. Перша літера могла означати агента, якому призначалася інформація.

Годинник показував чверть на п'яту. «Ну що ж, – подумав він. – Години дві можна подрімати, а потім кудись податися. Наприклад, на танці в казино на Фрідріхштрассе. Я заслужив на цю маленьку розвагу».

V

У п'ятницю Інґе мала вихідний. Американка, яка нею цікавилася, зазвичай з'являлася в перукарні саме по п'ятницях, тому фрау Шульце вирішила убезпечити Інґе від уваги настирної міс саме таким чином. Від певного часу між ними – Шульце і юною перукаркою у її салоні – встановилися довірливі стосунки. Інґе, не призвичаєна звірятися комусь навіть у найменших дрібницях, поступово знайшла в особі фрау Шульце людину, з якою вона могла бути відвертою. Не про все вона зважувалася розповісти навіть матері. І бачилися вони тепер рідко, бо доволі часто, коли Інґе затримувалася до пізнього вечора, вона ночувала у дядька, який мешкав у Західному Берліні. І потім, мама ледве чи зрозуміла б Інґе. Її спосіб догляду за дітьми полягав у тому, щоб вони були нагодовані й носили чистий одяг. Щодо власне виховання... Мама була простою жінкою, і її потреби не виходили за межі кухні, прання та прибирання. Тим часом Інґе хотілося більшого, і це «більше» до певної міри давала їй фрау Шульце.

Іноді вона запрошувала Інґе до себе додому – у будиночок, який їй залишили батьки чоловіка. Одноповерховий, з мансардою під червоною глиняною черепицею, він мав крихітний садок обабіч вхідних дверей. Фрау Шульце мешкала самотньо.

На стінах у вітальні зі старими меблями висіло кілька фотографій. На одній з них перед об'єктивом позував чоловік років сорока у формі льотчика Люфтваффе. Він стояв, тримаючи руку на крилі військового літака, і усміхався. Поряд – фото юнака в однострої Вермахту. Наскільки Інґе розумілася на військових званнях, хлопець був рядовим.

– Це мій чоловік, а це – син, – сказала фрау Шульце.

Інґе не наважилася розпитувати. Їй здавалося, що життя у цьому будиночку проходило спокійно, у злагоді, так, як Інґе малювала в уяві життя своєї майбутньої родини. Взагалі, опиняючись поруч із людьми, які здавались їй щасливими, Інґе мала схильність підпадати під їхній вплив. Так траплялося, приміром, коли вона обслуговувала багату фрау. Мимохіть чуючи розмову, яку та вела з мадам на сусідньому кріслі, Інґе бачила себе тридцятирічною жінкою, одягнутою в дорогий, ділового крою костюм, білу шовкову блузку, з намистом із натуральних перлин. Поки руки працювали, в думках вона проходжалася холом готелю в самому центрі Берліна, де мала призначену зустріч. Її манери і спосіб вести розмову були такі самі, як і у цієї вишуканої фрау: короткі запитання, уривчасті відповіді, жодних зайвих емоцій, хіба – трохи іронії, зрідка – легка поблажлива посмішка. Та жінка з майбутнього, безумовно, була заміжньою і мала двох дітей. Чоловікові не зраджувала, хоча при бажанні могла мати не одного коханця. Одне слово, була правдивою німкенею – вольовою, в міру побожною, дбайливою дружиною і вимогливою матір’ю.

Та обставина, що чоловік і син фрау Шульце не повернулися з війни, у свідомості Інґе губилася десь у минулому. В існуючій реальності це не мало значення. Важливо, що коли ця родина жила разом – вони були щасливими. Іншої версії Інґе не припускала.

– З нас вийшла гарна пара, – ніби читаючи її думки, промовила фрау Шульце. – Чоловік був військовим льотчиком. У тридцять восьмому він уже командував великим з’єднанням Люфтваффе. Не знаю докладно яким, але на той час це була висока посада. Іоахім мав дуже погідну вдачу. Той, хто його не знав, напевно, думав, що він служить у штабі, а не літає на бомбардувальниках. Я й сама не відаю, чому він вирішив стати військовим та ще й літати на таких великих літаках. Мені здавалося, що Іоахім мав би бути інженером, тобто займатися цілковито мирними справами. Він ніколи не підвищував голосу, ніколи не нервував у моїй присутності. Але при цьому він любив мене. Бо, знаєш, іноді буває так, що подружня пара живе гарно, але без почуттів. Почуття їй замінює взаємна повага.

– Ні, я не розумію цього, – сказала Інґе. – Напевне, це дуже важко – жити з чоловіком без почуттів.

– Найчастіше буває так, що почуття не те що зникають зовсім, а просто, сказати б, зсихаються. Зменшуються, як сушені грушки. Вони ніби й тривають, але вже позбавлені пристрасті. Таке собі прісне кохання. Залишається лише повага один до одного. Так-от, у нашому з Іоахімом подружньому житті пристрасть не зсохлася. Комусь могло здаватися, що мій чоловік більше думає про службу, про свої літаки. Але я знала, що це не так. Фрау Шульце провела долонею по фотографії. Потім вказала на ту, що висіла поруч:

— Герхард пішов у батька — теж був урівноваженим, розсудливим. З нього міг би вийти досконалий вчитель. Коли його забирали на фронт, я знала, що вже не побачу сина. З цим почуттям я і живу, точніше — існую. Війна закінчилася, та не для мене...

— І не для мене теж, — зізналася Інґе. — Мені здається, що війна ніколи не відпустить нас, хоча мій батько повернувся живим. І дядько — теж. Чому це так?

— Можливо, тобі здається, ніби ти залишаєшся маленькою дівчинкою, якою ти була тоді. А ти вже доросла і мусиш усвідомити цю свою нову якість. Тобі потрібно більше бувати серед однолітків, розважатися. Молоді люди мусять гуляти, танцювати, ходити в кіно. Потім не буде ані часу, ані бажання. Ти бувала колись у клубах, де танцюють? — запитала фрау Шульце.

— Ні.

— Це погано. Тобі слід піти туди, і я цим займуся, дитино.

Наступного тижня фрау Шульце закликала Інґе до свого кабінету, поклала перед нею конверт і сказала:

— Я задоволена твоєю роботою. Завдяки тобі у нас з'явилося більше клієнток. Платню я тобі збільшити не можу, але дати разову премію — дам. Візьми ці гроші й піди після роботи в крамницю модного одягу для дівчат твого віку. Купи собі щось пристойне, у чому ти могла б піти до клубу на танці. Перед цим попросиш когось, щоб гарно тебе причесали...

Фрау Шульце глянула на Інґе. Дівчина, як їй здалося, виглядала щасливою.

— Іди, — сказала вона. — Але не купуй дешеве, не економ. Жінка може мати один жакет і одну спідницю, але вони повинні бути з доброї тканини і гарно пошиті. І якщо жінка вміє носити одяг і вміє себе тримати — цього достатньо, аби зацікавити будь-якого чоловіка. Решта від неї не залежить. Решта залежить від долі.

Інґе знала, до якого магазину піти – до одного з тих, перед вітринами якого найчастіше затримувалася, коли верталася з роботи. Вона знала також, що саме там купить. Грошей від фрау Шульце мало вистачити на приталений жакет зеленавого кольору і в тон йому лаковані туфельки. Чорну спідницю, яка пасувала б до цього комплекту, Інґе мала. Спідниця була не нова, але якщо її почистити і трохи вкоротити – цілком годилася для танців у казино на Фрідріхштарсе, куди Інґе мала намір піти найближчої неділі. Лишалася проблема блузки. Ті, що висіли у Інґе в шафі, для цього не годилися. Однак можна було спробувати попрацювати ножицями, щось відтяти, щось пришпилити аґрафкою... Це Інґе вміла робити. Жакет знімати вона не збиралася: що там відрізано ззаду, а що пришито спереду чи навпаки – це буде відомо їй одній. На дорогі парфуми грошей не вистачило, але маленьку пляшчинку з нової французької колекції Інґе все ж купила.

План Інґе вдався. Жакет сидів бездоганно, спідниця була вкорочена саме так, щоб трохи визирали коліна, але не настільки, аби це виглядало вульгарно. Блузка, хоч і була перевернута задом наперед і трохи перекроєна, мала вигляд наче щойно із салону мод. Однак найбільше їй подобалися туфельки. Як і жакет, вони були зеленавого кольору, з гострими носаками, на справжній шпильці.

Мама прокоментувала її обнову, схвально зітхнувши. Фріц взагалі не зауважив, що сестра раптово перетворилася з дівчиська на молоду дівчину. Тата на ту хвилину, коли Інґе вирушила з дому, поруч не було. Інґе прямувала до трамвайної зупинки не поспішаючи, щоб сусіди і всі, хто траплявся їй назустріч, могли повною мірою оцінити її перевтілення. Теплий квітневий день щойно збирався змінитися на передвечір'я. Часу було вдосталь, і тому Інґе могла йти поволі, обережно, стежачи за тим, щоб ненароком не пошкодити на бруківці лак на новеньких шпильках. Вона була щаслива. Цей піднесений настрій змінився лише тоді, коли Інґе зайшла до зали і розгледілася навколо...

Незважаючи на те, що танці ще не розпочалися, в залі було людно. Оркестр грав Folsom Prison Blues Джонні Кеша. Народ крутився біля буфету, сидів за столиками, визирав знайомих і визначав новачків, які з’явилися на танцях вперше. Відчувши на собі чужі погляди, Інґе почулася ніяково. Її новий жакет і туфельки порівняно з одягом інших дівчат мали більш ніж скромний вигляд. Як поводити себе у цьому товаристві, вона не знала. Найрозумніше було б непомітно щезнути, але це скидалося б на втечу. Інґе помітила вільне місце біля стійки бару і попрямувала туди.

Опинившись, нарешті, у відносно безпечному місці, вона подумала, що вчинила необачно, вирушивши на танці сама. Їй здавалося, що всі тут знають одне одного, і лише вона нагадує зайду, яка наважилася прийти непроханою гостею. За це їй належало бути проігнорованою завсідниками, тобто залишатися поза увагою хлопців, які перебували під пильною опікою своїх супутниць.

Інґе розгубилася і відчула, що їй бракує фрау Шульце. Однак зовні вона лишалася незворушною, навіть трохи зухвалою: сміливо замовила коктейль і зручніше вмостилася на високому табуреті, вдаючи, ніби їй байдуже, танцюватиме вона цього вечора чи ні.

«А кого я, власне, могла попросити піти зі мною на танці?» – думала Інґе. Серед дівчат у неї майже не було подруг. Однокласниці не любили її за відлюдькуватість і, як вони вважали, за погорду. Те, що Інґе не вміла привертати до себе увагу товариства, було правдою. Аби домогтися визнання однолітків, їй слід було чимось вирізнятися з-посеред них. Скажімо, бути зразковою ученицею або, навпаки, – злісною порушницею дисципліни. Імена і одних, і інших знали не лише у їхній школі для дівчат. Про них говорили й у сусідній гімназії, де навчалися лише хлопці. Відповідно, всілякі історії, що трапляються у підлітковому віці між хлопцями та дівчатами, відбувалися здебільшого з представницями першої і останньої «ліги». Ті, що залишалися посередині, як Інґе, ніякого зацікавлення викликати не могли. Однак стосовно погорди її однокласниці помилялися. Інґе страшенно хотіла зблизитися з кимось, але з цього нічого не виходило, і врешті-решт вона змирилася з тим, що на неї не звертають уваги.

Оркестр заграв Chris Barben Jazz. Спостерігаючи, що діється на паркеті, Інґе помітила, як із протилежного боку зали до бару прямує молодий чоловік при краватці, у модних брюках-дудочках і твідовому піджаку, який йому дуже пасував. Він видався Інґе запаморочливо гарним. Навіть з відстані вона відзначила, як гарно зачесане назад його чорне волосся і які у нього правильні риси обличчя. Молодий чоловік тримався дуже рівно, що виказувало у ньому спортсмена або військового.

Легкою пружною ходою він просувався в її напрямку. Інґе навіть обережно роззирнулася довкола, щоб зрозуміти, кого саме він збирався запросити на танець. Однак дівчат біля стійки не виявилося, і вона вирішила, що молодий чоловік просто хоче щось замовити у барі.

Зробивши такий висновок, Інґе поглянула на столики – за ними почався рух. Звідти одна за одною піднімалися пари і рушали на танцювальний майданчик. У цю мить вона почула, як хтось запитав:

– Ви дозволите?

Повернувши голову, Інґе побачила... того чоловіка. Зблизька він видався їй ще вродливішим. Його голос мав приємний тембр, і вся постать випромінювала вишуканість і делікатність. Лише очі видалися їй надміру холодними, хоча яким може бути погляд молодого чоловіка, що запрошує до танцю незнайому дівчину?

Від несподіванки Інґе втратила мову. Вона мовчала і дивилася на нього широко розплющеними очима, немов бажаючи переконатись, що це не помилка і що до танцю запрошують саме її.

– Ви дозволите? – знову запитав молодий чоловік.

У його голосі не вчувалося ані нетерплячості, ані роздратування. Хіба лише ледь вловима наполегливість. Не мовлячи нічого у відповідь, Інґе сповзла з табурету і стала перед ним. Потім вона відчула, як він обережно взяв її під лікоть і повів уперед. Рука ковзнула по талії Інґе, а її пальці опинилася у теплій сухій долоні. Інґе поклала другу руку на плече незнайомця, і вони обережно ковзнули паркетом.

Їй здавалося, що танець не матиме кінця. Інґе відчувала, як руки молодого чоловіка притуляли її до нього, але не пручалася – їй було добре. Коли музика затихла, незнайомець запитав, чи вона погодиться танцювати ще. Він говорив німецькою з акцентом. Інґе відповіла, що вона не проти, і вони залишилися на майданчику в очікуванні, коли оркестр заграє наступну мелодію.

Тим часом незнайомець назвався Йозефом і запитав, як звертатися до неї. До кінця вечора Інґе вже знала, що він наполовину поляк. Батько загинув у автокатастрофі, а мати – під час бомбардування. І хоч вона теж трохи розповіла йому про себе і про щось говорила інше, проте все ще не могла повірити, що цей вродливий молодий чоловік зацікавився нею. Просто не вкладалося в голові! Навколо було стільки красунь, але він чомусь вибрав її...

Інґе подумала про те, що Йозеф, напевно, посварився зі своєю дівчиною і вирішив таким чином помститися їй: пішов на танці й вибрав з усіх присутніх найбільш бридку. Можливо, сьогодні він ще зробить спробу домогтися її, запросить кудись, а завтра забуде про цей вечір. По-іншому не могло бути, і ця думка примусила Інґе внутрішньо скрижаніти, що не оминуло уваги Йозефа.

– Ти чимось засмучена, Інґе? Чи я можу допомогти? – запитав він делікатно і, як їй здалося, щиро.

Вона відповіла якось мляво й плутано, з чого можна було лише здогадатися, що у неї був важкий тиждень і що завтра вдосвіта знову на роботу. Чому тут радіти?

Йозеф не став її розпитувати, і вони продовжували танцювати, вже не розмовляючи, а лише дослухаючись настрою музики. Десь о пів на дев'яту, коли публіка остаточно розтанцювалася і оркестр грав майже без перерв, Йозеф запропонував піти прогулятися:

— Тут занадто гамірно. Люди забувають, що вони прийшли не на футбол, а відпружитися, — сказав він.

Інґе не хотілося йти. Їй подобалося відчувати руку Йозефа на своїй талії, рухатися відполірованим паркетом, піддаючись його зграбним рухам, насолоджуватися цими прилюдними легкими обіймами. Однак вона відповіла, що теж охоче вийшла б на свіже повітря, бо, крім усього іншого, вже пізно, а їй ще добиратися до свого Дальґофа.

Прямуючи до виходу повз великі, на всю стіну, дзеркала в яскраво освітленому фойє, Інґе ще раз примітила, яким привабливим є Йозеф і якою нікчемною виглядає її постать поруч із ним. «Цей вечір більше не повториться», — сказала вона собі, і від цієї думки їй знову зробилося сумно.

Дорогою вони говорили мало. Можливо, тому що Йозеф соромився свого польського акценту або просто був небалакучим. Інґе, занурена у свої невеселі думки, теж воліла мовчати. На зупинці трамвая вона подякувала за приємний вечір.

— Це було мило з твого боку — присвятити увесь час моїй особі, — сказала вона і подала йому руку на прощання.

Інґе очікувала, що він теж обмежиться ввічливими словами, які ні до чого не зобов'язують і до яких вдаються у таких ситуаціях виховані кавалери. Тим часом Йозеф запитав, чи може відпровадити її до самого дому. І вже у трамваї так само несподівано розговорився. Дивлячись крізь трамвайне вікно на вечірній Берлін, він казав, що це місто подобається йому більше, ніж Варшава, куди він часто виїжджає в службових справах.

– Варшава, може, й була колись гарним містом, але під час війни її геть зруйнували. Каменя на камені не залишили. А те, що набудували після війни, дуже одноманітне. Я чуюся там, як на вокзалі. Коли приїжджаю туди, відразу починаю рахувати дні до кінця відрядження. Хоча Польщу я люблю. Все-таки я народився там, і мати моя була полькою.

У Польщі є багато маленьких містечок, де почуваєшся дуже затишно. Так, ніби усі там твої знайомі, кожен тебе знає, і ти знаєш кожного... Зате у Берліні чуєшся вільнішим. Тут усе навпаки – ти нікого не знаєш, і тебе – ніхто. Ніби приїжджий. Я люблю подорожувати...

– Я тобі заздрю, – промовляла зітхаючи Інґе. – Далі західного сектора я нікуди не їздила.

Інґе навіть не була берлінкою. Вона не мала права так називатися, бо мешкала у Дальґофі – маленькому провінційному Дальґофі, схожому більше на село, аніж на передмістя Берліна.

Усе складалося не на її користь. Місто за вікном цієї миті здавалося Інґе страхітливо чужим, і вона у ньому чулася так, ніби опинилася тут без дозволу і, відповідно, буде викинута за його межі, депортована без права повернення бодай на коротко, щоб хоча б згадати окремі епізоди свого перебування як випадкової екскурсантки. І те, що вона працює у фрау Шульце – це теж лише прикра недоречність, яка буде виправлена. Тому не слід піддаватися ілюзіям, жити сподіваннями в очікуванні дива. Цей хлопець зараз відпровадить її і зникне назавжди. Світ, в якому він обертається, їй недоступний. Коли власна нікчемність постає перед людиною в усій своїй неприкритій потворності, слід сприймати це, як заслужене покарання за піддатливість марнославству. І з упокоренням, з почуттям провини, з готовністю спокутувати свій дрібний і тому особливо ганебний грішок вертати туди,

звідки прийшов, – у рутину, буденність, де шлюб є до-
мовленістю двох по черзі мити посуд на кухні й привести
на світ двійко дітей – обов'язково хлопчика й дівчинку.
Мешканців Дальґофа це влаштовує, мусиш і ти
вдовольнитися їхніми дрібними житейськими радоща-
ми...

– Ми зможемо знову побачитися? – почула голос
Йозефа ніби здалеку.

Він не запитував – прохав. Інґе обернула голову. В його
погляді, який ще хвилину тому був таким упевненим, тепер
виразно прозирала самотність і, може, навіть німе прохан-
ня допомогти дати раду з безпритульністю душі. Нараз Інґе
побачила перед собою чоловіка, який шукав не легкої роз-
ваги, любовної інтрижки, флірту чи чогось схожого, а захи-
сту. Їй стало невимовно шкода цього хлопця з польським
акцентом. Вона відчула, як серце її починає наповнюватися
ніжністю. Інґе захотілося пригорнути його до себе,
заспокоїти. Їй здалося, що вона старша за нього, і тому це
природно, що він звернувся по допомогу саме до неї. На
підтвердження своєї готовності надати йому прихисток
вона відповіла:

– Можемо.

Дивним усе це видавалося. На перший погляд,
звично і буденно: танці, знайомство, я називаюся так, а я
– так, дуже приємно, і мені так само, чи міг би я? Чому
ні... Прогулянка вечірнім Берліном, вогні нічного міста,
що пропливали повз Інґе мовчазно, ніби просто нага-
дували про своє існування. І при тому – присутність
непевності, тривожне очікування важливого поклику,
прагнення затримати в часі цю мить, щемке передчуття
зближення чогось нового, незнаного і тому – такого жа-
даного. Ніколи досі Інґе не перебувала у такому стані –
радісному і водночас тривожному, ніби от-от мав надійти
лист, зміст якого вона вже знала, але поштар чомусь
запізнювався...

Наступного разу вони побачилися щойно через півтора тижні. У четвер увечері в передпокої задзвонив телефон. Піднявши слухавку, Інґе почула Йозефів голос. Він казав, що сьогодні повернувся з Варшави і матиме кілька вільних днів. Вона чула слова, що долинали зі слухавки, але не одразу вловлювала їхній зміст.

...Прощаючись того – першого – вечора біля її будинку, Йозеф попередив, що мусить їхати у відрядження і буде відсутній тиждень, а то й довше. Інґе потрактувала його слова, як закамуфльоване попередження не дуже розраховувати на продовження цієї історії.

Вранці, збираючись на роботу, вона не помітила, що мама кидає на неї пильні погляди. Інґе взагалі нічого не бачила перед собою, лише повторювала завчені рухи. Мама запитувала, чи вчора її відпровадили, бо Інґе вернула по одинадцятій.

– Так, відпровадили.

Продовжувати розмову не хотілося. Але відповідь не вдовольнила маму, і вона вже готова була вдатися до розпитів. Інґе випередила її: поцілувала в щоку і швидко вислизнула на вулицю.

У такому стані Інґе перебувала впродовж усього наступного тижня. До середи вона ще якось трималася, але у четвер, перед вихідним, пригасла. Тепер вона зрозуміла, що не помилилася: знайомство з Йозефом – це був лише випадковий збіг обставин. Вродливий молодий чоловік на танцях вибрав з-поміж інших саме її. І що далі? Нічого. Наступного ранку він навіть не згадав про неї. Ну, потанцював, ну, відпровадив, бо вертати додому було зарано. Можливо, розраховував, що вона запросить його до себе... Інґе знала, що чоловіки чинять так часто. Не з власного досвіду, звичайно, а з книжок і фільмів.

Сумніви починали діймати її настільки сильно, що Інґе не витримала і запитала у фрау Шульце, чи могли б вони перемовитися.

– Звичайно, дитино, – погодилася та.

Після сьомої вечора, зачинивши двері перукарні, вони попрямували вулицею до трамвайної зупинки. Інґе кількома реченнями пояснила причину свого неспокою.

— Але чому ти вирішила, що цей молодий чоловік зник, — запитала фрау Шульце. — Прецінь він попередив тебе, що їде у відрядження на тиждень, а може, й на довше. Сьогодні щойно четвер, а ти вже б'єш на сполох. Так не можна. Якщо ти поводитимеш себе у такий спосіб, це матиме щонайменше два негативні наслідки. По-перше, якщо твої побоювання виявляться марними і цей хлопець таки з'явиться — він одразу зауважить, що ти всі очі виплакала, виглядаючи його. Допустити до такого розвитку подій небажано. Ми взагалі не повинні демонструвати свої почуття перед будь-ким, а перед чоловіками, які нас цікавлять, — і поготів. Чоловіки можуть відреагувати на це по-різному: із захопленням, поблажливо, з відчуттям глибокої сатисфакції від здобутої перемоги — усе залежатиме від того, наскільки ми зацікавили їх. Але в будь-якому випадку прояв твоєї слабкості лише зашкодить. Тобі зашкодить! По-друге, якщо твоя симпатія таки не з'явиться — а ми не можемо виключити такого варіанту — це означатиме, що доля приберегла для тебе іншого чоловіка. В такому випадку поїдати себе лише через те, що ти танцювала цілий вечір із молодим чоловіком приємної зовнішності — означало б гнівити Бога. Тому заспокойся й тримай себе гідно. Хоча я маю таке передчуття, що він обов'язково з'явиться. Втім, можливо, тобі буде з ним непросто...

— Я готова до цього, фрау, — відповіла тихо, але з упевненістю в голосі Інґе. — Якщо він не кине мене, я готова до будь-яких випробувань.

— Якщо серце підказує тобі, що цей хлопець — твій суджений, то не гарячкуй, а чекай. Адже щойно четвер.

— Так, — зітхнула Інґе. — Щойно четвер.

Розмова з фрау Шульце трохи заспокоїла Інґе. У п'ятницю вона цілий день поралася вдома, допомагаючи мамі. Тато, як завжди, крутив гайки у гаражі, Фріц гасав десь на вулиці. В суботу працювала допізна, бо перед неділею салон відвідувало найбільше клієнток. У неділю попередила домашніх, що ночуватиме у дядька в західному секторі.

З понеділка до середи в перукарні бувало небагато клієнток, і час тягнувся, як сірий осінній світанок, що ніяк не міг перейти у день. Іноді до неї виходила фрау Шульце. Вона зупинялася саме біля Інґе, а не її напарниці. У такий спосіб вона виказувала Інґе свою підтримку.

Так минули наступні три дні. На четвертий увечері зателефонував Йозеф... Його голос здався їй збудженим, у ньому можна було вловити приховане бажання здаватися бадьорим і впевненим у собі, хоча насправді так не було. Ледве стримавши хвилювання, Інґе запитала якомога спокійніше, чи у нього все гаразд.

– Так, – відповів Йозеф. – Я мав багато роботи і тепер маю право відпочити. Якби тобі вдалося взяти вихідний, ми могли б удвох...

Інґе відчула, що утримувати далі у розмові з Йозефом байдужий тон їй не вдасться. Не здатна відповісти щось до пуття, вона мовчала, аж доки знову не почула у слухавці слова, схожі на запрошення до танцю, коли вона вперше побачила Йозефа: «Ви дозволите?» Тоді від неї вимагалося лише слухняно вирушити услід за партнером на танцювальний майданчик, де грала музика. Тепер потрібно було щось казати.

– Ти... Ти справді пам'ятав про нашу зустріч? Я думала, ми більше не побачимося... Мені здавалося, що того вечора ти просто потребував якогось товариства і я випадково опинилась поруч...
Інґе розуміла, що так говорити не слід. Вона зітхнула.

Йозеф мовчав, а потім промовив:

– Спершу мені теж так здавалося. Але потім я відчув, що хочу побачити саме тебе. Крім того, знаєш... – Йозеф ніби затнувся, – у мене в Берліні нікого немає... І у Варшаві теж...

У цю хвилю до передпокою з вулиці увірвався Фріц. Він спітнів, бо видно щойно зіскочив з ровера. Не звертаючи уваги, що сестра розмовляє телефоном, Фріц заходився голосно кликати маму, щоб та швидко винесла йому канапку «з чимось таким», бо він не має часу.

– Ти чуєш, muti!

Від цієї несподіваної з'яви Інґе зовсім розгубилася. Вона мусила сказати Йозефові якісь важливі слова. Такі, щоб він зрозумів, з яким нетерпінням, розпачем, сподіванням вона чекала на його дзвінок. Наскільки це було для неї важливе. Навіть не просто важливе, а доконче необхідне. Але поруч вештався брат, і у будь-яку мить згори могла зійти мама. Усе ніби навмисне складалося так, аби Інґе не змогла знайтислова чи не наважилася промовити їх... І тоді вона сказала, прикриваючи слухавку долонею:

– Я теж хочу побачити тебе. Дуже.

Довідавшись, що Йозеф задзвонив і запросив Інґе, фрау Шульце погодилася дати їй вихідний.

– Але мусиш брати до уваги, що ти цього Йозефа зовсім не знаєш. Хоча іноді можна прожити з чоловіком десятки років і врешті-решт одного дня переконатися, що він виявився зовсім не таким, яким ти його собі уявляла. Кращим або гіршим. Шляхетнішим або фатально ницим. І таке бува. Ти доросла дівчина, і я не хочу давати тобі ніяких настанов. Те, що має статися, станеться хоч би там що. Але все ж – вважай.

І фрау Шульце перехрестила Інґе.

VI

У неділю до кірхи приходило не багато людей. Мешканці Дальґофа здебільшого були протестантами, і кірху св. Бартоломея неподалік залізничної станції Інґе любила найбільше. Тут вона відчувала себе захищеною. Слухаючи недільні проповіді, вона віднаходила лад і спокій – не такі часті гості в її настроях, а тому особливо бажані. Цього разу читали восьмий вірш Євангелія від Іоана. «Ісус же на гору Оливну пішов. А над ранок прийшов знов у храм, і всі люди збігалися до Нього. А Він сів і навчав їх. І ось книжники та фарисеї приводять до Нього в перелюбі схоплену жінку. І посередині ставлять її та й говорять Йому: «Оцю жінку, Учителю, зловлено на гарячому вчинку перелюбу... Мойсей же в законі звелів нам таких побивати камінням. А Ти що говориш?» Це ж казали вони, Його спокушуючи, та щоб мати на Нього оскарження. А Ісус, нахилившись додолу, по землі писав пальцем... А коли ті не переставали питати Його, Він підвівся і промовив до них: «Хто з вас без гріха, нехай перший до неї той каменем кине!..» Він знов нахилився додолу і писав по землі... А вони, це почувши й сумлінням докорені, стали один по одному виходити, почавши з найстарших та аж до останніх. І зостався сам Ісус і та жінка, що стояла всередині... І підвівся Ісус, і нікого, крім жінки, не бачивши, промовив до неї: «Де ж ті, жінко, що тебе оскаржили: чи ніхто тебе не засудив?» А вона відказала: «Ніхто, Господи...» І сказав їй Ісус: «Не засуджую й Я тебе. Іди собі, але більш не гріши».

Священик підвів голову і подивився у бік хорів, де з-над двору крізь вітраж до храму просочувалось денне світло. Він виглядав на років тридцять п'ять, не більше, але був сивим. Крізь округлі в тоненькій оправі окуляри прозирали чорні вдумливі очі.

«Отже, Син Божий слухав фарисеїв, а сам у цей час щось писав по землі пальцем,– продовжував священик. – Про що міг він писати? Нікому зі смертних не дано розкрити цю велику еніґму. Ніхто ніколи, поки існує цей світ, не зможе взяти на себе сміливість сказати, що він знає, які слова виводив на землі Спаситель. Якщо ж візьме – то согрішить. Ми можемо лише припускати. Лише здогадуватися... Що може бути більш нетривким, ніж слова, написані пальцем на піску? Вітер повіє – і вони зникнуть. Дощ піде – і за мить сліду по них не знайдемо. Ступить нога людини – і лишиться на піску лише відбиток її стопи. Але не слова, написані Сином Божим. Зауважмо, Ісус не підвів голови, коли книжники і фарисеї привели грішницю і зажадали його вердикту. Ними керувала нещирість і байдужість до бідолашної, яка заблукала в гріху і не знала, як із того вийти, і Він про це знав. Не про спасення душі йшлося їм, а про намагання поставити Учителя перед дилемою: виконати приписи Мойсеєві чи ревізувати їх? Дилемою, перед якою ми опиняємося нащодень: виконувати накази, навіть ті, які приписані нам згори, не співвідносячи їх з власним розумінням віри, власним досвідом комунікації з Ним, чи намагатися укласти їх в тіло вчення Сина Божого?»

Інґе слухала проповідь не дуже уважно. У цей час вона думала не про Святе Письмо, а про Йозефа. Краєм ока вона бачила його обличчя – зосереджене і замислене. Йозеф був занурений у свої думки, так само недоступні їй, як і спроби зрозуміти суть подій в Єрусалимському храмі. Єдине, що вона запам'ятала, це питання: що міг писати Спаситель на землі пальцем?

...Рівно за рік, у квітні 1958-го, Інґе і Йозеф заручилися. Церемонія проходила в присутності батьків Інґе, її брата і найближчої рідні – дядька Фільфока з дружиною і тітки Льот те з чоловіком, які жили в західному секторі. Була на урочистості й фрау Шульце. Від Йозефа не приїхав ніхто – батьки у могилі, а далека родина жила десь у східній Польщі, й із нею Йозеф не підтримував ніяких стосунків. Принаймні, так це випливало з його розповідей.

Інґе все ще не могла повірити у те, що доля подарувала їй Йозефа, що він справді належить їй. Вона згадувала, як рік тому вони зустрілися після знайомства на танцях, коли він потелефонував і сказав, що йому дали відпустку і що добре було б, якби Інґе теж могла взяти вихідний.

Зі слів Йозефа, він працював перекладачем торговельної місії НДР у Варшаві. Інґе майже не сумнівалася у тому, що Йозеф закінчив університет, знає кілька мов і що перекладач – дуже висока посада. Сама лише думка про те, що він – майже дипломат, викликала у неї захват. Водночас, ця сама думка супроводжувалася невеселими роздумами про власну недолугість. Інґе була лише перукаркою. На що вона могла розраховувати, чим могла зацікавити цього вродливого й освіченого чоловіка, коли, окрім укладання волосся, нічого не вміла? Усі її знання з-поза марок гребінців і ножиць зводилися хіба що до музики.

...Того вечора, коли Йозеф відпроваджував її додому після танців, вона запитала його, чи сподобалася йому імпровізація в стилі Гленна Міллера і Бенні Гудмена? З його відповіді Інґе зрозуміла, що Йозеф не чув про цих музикантів. Це її трохи підбадьорило. Принаймні, існувала тема, в якій вона чулася впевненіше за свого дипломованого супутника. Щоб якось закріпитися на цій позиції, Інґе сказала йому, що в Західному Берліні можна роздобути платівки із записами кращих джазменів і що недавно вона купила самого Каунта Бейсі. – Я не розумію цієї музики, – байдуже зауважив Йозеф. – Мені здається, вона взагалі позбавлена змісту, як і буґі-вуґі. Чи що там ще крутять на AFN і BFN. Це музика для американських солдатів, як додаток до дівчаток, жуйок і пива. Коли слухаєш таку музику – вже ні про що не думаєш, в тому числі й про те, чим американці займаються у західному секторі. Хіба тобі не подобається вальс чи фокстрот?

– Подобається. Але, погодься, увесь час вальсувати – це нудно...

– З тобою – ні.

Взагалі, коли мова заходила про американців, Інґе зауважувала, що Йозеф ніби внутрішньо напружувався. З його висловлювань виходило, ніби він заангажований у якісь політичні справи і має схильність у всьому вивищувати комуністів – не німецьких, а тих, із Росії.

«Захід об'єднався навмисне, – говорив він. – Йому залежить на тому, щоб продемонструвати свою перевагу перед нами. Америка за рахунок війни збагатилася. Радянський Союз, на відміну від неї, вийшов з війни з величезними втратами. Ось відповідь на запитання, чому в західному секторі життя здається привабливішим. Але усе це тимчасово. Ще п'ять-шість років, і у нас теж буде не гірше».

У такі миті погляд Йозефа змінювався, ставав жорстким, ніби це від нього залежала доля суперництва між двома системами. Інґе дотримувалася іншої думки. Вона не любила демонстрацій FDJ під патріотичні пісні з вимахуванням фанами, не любила радіопередач про переваги соціалізму над капіталізмом, про підступні дії шпигунів із західної зони проти миролюбної НДР. Усе це було схоже на спробу примусити усіх мислити так, як мислять комуністи. Але зараз вона думала лише про Йозефа і відчувала, що задля нього готова на все, в тому числі й виявити поблажливість до світу, в якому їй доводиться жити. Втім, Йозеф не намагався навернути її у свою віру.

У перші дні їхнього знайомства вони часто гуляли містом, якого Йозеф по суті не знав. Він виріс далеко від Берліна. Інґе теж не дуже орієнтувалася у тому, що зводиться на місці будинків, від яких після війни залишилися самі руїни. Казали, що там, де стояв Берлінський міський палац, який колись належав Гоґенцоллернам, постане велика площа. Інґе пригадувала, як у школі вчителька історії казала їм, що цей палац був уособленням прусського абсолютизму і тому не вписувався в силует столиці соціалістичної Німеччини. Але всім було відомо: берлінці обурювалися знесенням палацу. Люди, які розумілися на архітектурі, казали, що його можна було відбудувати і що рішення комуністів – це варварство.

Інґе не була готова прийняти чийсь бік, але підозрювала, що Східний Берлін відбудовується швидкими темпами не без того, аби довести західному сектору, що має вагомі переваги. У Західному Берліні Інґе не бачила будівництва таких великих житлових кварталів, як на Ленін-алее чи Карл-Марксалее, але там вона почувала себе комфортніше. Вона любила це трохи занедбане місто. Його відбудовували поступово, але власне відбудовували, а не перебудовували. Тут ніхто не говорив стільки про світле майбутнє, патріотизм, продуктивність праці. Тут просто працювали, заробляли гроші й тратили їх легко і безтурботно. Так, принаймні, їй здавалося. У Західному Берліні вона могла за якихось 30 пфенінгів купити детектив, віддрукований на гарному глянцевому папері, тут у кінотеатрах крутили фільми, які у східному секторі були заборонені. По тутешній молоді можна було швидко зорієнтуватися, який одяг вважається у світі стильним. Як мешканка східного сектора Інґе належала до так званих ґренцгенгерів – тих, хто жив у східному Берліні, а працював у західному секторі. Газети писали: ґренцгенгерів налічувалося понад шістдесят тисяч. Пересічні люди зі східного боку заздрили їм, бо вони отримували зарплатню у західних марках і могли обмінювати їх на території Східної Німеччини за дуже вигідним курсом. Офіційна пропаганда називала їх джерелом підриву стабільності східнонімецької марки і валютними спекулянтами. «Вони працюють на заході, а соціальні гарантії їм повинна давати НДР», – апелювала до громадської думки влада НДР. Інґе погоджувалася, що це дійсно не дуже справедливо. «В такому разі домовтесь із владою Західного Берліна, – вступала вона в уявну полеміку з газетою. – А ще краще – приберіть кордон, і нехай Берлін буде одним цілим».

Мовилося також, що через ґренцгенгерів економіка НДР потерпає від браку робочої сили і контрабанди, і що все це – результат підривної діяльності проти молодої соціалістичної республіки. Стосовно цього Інґе могла посперечатися будь з ким. «Треба платити людям нормально, і все буде добре», – промовляла вона до диктора радіо, коли чула про такі речі. До того ж, ґренц-генгери вважалися потенційними втікачами на Захід і підбурювачами настроїв у східному секторі, особливо серед молоді. Інґе їздила на роботу електричкою. При перетині кордону вимагалося лише пред'явити посвідчення особи. Вона одразу вирізняла з-поміж пасажирів людей, які напружувалися при наближенні прикордонників. Це було видно неозброєним оком. Якби їй одного дня спало на думку чкурнути на Захід, вона поводилася б інакше. Не одразу помітити, що до тебе підійшли хлопці у погонах, подати аусвайс так, ніби показуєш квиток контролерові у трамваї. Думати у цей момент про щось дуже далеке від втечі. Наприклад, про те, як швидше накладати грошей на платівку Air Lift Stomp Рекса Спірта. Запорука впевненості – байдужість. Щоб не боятися втрат, слід мати якомога менше. Торбинка в руках, у ній – кілька марок, губна помада... Якщо, звичайно, не закохатися по вуха саме тоді, коли треба бути на сторожі...

Йозеф притримувався протилежної думки. Під час прогулянок, коли мова заходила про щось подібне, він починав переконувати Інґе у тому, що вона помиляється. «Ти не розумієш, що Захід з його свободою – це лише яскрава обгортка. Розгорниїї, і ти побачиш, що ніякої цукерки всередині немає. Є натомість цинічна експлуатація трудящих», – здебільшого казав він.

Ця фраза про «експлуатацію» була його улюбленим аргументом, непереконливим, звичайно, бо в житті «експлуатують» усіх без винятку. Питання лише в тому, за скільки. І якщо фрау Шульце «експлуатувала» Інґе за платню втричі вищу, ніж у східному секторі, то чому це було несправедливо?

Зрештою, вона воліла радше погоджуватися з Йозефом, аніж припирати його до стіни фактами, переконливість яких він точно не зміг би спростувати. Інша річ, чому Йозеф – та разом із німецькими джазменами. Її назва недвозначно натякала, що йшлося про повітряний міст, прокладений союзниками до Західного Берліна під час його блокади комуністами. кий освічений і розумний – перебував у полоні виразно примарних ідей.

Цього Інґе зрозуміти не могла. «Напевно, так його навчали в університеті. Можливо, якби я пішла вчитися на перекладача чи не знаю на кого там, то теж думала б так само, як і він», – казала собі Інґе і намагалася змінити тему, щоб не продовжувати ці безсенсові суперечки. Вона знала, що не існує такої сили, яка примусила б її розлюбити Йозефа, а в тому, що вона кохає його до безтями, Інґе не сумнівалася ні на мить. Йозеф міг бути навіть найголовнішим у системі, яку вона глибоко зневажала, але й тоді її почуття до нього не стали б слабшими. Щоб якось витримати у цьому нелегкому внутрішньому протистоянні, Інґе переконувала себе у тому, що, можливо, вона не знає чогось дуже важливого, що знають ті, «на горі». Адже і так могло бути. І може, справді – примус невдовзі зникне. Адже це так просто – не обмежувати свободи. І тоді люди нікуди не втікатимуть. І працюватимуть не за страх, а за совість. І нехай це зветься «експлуатація», яка різниця?

Тепер, коли Йоші – так вона називала його з недавнього часу – збирався посперечатися стосовно переваг життя «у нас» і «там», вона лагідно зупиняла його і казала: «Я вірю тобі, любий, ти ж знаєш». Ця демонстрація цілковитої відданості обеззброювала Йозефа. Він одразу забував, що, власне кажучи, збирався довести Інґе, обіймав її і казав: «Знаю». Однак все ж існувало дещо, що непокоїло Інґе більше, ніж небажання Йозефа погодитися з очевидними речами. Іноді, після тривалих відряджень до Польщі, він повертався пригніченим, мовчазним і розгубленим. Інґе не могла пояснити причину такого його стану, а позаяк відповідь на це запитання все ж існувала, починала думати про присутність у його житті іншої жінки чи, може, навіть сім'ї. Що вона знала про минуле Йозефа? Нічого. Його батьки загинули, родина далека відцуралася. Чи він її відцурався? Він справді видавався дуже самотнім. Але самотність може пояснюватися різними причинами. Можливо, він відчував себе нещасливим у шлюбі, закохався в Інґе, але не знав, як гідно вийти з цієї заплутаної ситуації. Інґе з жахом думала, що одного дня він змушений буде сказати їй всю правду, і ця правда виявиться для неї вбивчою.

Інґе не наважувалася ні з ким поділитися своїми підозрами. Але неспокій, який знову з'являвся у її погляді, був надто помітним, і фрау Шульце запитала, чи не Йозеф, бува, є причиною її переживань.

— Я бачу, ти чимось стривожена. Щось із Йозефом не так?

Інґе не пригадувала, коли відбулася та розмова. Здається, в середині жовтня 1957 року.

— Я справді виглядаю стурбованою? — перепитала вона з удаваною грайливістю.

— Звісно. Хіба я стала б турбувати тебе зайвими питаннями, якби це було не так?

Причина, звичайно, існувала. Йозеф повернувся з останнього відрядження якийсь... особливо понервований, чи що. Сторонньому, хто не знав його близько, це ледь впало б в око. Зовні він, як завжди, нагадував героя американського бойовика — незворушний вираз обличчя, бездоганно дібраний одяг, запах дорогих парфумів — сила і елегантність, як з обкладинки глянцевого журналу для чоловіків. І все ж Інґе відразу відчула, що з ним щось відбувається. Йозефа виказували очі. Десь, на самому їхньому дні, вона помітила розгубленість і навіть страх. Йозеф умів контролювати свої емоції. Інґе на віть здавалося іноді, що він навчений робити це професійно, як актор, жоден м'яз обличчя якого не повинен виказати його справжніх почуттів, якщо так зажадає режисер.

— Щось сталося, Йоші? Ти виглядаєш утомленим, — запитала Інґе, не закриваючи йому шляху до відступу.

— Так, я трохи втомився, — скористався Йозеф причиною, підкинутою йому Інґе, ніби хвірткою, навмисне не причиненою, щоб можна було непомітно щезнути і побути на самоті.

Вона не стала докучати йому зайвими питаннями – домовилися побачитися завтра, коли він відіспиться. Наступного дня Йозеф мав дещо спокійніший вигляд, але все ж не такий, як зазвичай. Крім того, він не міг побути з нею довше, бо мусив писати звіт. Пообіцявши зателефонувати, як тільки звільниться, Йозеф зник.

Фрау Шульце запитала у Інґе, чи все в неї гаразд, помітивши, що в дівчини з'явилася звичка насуплювати брови. Інґе не стала ділитися з нею своїми підозрами. Просто сказала, що вони трохи посперечалися за якусь дурничку. То була, звичайно, відмовка, і обидві знали про це. Але фрау Шульце не образилася, принаймні, вдала, що приймає цю відповідь за правду. Щойно на четвертий чи, може, навіть п'ятий день після повернення з Варшави Інґе впізнала в Йозефові свого Йоші – милого, спокійного, лагідного. Вона сказала, що нарешті він отямився і що робота забирає у нього надто багато нервів. І додала:

– Коли ми поберемося, я обов'язково буду біля тебе. Кину свою роботу. Може, навчусь допомагати тобі. Але ми неодмінно повинні бути разом. Так буде спокійніше і тобі, і мені. Правда ж? Інґе зазирнула в його очі й знайшла у них відповідь на запитання, яке її так непокоїло. Вона побачила, якою ніжністю і вдячністю світиться його погляд. «Я просто дурепа, – подумала Інґе. Я все вигадала, понапридумувала і ледь не звірилася йому в своїх підозрах. Боже, яка я немудра!»

Час збігав швидко. Десь у листопаді Інґе познайомила своїх батьків з Йозефом, і він справив на них хороше враження. Мама сказала, що хлопець справді симпатичний і вихований. Ні, вона сказала про Йоші – мужчина. Мама, безумовно, хотіла додати до цього, що він чоловік забезпечений. Це видно з усього – дорогий одяг, впевнені жести, вишукана манера вести розмову.

Тато обмежився тим, що сказав «Дай то Бог, дай то Бог» і пішов до себе в гараж. У брата ж не знайшлося аж стільки часу, щоб висидіти з батьками, сестрою і її нареченим цілих півгодини. Однак Йозефа він теж визнав, бо дав йому максимально високу оцінку: «Нормальний мужик».

Тоді ж, у листопаді, вони постановили, що заручини відбудуться після Великодня, на осінь наступного року і поберуться. Після останнього відрядження до Варшави Йозеф ще раз поїхав тижня на півтора, але повернувся свіжим, без жодних ознак неспокою, яким так налякав її у жовтні. Це остаточно переконало Інґе у тому, що версія «іншої жінки, а може, навіть сім'ї» відпала як така, що не знайшла жодних підтверджень.

Вони знову часто і подовгу гуляли вулицями і парками східної частини Берліна, а іноді їхали до західного сектора. По всьому було видно, що змагання між двома частинами великого міста, розрізаного війною навпіл, триває як гостре суперництво. На Сталін-алеє Інґе і Йозеф бачили нові квартали багатоквартирних житлових будинків. Тим часом влада Західного Берліна повідомила, що з 1945 року побудовано сто тисяч квартир, а головним центром реконструкції міста стане Міжнародна будівельна виставка «Інтербау», до участі в якій запрошені кращі архітектори світу. У будівельних риштуваннях стояли Бранденбурзькі ворота. Газети писали, що берлінці відновлюють їх спільними зусиллями. Головна конструкція воріт знаходилася на східній частині, тому реставраційні роботи проводилися за рахунок коштів комуністів, натомість знаменита квадрига відливалася в Західному Берліні. У кінотеатрах демонстрували фільми, привезені на фестиваль Berlinale. Але якщо хтось хотів подивитися справжні американські бойовики – треба було перетнути КПП і йти до найближчого кінотеатру, найпростіше – неподалік переходу «Чарлі поінт».

Йозеф казав, що між американцями і Радянським Союзом назріває конфлікт. Інґе не любила, коли він починав розмови про політику, але тут мусила з ним погодитися. По радіо як з одного, так і з другого боку все частіше обмінювалися взаємними звинуваченнями у зриві домовленостей, у провокаціях і диверсійних операціях. Комуністи нагадували американцям про тунель, прокопаний ними із західного сектора аж до району Альтґлініке у Східному Берліні, щоб під'єднатися до телефонних кабелів радянських і східнонімецьких спецслужб. Казали, що таку саму провокацію було влаштовано у радянській зоні окупації у Відні і що це спільні оборудки служби Ґелена та ЦРУ.

З протилежного боку народ лякали шпигунами Вольфата КДБ. Одна з клієнток розповідала у салоні фрау Шульце, що улюблений метод Штазі – засилати своїх агентів у ліжка секретарок високопосадовців міністерств. Вона казала, що нібито БНД затримала таку собі фрау Ремер – секретарку з Міністерства закордонних справ у Бонні, яка передавала своєму коханцеві – якомусь Хелмерсу, копії документів, що проходили через її руки, і що цей Хелмерс виявився агентом Штазі.

– У газетах пишуть, що банда Вольфа буквально заполонила Бонн, і тепер БНД повинна достеменно знати, з ким сплять секретарки федеральних відомств, – переповідала вона останні новини.

– Напевно не усіх, а лише найбільш привабливих, – засумнівалася напарниця Інґе, яка укладала на голові клієнтки «бабету». – Ні, таки усіх, бо якщо шпигуна цікавить якась інформація, він переспить навіть з останнім страхопудом. Така робота.

Присутні у перукарні майже одноголосно визнали, що в цьому є логіка і що невдовзі можна очікувати нових гучних скандалів, бо коли агенти Вольфа занадилися зваблювати секретарок, як цей «червоний Казанова» Хелмерс, то тут жодне БНД не допоможе, навіть якщо до справи підключаться цереушники.

VII

...священик продовжував недільну проповідь.

«Слова, які Спаситель писав на землі, коли фарисеї привели до Храму блудницю, це могли бути не слова, не багато слів, а лише одне – любов. Зло і гріх можна побороти лише любов'ю. В цьому суть усього вчення Христа. Згадаймо, що відповів Ісус, коли фарисеї запитали у нього, яка заповідь найважливіша в Законі? Він відповів їм, читаємо у Євангелії від Матфея: «Люби Господа Бога свого всім серцем своїм, і всією душею своєю, і всією своєю думкою». Це найбільша і найперша заповідь. А друга однакова з нею: «Люби свого ближнього, як самого себе». На цих двох заповідях увесь Закон і Пророки стоять. Сила, зброя, примус, гроші, наука так і не принесли людству зцілення від недугів, які переслідують його з того дня, відколи Адам і Єва були вигнані з Раю. Не принесли і не принесуть, тому що оселею зла є не погані країни, якими правлять тирани. Не країни, мешканці яких пересичені добробутом, а тому оголошують себе для інших зразком для наслідування, а якщо ті не хочуть наслідувати їх, спрямовують проти них зброю. І не злидні, що штовхають бідних на те, аби відібрати хліб у багатих. Зло виходить із людських сердець. «Бо далі сказав Він, – читаємо у сьомому вірші в Євангелії від святого Марка: – що з людини виходить, те людину опоганює. Бо зсередини, із людського серця, виходять лихі думки, розпуста, крадіж, душогубства, перелюби, здирства, лукавства, підступи, безстидства, завидюще око, богозневага, гордощі, безум. Усе зле це виходить зсередини і людину опоганює!»

Отже, – продовжував священик, – є лише один шлях побороти війни, насильство, несправедливість – лю-

66

бов'ю. Іншого шляху немає. Найдосконаліші закони, найбільші наукові відкриття, найсправедливіші правителі – усе це рано чи пізно вичерпує свою внутрішню енергію і приходить у занепад, а на їхнє місце приходить хаос, біль і розпач. Кожен, хто сподівається, що він запропонує людям інший шлях до спасення, окрім того, який заповів Ісус, – безумець. Лише любов – вона одна здатна принести нам гармонію і заспокоєння. В цьому велика таємниця і водночас простий припис, залишений нам Тим, Хто пішов на хрест за усі людські гріхи».

...Церква дивом вціліла під час війни. Про той час нагадували хіба подряпини від куль на центральному порталі. Але бічні стіни, контрфорси і гострий готичний шпиль, як і розетту, снаряди не зачепили. Кірха стояла так само непорушно, як і півтори сотні років тому, коли лише Провидіння знало про те, що грядуть великі драми, і Німеччину, а разом з нею і все людство, очікують великі випробування.

Інґе вийшла з храму і примружила очі. Небо, здавалось, віддзеркалювало сонячні промені з поверхні лагідного моря. Клени на Шьонгаузер-алеє, яка провадила до центру міста, вже накинули на свої гілки прозорі зеленаві шалі. Східна метрополія над Шпреє усміхалася до своїх мешканців – на перший погляд, надмірно прямих у висловлюваннях і манерах, але дотепних і доброзичливих.

...Інґе згадала, як Йозеф запросив рідних і кількох знайомих відсвяткувати їхні заручини. Напередодні він завбачливо зарезервував місця у кав'ярні неподалік, і тому, незважаючи на ранню пору, на них уже чекав офіціант. Принесли шампанське, каву і її улюблені тістечка. Йозеф попросив хвильку уваги. Інґе знову примітила, як дивовижно поєднується у ньому м'якість і внутрішня зібраність, навіть виразна чоловіча сила.

– Дорога Інґе і ви, котрі прийшли розділити з нами радість цієї події, – сказав тоді Йозеф. – Ще рік тому я блукав по цьому світу, не дуже відаючи, навіщо і з якою метою. Тепер я маю відповідь на це питання: я мусив зустріти Інґе. Я також шукав підтримку і теж знайшов її. Дякую Богові за те, що він послав її мені. Дякую і вам за те, що ви радієте разом із нами.

Після цих слів Йозеф підняв келих – і всі присутні встали. У Інґе перехопило дихання, і якби у цю мить їй належало теж щось сказати, вона не дала б ради.

Перед тим як розійтися, до неї підійшла фрау Шульце. Вона обійняла її і, дивлячись просто в очі, промовила:

– Інґе, віднині я вже не звертатимусь до тебе «дитино». Ти підросла. Ти перетворилася на гарну дорослу дівчину, жінку. Я пригадую ту першу нашу з тобою розмову. Пам’ятаєш, яка ти тоді була невпевнена?

– Я і зараз невпевнена. Я досі не можу повірити, що в мене закохався Йоші.

– Але ж закохався. Це очевидно. Я трохи знаюся на людях і мушу сказати тобі, що Йозеф мені подобається. Я не знаю, чим він займається, але цей чоловік має добрий смак, бо з усіх жінок він вибрав саме тебе. Можливо, на вашу долю випадуть випробування, але я думаю, він тебе не зрадить. Як і ти його. Будь щасливою, Інґе.

Фрау Шульце перехрестила її, як тоді, коли виряджала уперше на танці.
Інґе відчула, що на очі навертаються сльози.

– Дякую, фрау. Я вас люблю, – сказала вона. Інґе нахилилася і поцілувала фрау Шульце руку.

...Увесь наступний рік аж до осені минув відносно спокійно. Йозеф бував у відрядженнях не так часто, як раніше, і тепер нерідко приїжджав забирати її після роботи. Вони йшли у кіно або на морозиво. Інґе віднедавна винаймала окрему кімнату і не поспішала додому. Її батькам це не дуже подобалося, та після заручин вони трохи заспокоїлись. Головна підстава для переживань ніби відпала сама по собі: щоб чоловік після заручин кинув наречену – такого не могло бути!

Хвилювання прийшли з іншого боку. У вересні з полиць магазинів почало зникати найнеобхідніше.

– Що, і зубного порошку немає? – питала Інґе у продавчині, коли та сказала, що від понеділка до крамниці нічого не привезли.

– Як бачиш – немає, – відповіла та і додала: – Я думаю, незабаром зникне не лише порошок.

Так воно і сталося. Бракувало буквально всього, окрім оцту і чорної пасти до взуття.

– Йоші, поясни мені, що відбувається? – запитувала Інґе кожного разу, коли везла харчі із західного сектора.

– Американцям і Аденауеру потрібна війна, – відповідав він.

– Нічого не розумію...

– Їм потрібна війна.

– Але навіщо? Я не бачу жодних приготувань до війни в західному секторі. Там, як завжди, можна купити усе, чого душа забажає. У нас в магазинах скоро будуть продавати лише шнурки до черевиків, та й ті на картки...

– Інґе, ти розумна дівчинка, але багато про що не відаєш. Це не твоя вина, але повір, Москві війна не потрібна. Радянському Союзу американці не запропонували плану Маршалла, і Москва мусить своїми силами відбудовувати все, що було знищено Гітлером. Ти навіть собі не уявляєш, яка це велика руїна...

– Припустимо. Але ж твоя Москва і американці були союзниками. Як же це так виходить, що тепер американці намагаються шкодити Росії? Навіщо?

– Тому що американці добре нажилися на війні і тепер хочуть керувати усім світом. І їм не подобається, що на перешкоді у них стоїть Радянський Союз...

– Але чому ми, німці, повинні страждати від того, що Росія будує комунізм, а американці – капіталізм? І як це так виходить, що там усе є, а у нас немає нічого?

– Це тимчасово, – переконував Йозеф. – Москва пропонує, щоб Берлін став вільним містом. Це зніме напругу. Скажи мені, що в цьому поганого?

– Нічого, – погоджувалася Інґе. – Але я не люблю, коли мене до чогось примушують. А Ульбріхт примушує мене любити його соціалізм. Я не знаю, який соціалізм у Росії, але тут із ним явні проблеми. Йоші, це ж правда...

Такі суперечки траплялися між ними досить часто. І хоча закінчувалися вони, здебільшого, тим, що Йозеф обіймав Інґе і просив аж так не перейматися тимчасовими труднощами, бо він, Йозеф, ніколи не допустить, щоб Інґе погано жилося, багато її запитань зависало в повітрі. Головне з них полягало у тому, чому може знову дійти до війни?. Інґе з жахом думала про те, що буде з нею і Йоші, якщо справді дійде до стрілянини. Вона думала про дитину, яка обов'язково народиться у них, адже невдовзі мало відбутися весілля.

Невідомість і постійні розмови про ядерні ракети перетворювали її життя на очікування якоїсь приголомшливої новини. Ця новина повинна була прийти на світанку, коли Інґе ще спала. Вона мала збудити її, зірвати з ліжка і примусити повірити, що це не нічний кошмар, а реальність. Інґе не розпрощалася з війною. Глибоко у її пам'яті дрімало відчуття приреченості, усвідомлення неможливості втекти, сховатися від небезпеки, яка чатувала на неї так близько, що вона майже фізично відчувала її важкий вологий віддих. Турбувало й те, що вони не мали де жити. І вона, і Йоші винаймали помешкання, але коли у них народиться дитина, їм потрібен буде власний кут. Щоправда, Йозеф заспокоював її і казав не перейматися майбутнім. Він увесь час повторював, що у нього добра робота і хороша перспектива, а тому вони обов'язково матимуть власну квартиру. При цьому Йоші промовляв до неї настільки спокійно і впевнено, що Інґе на якийсь час заспокоювалася. «І справді, чого я панікую? Адже так воно і є. Йоші має престижну роботу, йому добре платять, і він, з його розумом, розсудливістю, наполегливістю обов'язково піде на підвищення, і ми не будемо змушені поневірятися з дитиною на руках по чужих кутах», – казала вона собі.

Інґе не надавала особливого значення грошам. Вони цікавили її настільки, аби мати найнеобхідніше і в разі потреби – допомогти батькам та братові. Але їй подобалося, що гаманець Йозефа ніколи не бував порожнім. Їй імпонувала непідробна невимушеність, з якою він розраховувався в ресторанах, його щедрість, коли вони заходили в якийсь дорогий магазин і він запитував у Інґе, що їй подобається. У цих нібито дріб'язках відчувалася його внутрішня впевненість, яка безпомильно підказувала їй, що поруч із нею дорослий відповідальний мужчина, а не легковажний шмаркач...

З іншого боку, у вдачі Йозефа іноді проступала майже дитяча незахищеність. Подеколи Інґе здавалося, що вона була потрібна йому не лише тому, що він її справді кохав і що в його віці вже час було закладати родину. Існувала ще якась, надалі невідома їй причина, чому Йозеф – такий пристойний, можна навіть сказати – представник вищого світу, звернув увагу на просту перукарку з передмістя Берліна, єдиною перевагою якої була хіба що молодість. Адже, Боже ти мій, скільки навколо гарненьких дівчаток, навіть молодших за неї, але при тому доньок заможних батьків! Ні, Йозефові було потрібне щось інше.

Перебираючи подумки, про що могло б йтися, Інґе все частіше зупинялася на думці про його потребу мати когось, кому він міг би звіритися, на кого опертися у складну для нього мить. Адже Йозеф був сиротою, поневірявся світами, сам собі давав раду. Без родичів та друзів. Інґе не пригадувала жодного випадку, коли вона бачила б його в якомусь товаристві або щоб вони на дозвіллі зустрілися з його приятелями чи колегами. Йоші був одинаком, чоловіком, призвичаєним до самотнього життя. І те, що він зумів пробитися до верхів самотужки, зовсім не означало, що самотність не пригнічувала його.

Вона також зауважила, що він ніколи не розповідав їй про свою роботу, хоча їй було цікаво, як проходять перемовини або як виглядає Варшава. Коли Інґе запитувала про такі речі, Йозеф, зазвичай, відповідав, що його робота нічим не відрізняється від будь-якої іншої – суцільна писанина, а Варшава порівняно з Берліном нагадує провінційне містечко. Єдине, на що можна звернути увагу в центрі, це хіба на величезний Палац культури, подарований полякам самим Сталіним. «Його збудували за зразком московської архітектури, – пояснював Йозеф. – Ти бачила колись у журналах фото московського університету?»

– «Так, у кінохроніці перед сеансом кіно, – відповідала Інґе. – Він такий великий, з високими шпилями, на кінці яких п'ятикутні зірки».

Ще Йозеф розповідав про Польщу, що вона дуже бідна. Коли їдеш у поїзді, з вікна вагона видно лише похилені селянські хатки ледь не під стріхою та клаптики обробленої землі, брудні залізничні станції і вузенькі криві дороги. Є лише одне місто у Польщі, яке варто оглянути, і вони колись обов'язково поїдуть туди – це Краків. «Я не знаю, яким чином він вцілів під час війни. Гітлер наказав підірвати Краків, але цього чомусь не сталося. Я на місці поляків взагалі переніс би туди столицю», – розмірковував Йоші.

Весілля трохи затримувалося. Влітку п'ятдесят восьмого Йоші лише раз виїжджав у відрядження, але, з його слів, невдовзі на нього чекала якась важлива робота. Він казав, що це можуть бути останні перемовини, після яких начальство обіцяло йому підвищення. Не виключено, що він отримає призначення до відділу, який займається вивченням економіки не лише Польщі, а й Радянського Союзу. Це означатиме, що на нього чекає значне підвищення зарплатні. Після цього вони зможуть справити весілля, бо тоді у них з'явиться можливість замешкати у Берліні або у Варшаві, а може, навіть у Москві. У своєму житлі – не найманому...

Інґе не хотілося б їхати до Москви. Вона ніколи не бувала в Радянському Союзі, але вважала, що жити там нецікаво. Йозеф, проте, притримувався протилежної думки. Однак Інґе з таким нетерпінням очікувала на ту щасливу мить, коли вони поберуться, що навіть Москва тепер здавалася їй не такою далекою і чужою. «Та Бог із нею, з тією Москвою, – казала вона собі. – Головне, залишатися з Йоші, а все інше якось переживемо».

Різдво п'ятдесят восьмого вони зустріли у Берліні. Спершу відвідали батьків Інґе, а потім пішли до помешкання, яке Інґе винаймала неподалік. Роздягнувшись у маленькому передпокої, вони увійшли до кімнати, і Йозеф побачив святковий стіл, сервований з вишуканістю, яка свідчила про особливі   приготування господині.

Вони змовили молитву. Йозеф – зовсім тихо, але Інґе вчулося, ніби це була не зовсім польська мова, яку вона почала вивчати на випадок, якби їй довелося переїхати разом із Йозефом до Варшави. Потім, коли Інґе запитала, чи він молився на якомусь польському діалекті, він трохи знітився.

– Так, – відповів Йозеф. – Можна сказати, що на діалекті.

Це було перше Різдво, яке Інґе і Йозеф відсвяткували породинному. Вона пригадувала, як Йоші запалив свічку і як нараз затишно стало у кімнаті. За вікном цілковита тиша, наче все місто приготувалося до тієї миті, коли вони з Йозефом вперше як справжня подружня пара піднімуть келихи з червоним вином і погляди їхні перетнуться.

– Нехай святиться ім'я Його, – промовила тихо Інґе.

Йозеф виглядав замисленим, наче стояв перед прийняттям якогось важливого рішення і ніяк не міг зважитися на нього. Починаючи з січня п'ятдесят дев'ятого він знову часто відлучався у відрядження. У квітні поїхав до Варшави на кілька тижнів. Повернувшись сказав, що все гаразд, ним задоволені, очікуване підвищення планується, радше за все, на осінь. Він повідомив Інґе про це з легким хвилюванням у голосі. Їй навіть стало шкода його, настільки залежного від рішення невідомого їй керівництва. Інґе заспокоїла Йозефа:

— Йоші, навіть якби з якихось причин тобі довелося б змінити роботу, це не біда. Ти ж освічений, дуже ретельний і обов'язковий. Таких, як ти, з радістю візьмуть у будь-яку торговельну фірму.

— Можливо, але тут проблема не в тому, що мене можуть звільнити.

— А в чому?

— Я тобі казав, що мені, напевно, доручать не просто переклад, а набагато складніше завдання. Це, можна сказати, буде головний іспит за всю мою роботу в місії. Було б дуже добре, якби я впорався. Знаєш, як воно буває в житті: працюєш, працюєш, ніби все гаразд, а потім — якась прикра дурничка, і про все забуто, зате про цю дурничку пам'ятають і дають тобі зрозуміти, що з підвищенням доведеться зачекати.

— Йоші, але якраз це дрібничка, про що ти кажеш. Для мене головне — не твоя робота. Для мене головне — ти. Не існує чогось такого на світі, що могло б примусити мене не думати про тебе або проміняти тебе на якісь вигоди. Ти ж знаєш, я піду за тобою хоч на край світу! І не кажи мені, що твоє підвищення — це аж така важлива подія, від якої залежить наше майбутнє. Ти ж так не думаєш? Інґе відчувала, що розчервонілася чи то від вина, чи то від хвилювання.

— Я знаю, кохана, що ми з тобою дамо собі раду, як би там не складалося у мене. І, власне, через це я переживаю за майбутнє...

— Чому, Йоші? Чи ти слабшаєш від того, що мені абсолютно не залежить на твоїй кар'єрі?

– Ні, але певні обставини накладають на мене відповідальність за тебе, Інґе. Якби йшлося про мене самого. .. Але тепер я повинен увесь час пам’ятати, що є така дівчина Інґе і що вона повинна бути щасливою...

– Може, ти занадто все ускладнюєш? Іноді мені здається: ти сам створюєш собі проблеми. Треба легше дивитися на життя, Йоші. Інакше виходить суцільний клопіт.

У серпні вони з Йозефом їздили відпочивати на море. Інґе не любила Балтику. Жовтуват-сірий колір води і одноманітні піщані дюни з рідкими чагарниками навіювали на неї меланхолію, щоб не сказати сум. Крім того, на Балтиці завжди було зимно. Навіть влітку, коли сонце стояло в зеніті, Інґе хотілося взяти з собою на пляж теплий светр. Їй здавалося, що вона сидить на березі великого озера, протилежний берег якого не видно лише з цього місця, а якщо піднятися на вершечок он того стрімкого схилу, обов’язково побачиш такі самі пологі піщані береги і стіну соснового лісу за ними. Лише коли на горизонті з’являлися великі кораблі, які стояли на рейді в очікуванні своєї черги на захід у порт, Інґе уявляла собі, що з Балтики можна вийти у той широкий не знаний їй світ, який веде у теплі південні моря, на екзотичні острови.

Потім вони перебралися на острів Узедом.

– Ми зможемо колись поїхати з тобою на південь, де тепло, де ростуть пальми і тропічні квіти? – запитувала вона у Йозефа.

– Звичайно, – відповідав він. – Я думаю, незабаром кордони відкриються, тому що світ втямить: розмовляти з нами з позиції сили нерозумно...

Інґе не розуміла, кого він має на увазі, коли каже «ми» – німецьких комуністів чи росіян, але воліла не уточнювати, бо яке це мало значення. Хай буде так, як каже Йоші, він знає більше, і дай Боже, щоб так воно і сталося. Хоча Інґе не вірила, що комуністи колись відкриють кордони.

На початку жовтня Йозеф почав збиратися у чергове відрядження, після якого можна було б готуватися до весілля. Інґе помітила: він нервує, хоча вдає, ніби чується, як завжди, впевнено. Він неуважно слухав, коли вона про щось його питала, ходив замислений. Інґе приписувала усі ці прояви занепокоєння загостреному почуттю відповідальності Йозефа за будь-яку справу, а тепер – за долю їхньої майбутньої сім'ї.

У цей час Інґе трохи прихворіла і кілька днів залишалася вдома. Вона бачила, з яким небажанням Йозеф говорив про відрядження і як йому не хотілося їхати, залишати її саму. Він ніби виправдовувався перед нею, хоча Інґе, звичайно, ні в чому не докоряла. Вона розуміла: Йозеф повинен їхати, тому заспокоювала його, що це останнє відрядження, в яке він їде сам, без неї.

– Скоро ти братимеш мене з собою, – казала вона Йозефу. – Це ж не забороняється, щоб працівник, якщо він працює за кордоном, приїжджав з дружиною. Чи не так?

– Так, – відповідав Йозеф.

– Наступним разом ми поїдемо вдвох. Ти попрощаєшся з фрау Шульце і займешся чимось іншим.

– Я думала про це, – відказувала Інґе. – Але наразі не дуже уявляю собі, чим.

– Тобі недовго доведеться бити байдики, бо я хочу, щоб у нас з'явилася дитина. І тоді проблема з роботою для тебе відпаде як така.

Від цих слів Інґе приходила у захват і хоча намагалася не виказувати своїх емоцій, їй це погано вдавалося. Вона починала загадково усміхатися і поринала у світ мрій, де віднедавна стала з'являтися ще одна істота. Це був хлопчик – чорнявенький, як Інґе і Йозеф, і такий самий гарний, як його тато. Хлопчик відгукувався на ім'я Петер. Інґе нічого не розповідала Йозефу про нього, тому що наразі хлопчик жив лише в її уяві. Однак вона знала, що мине зовсім небагато часу, і Йозеф довідається про його існування. Це трапиться дуже скоро. Йозеф повернеться з відрядження, вони візьмуть шлюб, а по тому почнуть розмовляти про хлопчика...

Через кілька днів Йозеф сказав, що від'їде після десятого жовтня. Скільки часу пробуде у Варшаві – наразі невідомо, але сподівається, що не довше тижня. Інґе пригадувала, як вони попрощалися і як він дивно глянув на неї. Так, ніби хотів запам'ятати цей момент. Вона навіть трохи злякалася його погляду. Часті розставання, очікування зустрічі... Раніше вона мріяла про таке. Що могло бути бажанішим за можливість чекати людину, яку кохаєш? Приїжджати на летовище, пити каву і з тераси спостерігати, як літаки сідають-злітають, і в одному з них прилетить твій коханий... Інші про це не знають, їм це байдуже. Вони проходять повз Інґе, не відаючи, як затишно їй зараз наодинці з собою. Якби знали – позаздрили б. Або те саме на пероні вокзалу. «Прибуває поїзд із Варшави. Запрошуємо на перон такий-то». Інґе чекає свого нареченого на виході у місто. Він не знає, що вона приїхала зустріти його, і коли помічає, пришвидшує ходу, біжить, летить на крилах...

За тиждень увечері в її помешканні задзвонив телефон. У слухавці почувся голос Йозефа.

– Інґе, дорога. Я повернувся, я в Берліні, – повідомив він.

З його голосу важко було зрозуміти, чи все йому вдалося зробити так, аби тепер їхньому одруженню вже нічого не перешкоджало. Тому Інґе обережно поцікавилася, наскільки успішними були перемовини.

– Так, усе гаразд, – відповів Йозеф.

– І тепер ми... Тепер ми зможемо...

Інґе все ще не наважувалася промовити слово «побратися ». Воно видавалось їй якимось нетактовним, ніби вона змушувала до чогось Йозефа.

І він вирішив їй допомогти.

— Так, ми зможемо побратися. Невдовзі зможемо. Але ти мусиш ще трохи зачекати. У Варшаві мені сказали, що забирають мене на цілий рік. Тому я повинен знову поїхати туди, аби все владнати, і головне – домовитися, що цього разу приїду з дружиною. Бо на такий довгий строк залишити тебе саму в Берліні я не можу. Я не впевнений, що вони не будуть заперечувати, але мушу їх переконати.

— Ох, Йоші, ти мене лякаєш. Вони тебе забирають на цілий рік... Це жахливо...

— Ми все обговоримо, кохана. Я обіцяю, що без тебе нікуди не поїду, і якщо треба буде – піду з тієї роботи. Але наразі підстав для переживань немає. Я скоро буду мати відпустку – і відразу їду до тебе. Ми все обговоримо. Я все зробив, як треба, і це – найголовніше. Тепер диктуватиму їм умови, вимагатиму...

Ці слова трохи заспокоїли Інґе. Коли Йозеф, нарешті, з'явився, вона зауважила, як він змарнів за ті кілька днів, що вони не бачилися. Не те що схуд, але якось зіщулився, зробився сухішим. Вилиці загострилися, ніби він постив довго і виснажливо. Очі Йозефа залишалися спокійними, але він дивився на неї – і ніби не бачив. Інґе не могла відповісти собі, що так непокоїть її у цьому погляді – настороженість чи просто перевтома.

— Як ти себе почуваєш, Йоші? Ти виглядаєш геть вимученим, – занепокоєно сказала Інґе.

— Було до дідька роботи. З ранку – до ночі. Але тепер уже все минулося. Ти знову біля мене, і це головне...

Інґе пригорнула голову Йозефа до себе. Зараз вона знову відчувала себе сильнішою за нього. Він потребував її допомоги.

— Я не хочу, щоб ти знову кудись їхав, – промовила вона пошепки. – Я боюся, що ти привезеш із собою якусь недобру для нас новину. Чому ми не можемо побратися, перш ніж ти знову поїдеш?

– Тому що я мушу все узгодити зі своїм керівництвом. Це формальності, але для того, аби у нас було житло і ми могли зробити усе так, як запланували.

Йозеф підвів голову з плеча Інґе і глянув їй у вічі.

– Для цього я хочу обговорити все заздалегідь. Це не триватиме довго, кохана...

Інґе нічого не лишалося, окрім як погодитися. І хоча вона відчувала, що за усім цим зволіканням криються якісь невідомі їй обставини, можливо, навіть незалежні від Йозефа, вона не мала на них впливу.

На початку листопада Йозеф все ще лишався у Берліні. Він пояснював це тим, що йому доручили опрацьовувати якісь важливі документи, а вже потім із ними він мав вирушити до Польщі. Настрій Йозефа тепер значно покращився. Він знову виглядав упевненим, придбав новий модний костюм і вже нічим не нагадував того виснаженого чоловіка, яким Інґе побачила його після останнього відрядження. Інґе домислювалася навіть, що він уже знає про рішення керівництва стосовно своїх перспектив, але не наважується повідомити їй про це, щоб не наврочити. У Йозефа була така риса – вміти бути стриманим і не розпускати язика, коли стосувалося важливих справ.

У двадцятих числах листопада він повідомив, що нарешті все підготовлено, можна їхати, але сподівається, що довго у Варшаві не затримається. Інґе тим часом вирішила поговорити з фрау Шульце, попередити її, що, можливо, незабаром доведеться полишити роботу в салоні.

Фрау Шульце поставилася до новини з розумінням. Вона відразу сказала, що очікувала чогось такого, бо коли молоді люди одружуються, щось у їхньому житті повинно змінитися, і у тих, хто їх оточує – так само.

– Зрештою, я сама тебе до цього підштовхувала, Інґе, хоча мені шкода буде розлучатися. Ти хороша майстриня і ще краща людина. Йозефові пощастило з тобою. Але й тобі з ним – так само. Дай вам, Боже, щастя, – зітхнула вона.

– Ти ж хочеш цього, бо кохаєш його?

– Так, фрау, але мене весь час переслідує відчуття якоїсь непевності, наче це моє щастя може виявитися якимось нетривким, тимчасовим. Пригадуєте, я вам казала, що мені досі привиджується війна. Ніби вона насправді не закінчилася, а може наздогнати мене будь-якої миті. Я живу в передчутті чогось недоброго...

– Не знаю, що тобі порадити, Інґе. Ти справді дитя війни, і я боюся, що залишишся ним назавжди. Усі ми, хто пережив ті страшні роки, приречені існувати з тими важкими спогадами. Одначе мені здається, коли у вас з’являться діти – усе зміниться. Діти перероджують нас. Це велике щастя, дане нам Богом – мати дітей. І це велике горе – поховати їх раніше, аніж сама зійдеш у могилу. Твоя війна закінчиться з народженням дитини, Інґе. І коли ми після цього зустрінемося, ти згадуватимеш про свої страхи, як про щось дріб’язкове.

– Можливо, фрау. Я не впевнена у цьому, але хотілося б вірити, що я просто не знаю життя, – сказала Інґе, глянувши крізь вікно-вітрину перукарні, в якій вона багато чому навчилася.

На вулиці в повітрі вже чувся перший сніг. Вітер носив тротуарами пожовкле листя, яке ще злітало з оголених дерев, і перехожі піднімали коміри плащів. Назавтра Йозеф мав їхати до Варшави. Інґе так само хотілося підняти комір свого пальта і ось так, зіщуленою, пересидіти час, поки його не буде.

Цього разу він забарився і приїхав за два дні до Різдва. Перед цим телефонував їй кілька разів, але розмовляли вони коротко – він увесь час кудись поспішав. Це видавалося Інґе образливим, що Йозеф не може задзвонити до неї увечері, аби вони могли нормально порозмовляти. Але він увесь час повторював: «Не переживай, усе складається добре, я скоро приїду – і наші з тобою розлуки нарешті закінчаться».

Вона трохи заспокоювалася. Зрештою, чи був у неї інший вихід? Адже виявилося, що розставання-зустрічі можуть ставати обтяжливими, як пробудження рано-вранці під будильник, збирання на роботу – дотримання ритуалу, обов'язкового для людей, які мусять заробляти на життя щоденною працею. Розставання можуть розтягуватися на невизначений час, а зустрічі – бути дуже короткими. Під акомпанемент обов'язкових, теж ритуальних, запевнень: я скоро повернуся, це не протриває довго, що поробиш, така робота, я теж сумуватиму… Розставання-зустрічі могли відбуватися не обов'язково на міжнародному летовищі чи центральному вокзалі Берліна, а на маленькій вуличці у Дальгофі, в однокімнатному помешканні з передпокоєм, що водночас слугує за кухню, у передсвітанковому мороці, коли самотній ліхтар на розі її будинку ще кидає на тротуар підсліпувате жовте світло. Кудись поділася фрау в норковому манто, накинутому просто на нічну сорочку, з песиком на шовковому повідку, а двері гаража, з якого поїхав на роботу її чоловік, виявилися зачиненими; у холі дорогого готелю, де вона призначила ділову зустріч, так ніхто і не з'явився… Мрії розвіялися.

Йозеф повернувся несподівано – приїхав за нею до перукарні, попередньо не зателефонувавши. Вона зауважила, що він уже побував удома, перевдягнувся і перепочив з дороги. Не можна було сказати, що його обличчя випромінювало радість, але воно несло відбиток урочистості, й це примусило Інґе швидко забути всі образи і перестороги. Вона зрозуміла, що сьогодні або завтра він повідомить їй про найголовніше. І так справді трапилося. На сам Свят-вечір 1959 року.

Як і торік, вони спершу навідалися до батьків Інґе, але пробули у них недовго. Зі стриманої поведінки подружжя Поль Йозеф зрозумів, що між ними і донькою виникла напруга. Він міг припустити, що це трапилося з його вини – а саме постійного зволікання з весіллям. З часу заручин минуло понад півтора року, в їхньому розумінні задовго як для добропорядної німецької родини, і, видно, цим вони дошкуляли Інґе. Щоб якось зарадити незручній ситуації, Йозеф, ніби між іншим, зауважив, що в нього на роботі очікуються зміни, йому майже запропонували підвищення. Тепер він чується достатньо впевнено, щоб приймати важливі рішення. Йозеф не промовив при цьому слово «весілля», однак присутні зрозуміли, що йдеться саме про це, і атмосфера у домі стала приязнішою.

Як і торік, після відвідин батьків Інґе з Йозефом пішли на її квартиру. Дорогою Йозеф тримав її за руку. Вона пригадувала, як вперше відчула дотик його долоні, коли він запросив її до танцю. Відтоді вона майже увесь час жила в очікуванні слів, які, напевно, почує від нього сьогодні. Від усвідомлення наближення цієї миті Інґе огортав смуток, легка зажура...

Легкий сніг припорошував тротуари, причепурював делікатною білизною поїдені осінніми дощами травники вздовж приватних будинків. Назавтра, в перший день свят, обіцяли морозець і сонце.

– Чи у Варшаві така сама погода? – запитала вона у Йозефа.

– Ні, там зимніше, – відповів він. – Бо там не було тебе, – додав по якійсь хвилі, міцніше стиснувши долоню Інґе.

– Ти пригадуєш, як ми минулого року зустрічали з тобою Різдво? Майже як зараз. А тим часом рік минув...

– Так. І трапилося багато різного. Навіть не віриться, що так багато...

У помешканні Інґе за рік теж дещо змінилося. Тепер стіл був сервований тонкою порцеляною і столовими приборами з мельхіору. Інґе хотілося, щоб цей вечір запам'ятався Йозефу не лише її вдячним поглядом, коли він скаже, що на заваді їхньому одруженню вже не стоять жодні перешкоди. «Нехай Йоші побачить, що тепер ми маємо своє родинне «срібло», – думала вона.

Доки Інґе подавала до столу, Йозеф ходив по кімнаті, роззирався довкола, підходив до вікна, відхиляв фіранку. Скидалося на те, що він трохи нервував. Нарешті усе було готове.

– Змовимо молитву, – сказав він. – Але я хочу, щоб один рядок із неї ти прочитала моєю рідною мовою.

– Звичайно, Йоші. Я вже вмію трохи по-польськи. Ти ж знаєш, що я вчу її.

– Але це буде не польська, – сказав Йозеф.

– А яка? – не зрозуміла Інґе.

Йозеф не поспішав із відповіддю. Він стояв навпроти, трохи схиливши голову і тримаючи руки на краю столу, ніби розмірковуючи, що вчинити далі. Інґе здалося, що так тривало хвилину, а може, й довше. Потім він обійшов стіл і наблизився до неї.

– Я повинен сказати тобі щось важливе...

– Слухаю тебе, кажи, не тримай у напрузі, – тихо промовила Інґе. Вона відчула, як у її скронях починає пульсувати кров.

– Я знаю, яких слів ти чекаєш від мене, – продовжував Йозеф. – І я скажу тобі, що хочу, аби ми побралися. Я хочу, щоб ти стала моєю дружиною. Я прийняв таке рішення. Але перш ніж відповісти, ти повинна про дещо довідатись.

Йозеф узяв Інґе за плечі, й вона побачила його очі, сповнені не звичними ніжністю та турботою, а проханням.

– Що трапилося, Йоші? Про що я повинна довідатися?

– Сядьмо... Наша розмова може виявитися довгою, – сказав він якомога спокійніше.

Вони сіли на канапу. Полум'я свічки зі столу кидало тінь на стіну, де у старій рамі висіла репродукція «Тайної вечері».

– Я не німець і не поляк, – сказав Йозеф. – Я – украї-нець. Я працюю не в німецькій торговельній місії у

Варшаві, а в радянській таємній службі – КДБ. Моє ім'я – не Йозеф. Батьки назвали мене Богданом. Моє прізвище – не Лєман. Я – Сташинський. Богдан Сташинський, агент. Мене заслали до Німеччини для боротьби з ворогами моєї держави.

ЧАСТИНА ДРУГА

I

«Не все ще пропало, коли частіше відчуваєш неспокій або тяжку спокусу. Ти ж є чоловік, а не Бог, тіло, а не ангел». Так промовляв священик тоді, у церкві. А ще він сказав якусь дивну фразу, що треба всіх любити, але дружити з усіма не бажано. Любити, але не дружити... Любити блудницю, яку хотіли побити каменями фарисеї, але триматися від неї осторонь, не виказувати своїх почуттів... Ісус сказав тій жінці, що вона вільна і може йти, і сам теж пішов. Любити...

Інґе простувала вулицею вздовж паркану з масивною кутою решіткою, оздобленою чудернацьким візерунком з гронами винограду. Біля вхідної брами, металеві прути якої залишалися погнутими ще з часу війни, на кам'яному парапеті лежала подерта жіноча торбинка. З неї визирало пожовкле фото молодої жінки в грайливому капелюшку, які носили, певне, на початку століття. Хто залишив тут цей знак прощання зі спогадами, з минулим, з пережитим, з роками, яких уже не повернути? Той, хто не розумів, що єдиний спосіб жити – це навчитися любити?

«Я людина, а не Бог, тіло, а не ангел, – повторювала Інґе, йдучи вздовж паркану. – Мені не дано зрозуміти, що відбува́ється зі мною, тому що про це знає лише Отець. Але мені дано любити, бо я кохаю Йозефа попри все, що почула цієї ночі. Я зрозуміла це ще раніше, коли жила в передчутті біди, коли усвідомила, що війна так і пантрує за мною невідступно, як час, який не зупинити. Люди ненавидять одне одного, тому що не розуміють головної

85 "

заповіді Христа. Тобто може й розуміють, але не дотримуються. Якщо моє життя має якийсь сенс, то цей сенс полягає у моєму призначенні врятувати цього чоловіка. Врятувати моє кохання, мою любов...»

Інґе пригадала один із днів, коли вони з Йозефом гуляли Берліном.

– Інґе, я не хочу, щоб ти так сильно любила мене, – несподівано сказав тоді Йозеф.

– Чому? – здивувалася вона.

– Я боюся цього. Боюся, коли у моїх справах щось порушиться – а воно всяке може трапитися – ти від цього не потерпіла б... Я хочу, щоб ти була щасливою. Завжди, незважаючи ні на що...

– Але я щаслива, Йоші. І щастя моє – це ти, – заперечила Інґе. – Хіба ти цього не розумієш? Можливо, ти просто збираєшся мене покинути?

Інґе сказала це грайливо, жартома, так, аби лише підтримати розмову. Вона не уявляла собі, що Йозеф може кудись зникнути. Що завгодно могло трапитися, але не таке.

Ця розмова пригадалася Інґе на світанку тієї різдвяної ночі, коли Йозеф розповів їй про себе всю правду. На яку вона не мала права, проте...

З чого він розпочав? Ах, так, з того, що поки ходив до школи, в селі, де він народився, тричі змінювалася влада. Сперше правили поляки, потім, після тридцять дев'ятого, – росіяни, у сорок першому прийшли німці.

– Поки я закінчив сім класів, мусив вчити польську, російську і німецьку. Ніхто не знав, чи нова влада прийшла надовго. Кожного разу, коли до села зі Львова приїжджали урядники і оголошували, що відтепер ми – піддані іншої держави, люди не знали, як чинити. Приймати її? Бунтувати проти неї? Кожна влада могла виявитися гіршою за попередню. Особливо зле стало по війні. Вдень влада була радянська, а по ночах з лісу приходили партизани і казали: хто записуватиметься до колгоспу – той ворог українського народу, і його покарають. Мої рідні сестри були зв'язані з підпіллям. З цього все і почалося.

— Що все, Йоші? — не зрозуміла Інґе.

— Моя дорога сюди. ...

Та дорога малювалася в уяві Інґе, як битий шлях, що вів із міста до села, де мешкав Йоші. З вікна вагона поїзда, яким він їздив на лекції в університет, цей шлях настирно нагадував про перші повоєнні роки — голодні й тривожні, як сни на світанку після ночі, коли з неба летіли бомби. Інґе могла легко уявити закурені придорожньою пилюкою траву і рідкі кущі, ями від бомб і снарядів. Так виглядала дорога з їхнього берлінського передмістя в бік найближчого села. Інґе ніколи не бувала у краях, про які розповідав Йоші, тому вони уявлялися їй саме таким ландшафтом — безрадісним у будь-яку пору року.

— Я вчився в університеті. Спершу складав іспити у медичний, але мені забракло кількох пунктів. Останньої миті довідався, що можна встигнути подати документи до університету. Це було, звичайно, не зовсім те, чого я прагнув, але все ж краще, аніж повертатися на село. Мої батьки були простими селянами і хотіли, щоб їхні діти, як у нас казали, вибилися в люди. Після сільської семирічки вони відправили мене до міста, щоб я закінчив десять класів. За це треба було платити, і хоча зайвих грошей не водилося, вони якось викручувалися, — розповідав неголосно Йозеф, сидячи в кутку дивана, де його обличчя майже не сягало полум'я свічки, що блимала на столі.

— Одне слово, я досклав ще іспити — і мене зарахували, — вів далі мову Йозеф.

Він говорив неквапом, ретельно добираючи слова, ніби побоюючись, що може оминути щось важливе, докладно описував дорогу з села у місто. Здавалося, Йозеф тримав у пам'яті найнепримітніші штрихи тієї своєї щотижневої подорожі до залізничної станції — як ішов ще заспаний, несучи у торбі спаковані мамою звечора хліб, сало, яйця, цибулю і дві (саме дві, а не три) ринки молока. Одна призначалася на квасне молоко... Мама казала, щоб він не дуже ділився харчами з товаришами у гуртожитку, а ховав їх десь, хай навіть під ліжком. Мамі здавалося, що під ліжком надійний сховок...

З цього Інґе могла зробити висновок, що кожна дрібниця матиме значення для подальшого розвитку подій. Слухаючи Йозефа, вона зловила себе на думці про те, що поряд із нею сидів і оповідав чоловік, якого вона, по суті, не знала. Цей чоловік носив ім'я, звернутись з яким до Йоші у неї не повертався язик. Як це могло трапитися, що її мрія, яка майже збулася, раптом згорнулася, зналіла, як аркуш паперу, охоплений вогнем?

Інґе згадалося, як у школі, на одному з уроків літератури, вчителька розповідала їм про твір одного чеського письменника, який писав, що в людині живе кілька особистостей.Вони змінюють одна одну залежно від обставин. Це нагадує натовп, попереду якого йде чоловік із прапором. Потім цього чоловіка змінить хтось інший, перейме у нього прапор, і так триватиме протягом усього його життя. Вдача більшості людей мінлива, як ворожба циганки. Вона змінюється залежно від того, що в цю мить відповідає їхнім забаганкам, надійно схованим від сторонніх очей. Лише одиниці є особистостями цільними, ніби витесаними з однієї брили. Йоші, либонь, до них не належав. Але ж вона любила його саме таким. «Якби він був іншим, то, певно, не звернув би уваги на мене, – розмірковувала Інґе. – Люди добираються не просто так, знічев'я. Це лише так мовиться, що от – зустрілися випадково і закохалися. Але насправді все набагато складніше. Не випадок, а доля визначають життя людини».

Тим часом Йозеф продовжував розповідь чи, як на Інґе, радше сповідь.

– Я вже провчився два з половиною курси, і ось одного дня їхав потягом із міста на село. До мене підійшов міліціонер, який ходив по вагонах як контролер, і почав вимагати квиток. Я його не мав, бо мусив якось заощаджувати. Тоді так, «на шварц», їздило багато людей. Міліціонер сказав, що це погано, бо тепер він мусить скласти на мене протокол і оштрафувати. Я намагався викликати в нього співчуття, казав, що я вчуся, а у студентів відомо які стипендії... Але він не хотів нічого слухати, і я скорився йому. Щоправда, можна було б спробувати втекти на станції – не стане ж він за мною гнатися. Але я їздив цим поїздом щотижня, отже, рано чи пізно обов'язково зустрівся б із ним знову.

– І що було далі? – запитала Інґе.

– Далі... Далі він завів мене у міліцейський відділок на станції, склав протокол, звелів підписатися під ним і сказав, що повістку мені надішлють. «Яку повістку? Я сплачу штраф і без повістки.

– Так положено, – сказав він. – Чекай.

З подальшого Інґе зрозуміла, що вдома Йозеф нічого не розповів про ту пригоду – не хотів хвилювати батьків і сподівався, що якось виплутається з цієї халепи. Але за кілька днів увечері в селі з'явився той-таки міліціонер. Він був у цивільному, до хати підходити не став, а підіслав когось із сусідських хлопців, щоб викликав Йозефа.

«Мусиш бути у відділку завтра о п'ятій. Може, та справа залагодиться, – сказав він примирливо і попередив, щоб без різних «не зміг, не вийшло» чи чого там ще. – Ти з цим не тойво. З цим тепер строго».

Інґе не знала, що таке «той-во», але здогадувалася, що поліцай хоч і хотів нібито допомогти Йоші, але в разі чого міг і заарештувати. Тобто порядки в СРСР не дуже відрізнялися від ендеерівських. Вона пригадувала, як одного разу її брат десь на вулиці серед хлопців сказав, що в Марієнфельде краще, аніж тут. Невдовзі після цього до них додому навідалися двоє в цивільному, щоб поговорити з батьками Фріца. Батько Інґе нічого не чув про Марієнфельде, і коли у нього запитали, чи він думає так само, як його син, запитав, а що у тій назві такого лайливого? Закінчилося попередженням, щоб батько «не жартував» із такими речами і дивився за сином пильніше, бо за малого можуть взятися всерйоз.

…Йозеф, звичайно, прийшов на станцію на годину, призначену міліціонером. У відділку був ще один чоловік – військовий у чині капітана. Він назвався Ситніковським. Після цього міліціонер вийшов, і вони залишилися сам на сам.

Ситніковський тримався приязно. Його голос звучав співчутливо. Він говорив про те, що та історія зі штрафом, звичайно, неприємна, але її можна і треба зам'яти. Врешті-решт, це ж лише залізничний квиток, і псувати через таке дрібне непорозуміння життя такому симпатичному хлопцеві він не хотів би. Існують, проте, справи більш поважні, але про них можна буде поговорити наступним разом.

– Він звертався до мене доброзичливо, але я відчував, що невдовзі почую щось зовсім інше, не пов'язане ані з тим бісовим квитком, ані з тим, симпатичний я чи ні. Так воно і сталося. За кілька днів у селі знову з'явився міліціонер у цивільному і знову сказав, що я мушу прибути на станцію.

Інґе думала, що Йозеф помилявся, бо плутав доброзичливість із вкрадливістю. Вона пригадувала розмову в школі з Юрґеном. На початках – сама люб'язність, а під кінець – неприхована погроза. Все сходилося один до одного. Одні й ті самі прийоми. Нічого нового.

– Наступного разу ми знову зустрілися на станції. Після загальних розмов про мою науку, плани і таке інше він раптом запитав про сестер: чи знаю я, чим вони займаються?

- Звісно, відповів я, допомагають батькам у господарстві.

«І більше ти про них нічого не знаєш? А про молодшу?» – запитав Ситніковський, припалюючи цигарку.

Йозеф відповів, що ні, це все. Але він брехав: йому було відомо набагато більше. Сестра була зв'язковою командира боївки... У лісі під землею, в схроні переховуються партизани, а їм треба знати, що діється навколо. Треба щось їсти і треба поранених лікувати. А на них полює влада: у неї ціле військо. Але воно нічого не може вдіяти: ліс до нього ворожий, люди теж...

- Зв'язок із лісом тримався в цілковитій таємниці, але всі в родині знали, куди бігає сестра, бо через нашу хату туди передавалися харчі, одяг, ліки. Українці допомагали партизанам, бо майже у кожного в родині хтось був пов'язаний з підпіллям. У селі жили ще й поляки, але тих до справи не долучали, бо не довіряли. Так, принаймні, казали люди. Недовіра мала свою історію...

Що знала Інґе про поляків? Майже нічого. У школі їм розповідали, що на схід від НДР розташована дружня держава – Польська Народна Республіка і що поляки теж сильно потерпіли від фашистів. Тепер усі разом, за підтримки Радянського Союзу та інших держав Варшавського договору, будують соціалізм.

Йозеф знав про поляків більше. З його слів, до тридцять дев'ятого Польща пригнічувала українців, які жили на її території, а ті чинили їй опір. Обидві сторони ворогували, тому що кожен мав свої причини вважати іншого окупантом. Сподівання українців на підтримку Гітлера не виправдалися, і вони почали воювати на три фронти – проти німців, поляків і росіян, коли ті повернулися у сорок четвертому.

Інґе не могла з'ясувати для себе хитросплетіння взаємин між людьми, котрі жили у тих місцях, про які розповідав Йозеф. Її уява малювала непривабливу картину взаємної підозріливості, підступності, лицемірства і суцільних зрад. І землі ті видавалися їй такими само понурими – густі ліси, де ховалися партизани, болотисті просіки, якими мовчазно рухалися ті, що полювали за вояками, низьке небо, ледве підсвічене сонцем з-за хмар. Інґе пригадувала, що саме так розповідав про ті краї їхній сусід, який воював на Східному фронті й повернувся звідти без руки. Він казав, що великою помилкою було пхатися туди. «Це все одно, що намагатися завоювати пустелю — піти підеш, але назад не вернеш», — говорив він.

Інґе пам'ятала ті розповіді, хоча була на той час зовсім маленькою. Вона намагалася уявити собі капітана Ситніковського. Уявити, як він казав Йоші, що все знає про його сестер, і не лише про них, а й про всю їхню родину. «Ми абсолютно точно знаємо, що твої сестри зв'язані з націоналістичним підпіллям, що вони є зв'язковими одного з бандитів. І батьки твої про це знають. Отже, вони стали на шлях зради, і це через них уже в мирний час ллється кров невинних людей. Чим, скажи мені, завинили вчителі, які приїхали сюди, щоб діти селян виростали грамотними? Чи поляки, з якими українці жили мирно, по-добросусідськи? Чи письменник Галан, якого націоналісти зарубали сокирою?» — переповідав Йозеф слова Ситніковського.

— Я не знав, що йому на все це відповісти. Він казав про речі, які мені теж були не до душі, — продовжував він. — По ночах у нашому селі справді гриміли постріли, і на ранок ми бачили на деяких подвір'ях помордованих поляків або колгоспних активістів. Горіли хати, з них кричали ще живі люди...

Йозеф збирався з думками, щоб продовжувати сповідь. Тепер він нагадував Інґе іншого Йоші — не стриманого в емоціях холодного, розсудливого чоловіка, а того, кого їй так часто хотілося приголубити, як малого нерозумного хлопчика. Вона не бачила обличчя Йозефа, і все ж їй здавалося, що воно виглядало безутішним і розгубленим.

— Але це справді страшно, коли вбивають безборонних людей, Йоші. Твоя реакція була природною, і той чоловік, виходить, казав правду, — промовила вона, намагаючись таким чином підтримати Йозефа.

– Я теж так думав, бо на власні очі бачив, як убивають... – У цьому місці Йозеф знову замовк. Видно було, що йому важко продовжувати розповідь.

– Я бачив, як задушили хлопця. Можна сказати – ще зовсім дитину. Йому було роківдванадцять, не більше, – ніби видавив із себе Йозеф. – Його батьків убили раніше, і хлопчина усе це бачив і з жаху ніби закляк – не міг промовити ні слова, ні плакати не міг, ні благати відпустити його, взагалі – нічого. Той, з боївки, підійшов до нього, жбурнув на землю, придавив коліном, ну і... Цей Ситніковський... він знав про ці звірства. Він знав взагалі геть про усе...

– То що він хотів від тебе, Йоші? Коли усе відомо – залишалося лише заарештувати цих людей...

– Я потрібний був не йому, а його начальству, – відповів зовсім тихо Йозеф. – Тоді я, звичайно, не міг цього знати. Тоді я був поставлений перед вибором: або мене і мою родину висилають до Сибіру, або я можу цьому зарадити. ...У той момент, коли Ситніковський сказав «зарадити», Йозеф уже здогадувався, про що йтиметься, але намагався не думати про це, сподіваючись, що, можливо, існує якийсь інший вихід, аніж той, який йому зараз запропонують...

– Розумієш, я вірив у те, про що говорив мені капітан. В університеті нас вчили не лише, як викладати у школі математику. Ми були добре обізнані у різних політичних справах. Я, наприклад, добре знав, скільки країн у світі будують соціалізм. Або чому приватна власність на засоби виробництва – це погано, а державна – це добре. Тобто коли він говорив мені, що насправді підпілля – це лише інструмент у руках американців, які ненавидять Радянський Союз, а ніяка не боротьба за волю України – це звучало переконливо. І все ж я волів би стояти осторонь усіх цих справ. Я хотів стати учителем математики, а не комуністичним активістом. По правді кажучи, я був далекий від переконань і тих, і тих.

– Виходить, ти мав вибір? – перепитала Інґе, уважно вслуховуючись у те, про що він казав. Адже, скидалося на те, що їй теж належатиме робити вибір...

– Власне, що не мав, – сказав Йозеф із придихом, наче доля його вирішувалася не тоді, у тісній комірчині відділку залізничної міліції, а зараз, у цю мить, коли він сидить у кутку канапи навпроти Інґе. – Не мав я ніякого вибору. Сибір або...

– Або? – ...співпраця з КДБ, чи як тоді казали – з органами. Таємна співпраця. Я мав погодитися стати їхнім агентом. За це вони обіцяли не чіпати мене і мою родину.

У кімнаті запала тиша. Лише годинник – старий годинник Le Roi de Paris у круглому дерев’яному корпусі – рівно цокав на стіні. За вікном теж не було чути ані людських голосів, ані шурхоту автомобільних шин. Берлін принишк, очікуючи, яким виявиться ранок першого дня Різдвяних свят. Хоча зі встановленням комуністичної влади релігійні свята пішли в підпілля.

Несподівано Інґе потягнуло на сон. Вона навіть виразно відчула, як повіки її стають усе важчими і важчими. Така реакція була трохи дивною. У хвилину виняткової напруги, коли вона неочікувано для себе зрозуміла, що Йоші, її коханий Йоші, є не зовсім таким, яким вона його собі уявляла, або, якщо бути сумліннішою – відкрився перед нею з настільки несподіваного боку, що саме час запитати себе, чи це, бува, не сон, – у цю хвилину її почав огортати спокій, так наче мозок спрацював за принципом електричного запобіжника: в момент стрибка напруги на керамічній пробці плавився дротик і струм вимикався.

Вона прикрила очі й, обіпершись об подушку, закинула голову назад. Їй треба було якось впорядкувати те, що вона почула зараз від Йозефа. Пронумерувати, порозставляти на полички і знайти себе серед цих подій, порозшарпуваних часом і недобрими людськими потребами. Йоші – агент КДБ... Це скидалося на злий жарт... Але то була правда, від якої тепер не сховаєшся і з якою їй доведеться жити, якщо вона зробить саме такий, а не інший вибір.

З цього напівсонного стану Інґе вивели незрозумілі рухи в куті, де сидів Йозеф. Їй здалося, що він посунувся в її бік, бо вона пропустила якесь його запитання. Інґе різко підняла голову: обличчя Йозефа було зовсім близько, він пильно дивився на неї.

– Ти розумієш, про що я кажу? – запитав пошепки.

У напівтемряві це обличчя виглядало незнайомим. Ще мить – і він запитає її, чи вона зробила свій вибір, або чи вона засуджує його, або яке рішення прийняла б у тій ситуації? Інґе не мала відповідей на жодне з цих запитань.

Та Йозеф ні про що не спитав. Переконавшись, що Інґе його слухає, він знову відсунувся у кут канапи.

«Чи могла б я зрадити Фріца? Чи батьків? Виказати їх Штазі?» – запитувала себе Інґе. Відповідь, здавалось, була очевидною: звичайно, ні. За жодних обставин. Навіть у думках це звучало підло і гидотно. Але Інґе не поспішала від ганяти їх, силкуючись уявити себе на місці Йозефа, бо яким було його рішення на пропозицію того капітана, вона вже знала.

Несподівано Йозеф заговорив знову – без надриву, ніби розповідав увечері після роботи якусь буденну історію, що трапилася з ним сьогодні в полудень, чи ні – по обіді. Напевно, по обіді.

– ...або співпраця, або тюрма. Ти скажеш, що був третій варіант – схитрити, обманути, попередити своїх про небезпеку... Але ж куди ти сховаєшся, коли про тебе вже все відомо, а що наразі не сидиш за ґратами – то лише з тієї причини, що ти – звичайна замануха. Йдеться лише про одне – виявити якомога більше людей, пов'язаних із підпіллям. Ти зауважила, що я кажу – виявити, а не виказати? А знаєш, чому? Тому що я вірив Ситніковському. Я вірив у те, що боротись із радянською владою не має сенсу. Це все одно, що зупинити потяг без машиніста, який рухається на тебе, або хмару, з якої от-от має проллятися дощ. І потім – за що хлопці з лісу убивали безневинних поляків, учителів, сусідів, які боялися допомагати підпіллю, бо знали, що за це – гарантоване заслання або й смерть? Я теж боявся... Я не хотів потрапити до теплушки, в яких людей вивозили на Сибір, як худобу. Я хотів жити в місті, вчитися. І щоб моїх рідних не чіпали...

Що Інґе могла відповісти йому на ці слова? Що вона вчинила б так само? Чи, навпаки, що це була звичайнісінька зрада, особливо підла ще й тому, що відкупом за життя його рідних мала стати страшна ганьба? Вона розуміла: змовчати їй не вдасться, бо Йозеф явно чекав на її слова. На будь-які – вирозуміння чи засудження, лише не байдужі.

Отже, Йозеф погодився. Що тоді підписував, які папери, він не пам'ятав, та й це, з його слів, було не так уже й важливо, бо йшлося, головно, про одне: нікому не розповідати про співпрацю і безвідмовно виконувати доручення. Він продовжував ходити на лекції в університет і систематично передавав Ситніковському донесення про те, що вдалося почути вдома.

– Але одного дня Ситніковський сказав мені, що навчання треба буде залишити...

– Але ж вони пообіцяли тобі, що ти зможеш вчитися?

За інших обставин Інґе, напевно, скипіла б. Однак у цю мить відчувала, що Йозеф перебував у стані, коли будь-яке її невиважене слово могло відволікти його від головного – сповіді. Вона й далі уважно слухала.

– Мені сказали, що переді мною буде поставлене дуже важливе завдання, а навчання я обов'язково продовжу. Мені допоможуть...

«Ти повинен перейти на нелегальне становище», – наказав Ситніковський.

– Зрозуміло, я чув про щось таке вперше, і він взявся розтлумачувати мені деталі майбутньої операції. Йозеф довідався, що НКВС стало відоме місцеперебування одного з вбивць Галана. Про цю справу в той час багато писали в газетах. Галан, українець за походженням, був комуністом і добре володів пером. Йозеф читав деякі з його памфлетів, спрямованих проти націоналістів і уніатської церкви. Він мусив погодитися з багатьма аргументами, але коли заходило про церкву, тут Галан не мав рації. Він виказував свою зневагу не лише до Ватикану, а й до всіх українців греко-католиків. Йозефу здавалося, що так чинити не годиться, бо церква є церква, і навіть якщо ти атеїст, мусиш толерувати тих, що вірують.

Ці свої думки Йозеф перед Ситніковським, зрозуміло, приховував. Його відвертість лише нашкодила б. «Уніати німців із хлібом-сіллю зустрічали і освячували оунівські звірства, – часто повторював той. – Це ще гірше, ніж сидіти в схроні».

«Той, хто зарубав Галана, це Михайлом Стахур. Він зараз у лісі, і щоб ти знав – туди бігає твоя сестра. Ми таку інформацію маємо, і вона є точною. Зі Стахуром також повинен бути його спільник – Іларій Лукашевич, студент. Вони заходили до Галана вдвох. Цього, другого, легко впізнає міліціонер. Ну, той, який стояв на посту біля будинку Галана. Він сказав, що пропустив обох досередини і випустив безперешкодно, бо студент часто приходив до Галана, тобто він його знав. Твоє завдання полягає в наступному. Ти повинен підтвердити, що ці двоє входять до банди, з якою пов’язана твоя сестра, і засікти місце їхнього бункера. Тоді ми їх швидко візьмемо».

Йозеф запитав, як він має проникнути в боївку? Там діє сувора конспірація. Не довіряють нікому. Навіть свої не знають планів командира. Сьогодні вони тут, а вночі можуть перебратися в інше місце, у бункер, про який знають лише один-двоє, не більше.

У відповідь Ситніковський криво усміхнувся і сказав, що все продумано до деталей. Для Йозефа підготовлена добра легенда. Він повинен розповісти вдома, що його збираються заарештувати. «Опишеш ситуацію так, ніби тебе про це попередив один із викладачів в університеті, який співчуває бандерівцям. Він сказав тобі, ніби випадково почув у деканаті, як секретарка розмовляла по телефону про тебе. Про цю секретарку вже давно відомо, що вона працює на НКВС. Так-от, вона нібито говорила, що студент Сташинський відвідує пари і його можна застати в університеті тоді-то і тоді-то. З цього ти зробиш висновок, що відтепер тобі не можна з'являтися на лекціях, бо за тобою можуть прийти у будь-який момент. І вдома залишатися небезпечно, бо якщо не застануть в університеті, поїдуть на село. Єдиний вихід – втікати до лісу. Я переконаний, що сестра відразу повідомить про все командира бандитів і вони заберуть тебе».

Далі Йозефу належало увійти в довіру до підпільників і переконатися, що ті двоє, про яких говорив Ситніковський, перебувають разом із ними. Як тільки він роздобуде цю інформацію, необхідно непомітно зникнути і якнайшвидше повідомити про усе довірену людину НКВС.

– Я розумів, що після моєї втечі партизан одразу оточать і спробують взяти живими. Я знав також, що в полон потраплять лише поранені, тому що хлопці воліли підірватися на гранаті чи застрілитися, аніж опинитися в руках енкаведистів. За час, що я провів із ними у лісі, глибше пізнав тих людей. Вони були фанатиками. Для них нічого у світі не існувало, крім України. Україною для них було село, в якому вони народилися, гора чи ліс за селом, морг родинного поля. Там, де закінчувалася їхня Україна, закінчувався світ. Вони більше нічого не бачили, але готові були віддати за це життя. Так їх учили. Мене, натомість, учили, що моя Батьківщина – це найбільша держава світу, бо вона простягнулася від Карпат аж до Камчатки. Радянський Союз населяють багато народів, і всі національності рівні. Що це велика потуга, яку бояться американці, бо соціалізм рано чи пізно переможе в усьому світі, а отже, їм – кінець. Мені казали, що я зможу побачити усі ці неосяжні простори. І це мене приваблювало більше, ніж пасовисько за селом. У цьому полягала різниця між мною і хлопцями з лісу. Мені було не по дорозі з ними. Я знав, що вони загинуть. Але, казав я собі, змінити цих людей неможливо. Якби я лише спробував посіяти в них сумнів про доцільність продовжувати збройну боротьбу, мене пристрілили б на місці. Служба безпеки підпілля діяла дуже жорстоко. Гірше було з сестрою, з родиною. Я думав про те, що буде з ними, коли вони довідаються про мене правду. На своє виправдання я мав лише один аргумент: я рятував їх від загибелі. Нехай не зовсім шляхетним чином, але коли йдеться про життя і смерть, білі рукавички можуть замаститися. Чи, може, краще було б, якби я теж загинув героїчною смертю? Але людина – сотворіння біологічне, тому намагається вижити за будь-яку ціну. Коли відчуваєш на шиї шнурок, думаєш у першу чергу про те, як врятувати своє життя, а не про те, щоб гарно повиснути у петлі. Ти згодна зі мною, Інґе?

Вона нічого не сказала у відповідь, і тоді Йозеф знову присунувся до неї. Незрозуміло чому, але вона раптом згадала ілюстровану Біблію з малюнками, яку часто роздивлялася у бабці. Її вразило тоді, що Ісус на тих малюнках завжди мав один вираз обличчя: і тоді, коли обвинувачував фарисеїв, і тоді, коли бачив, як з-за спини Юди в Гефсиманському саду до нього наближається озброєна сторожа. «Просто він усе знав наперед, – пояснювала сама собі Інґе. – І тому був готовий до всього».

Цей спогад був тим більше дивним, що за мить перед цим Інґе подумала зовсім про інше. Їй стало зрозуміло: зараз доконче необхідно зробити паузу, аби якось позбиратися з думками, призвичаїтися до усвідомлення того, що її життя виявилося розділеним навпіл. Перша половина лежала у часі, відміряному сповіддю Йоші, друга мала б починатися там, де він її закінчить. Наразі ці дві половинки не з'єднувалися. Вони різнилися одна від одної, як Каїн від Авеля.

— Я на хвильку, — промовила Інґе і піднялася з канапи.

Вона обережно, ніби боялась когось збудити, відсунула крісло біля столу, увімкнула торшер і вийшла до передпокою, який слугував заодно і кухнею. Тут запалила горішнє світло і глянула на себе у дзеркало, що висіло поряд із вішаком біля вхідних дверей. Звідти на неї дивилося обличчя жінки, яка виглядала значно старшою за свій двадцять один рік земного життя. І наче незрячої... Інґе механічно запалила газову плитку і поставила на вогонь чайник.

Коли вона повернулася до кімнати, Le Roi de Paris показував за чверть першу. Свічка на столі догоріла, і якби зараз вимкнути торшер, кімната занурилася б у повний морок. Тим часом Інґе хотіла бачити обличчя Йозефа. Для неї це було важливо. Доки чайник закипав, вона знову і знову запитувала себе, як повинна вчинити після почутого? Її суджений виявився радянським шпигуном. Вона ще не знала кінця його розповіді, але вже розуміла, що Йозеф засланий сюди з якоюсь особливою місією. Що це була за місія — значення не мало. Важливо було, що він — радянський агент. Якби Йозеф працював на американську розвідку, вона, напевно, відреагувала б на його зізнання спокійніше. Можна навіть сказати, що сприйняла б цю новину поблажливо. В її розумінні співпраця з американцями нічим не загрожувала. Вона часто бачила американських військових у Західному Берліні, як вони поводилися, як тримали себе з жінками. Інґе не боялася їх. Тим часом радянських офіцерів, яких можна було зустріти на вулицях східного сектора, вона намагалася оминати. Інґе навіть не могла докладно пояснити собі, чому. Просто вони були іншими. З випадково почутих уривків фраз російською, з того, як ці люди одягалися, як пересувалися вулицями, заходили до трамваю — з суми цих малозначущих штрихів випливало, що вони належали до якогось принципово іншого світу. Так, у тому, що росіяни отаборилася тут, у Берліні, була провина, в першу чергу, самих німців, бо це німці, а не росіяни вторглися в чужу землю і наробили там стільки лиха, що не замолити гріхів і за сто років. Але все ж їй здавалося, що краще б вони пішли звідси. Бо в інакшому випадку виглядало б так, ніби Інґе – квартирантка у власному помешканні. Але найгірше те, що Йозеф продовжував свято вірити у справу, яку робив. З перших днів їхнього знайомства вона зауважила, що його захоплення усім радянським – це не випадкові впливи, на які часто ведуться молоді люди, а його внутрішнє переконання. Завжди м'який і делікатний, він мінявся на очах, коли мова заходила про комуністичні цінності. Найпростіший спосіб уникнути напруги у стосунках із ним полягав у тому, щоб взагалі не згадувати про політику. Але це було неможливо, бо щодня відбувалися події, які в той чи інший спосіб стосувалися кожного, і хоч-не-хоч людина змушена була давати їм якусь оцінку. Щоправда, Йозеф намагався згладжувати прояви своїх емоцій, якщо таке траплялося. Висловившись надміру гостро на чиюсь адресу, він одразу шукав слова, які могли б пом'якшити враження від сказаного. В ньому наче постійно боролося дві людини. Одна – це її Йоші, якого вона любила до безтями, інша – позбавлений будь-яких почуттів незнайомець, слухняний виконавець чужих наказів.

Одного разу, коли він відпроваджував її додому, на трамвайній зупинці до неї почали чіплятися хулігани. Їх було троє. Йозеф щось сказав одному з них. Що трапилося потім, Інґе не встигла навіть розгледіти: двоє лежали на землі, а третій кинувся навтьоки. Йозеф умів миттєво змінюватися і діяти з беззастережністю машини для викручування рук. Ця вправність і відсутність страху справили на неї велике враження, але щойно тепер вона зрозуміла, де він міг навчитися так блискуче давати собі раду з «переважаючими силами противника».

Йозеф сидів у куті канапи. Не скидалося на те, щоб він перебував в якомусь особливому стані. Можливо, цьому його навчили в шпигунській школі, але Інґе схилялася до думки, що мистецтвом контролювати м'язи обличчя він володів від природи. І, не виключено, що той капітан, який його завербував, одразу запримітив цю його рису – і тоді, тієї миті, доля Йозефа була вирішена... Інґе також подумала, що тільки хтось такий, як Йозеф, міг проникнути в загін партизанів і не виказати себе. Вона поставила горнятка з чаєм на стіл.

– Я знаю, що втягнув тебе в смердючу історію, Інґе. Я не мав права робити цього. Такі, як я, повинні одружуватися на тих, кого їм призначать, або лишатися самотніми. Коли я був у Москві, один дуже високий начальник запитав мене без особливих вивертів: «Вам що, наших жінок не вистачає? Ось гляньте на цю!» – і показав мені фото якоїсь блондинки, певно – зв'язкової-радистки.

Інґе не очікувала, що розповідь Йозефа, чи радше його монолог, обірветься на півслові, щоб продовжитися у такому неочікуваному напрямку. Виявляється, він не мав права самостійно вирішувати, з ким одружуватися... Він мав отримати дозвіл на кохання... Це відкриття приголомшило Інґе ще дужче, ніж попередні зізнання Йозефа. Услід за цим в її голові майнула інша думка, від якої все всередині захололо: вони, звичайно, заборонили Йоші одружитися з іноземкою, ще й німкенею. Це був кінець...

Замість торшера навпроти вона побачила перед очима якусь білу пляму, від якої до сліз різало в очах...

– Тобі зле, Інґе?

Це був голос Йоші, її Йоші, її коханого, якого у неї хочуть забрати. «Не віддам. Нікому і нізащо, – подумала вона, відчуваючи, як розпач у серці поступово зникає, розчиняється, поступаючись місцем люті. – Хай спробують. Загризу, розірву, повбиваю».

– Але я відповів, що кохаю іншу. «Це не залежить від мене», – сказав я йому. І тоді він заховав фото тієї блондинки, трохи подумав і промовив: «Ну, коли так, ми зробимо для вас виняток...»

Отже... Отже, вона не втратила Йоші? Значить, її кохання виявилося міцнішим за страшного звіра, що виповз із кошмарного сну на яв і впився своїми гострими пазурами у її тіло! «Тепер я піду заради Йоші і нашої дитини на все. Я зумію. Мені
вистачить сил поборотися за своє щастя, вони ще мене не знають».

Цієї миті Інґе здалося, наче вона перероджується, наче змінює шкіру, наче входить в інше життя, в якому вже не буде колишньої Інґе – несміливої, нерішучої, закомплексованої своїм неслухняним волоссям, надміру, як їй здавалося, ве ликим бюстом, незграбністю рухів, невмінням привернути увагу до себе.

– Я боявся втратити тебе. Це єдине пояснення, чому я не розповів про все раніше,– промовив Йозеф.

– Кажи далі, – попросила вона, і слова ці прозвучали майже як наказ.

II

З того дня, коли Йозеф непомітно зник з місця розташування боївки у лісі, він дістався до призначеного місця і доповів про все оперуповноваженому НКВС. Сташинський уже не належав собі. Відтепер він не мав ні дому, ні родини, ні друзів. Університет, навчання, мрії про великий світ, який мав би перед ним відкритися, – усе це в одну мить зникло, як формули, що їх виписував і стирав, коли на дошці вже бракувало місця, викладач математики в університеті – з крейдою в одній руці й вологою шматкою до витирання в іншій. Виявилися стертими його справжнє ім'я і прізвище. Замість них він отримав псевдо.

Йозеф намагався не думати про те, що відбувалося на селі, коли всі здогадалися, хто виказав партизанів. Він увесь час повторював собі, що зробив це, рятуючи рідних, що в іншому випадку тато з мамою і сестри вже їхали б етапами до Сибіру. Але це мало заспокоювало, адже ціна за порятунок виявилася надто високою. Він втратив родину, вони, напевно, прокляли його...

Ситніковський і офіцери, які з того часу опікувалися ним, звичайно, розуміли його стан. Вони казали, що він молодець, справжній розвідник і що його чекає відповідальна робота на благо Батьківщини. «Скоро з бандитами буде покінчено. Пам'ять по цих фашистських прислужників вивітреться з пам'яті людей, вони заживуть новим щасливим життям, а героями вважатимуть тих, хто допоміг у боротьбі з націоналістами, – переконували вони. – Але поки що боротьба триває. Ти мусиш допомагати нам».

Відвідувати університет Йозеф не міг. І жодного вибору, окрім як працювати на НКВС, він не мав. Йому призначили платню, дали житло і включили до складу оперативної групи, яка, маскуючись під партизанів, шукала контактів із розпорошеними по лісах загонами УПА, щоб потім навести на них облаву НКВС.

– Якийсь час я жив так: ми всі – у Львові, але в будьякий момент групу могли зібрати і перекинути ближче до місця ймовірного розташування партизан. Далі ми мали вдавати начебто своїх, доки не отримували наказ розсіятися. Як правило, він надходив напередодні облави. Це була брудна робота... Я дуже страждав, але відмовитися виконувати накази вже не міг...

Інґе слухала мовчки. Рішучість, з якою вона ще кілька хвилин тому готова була боротися за Йоші, тепер змінювалася непевністю. Інґе починала боятися. Від розповіді Йозефа їй ставало моторошно. Він виявився зрадником, провокатором. Інґе не розуміла, за що боролися ті партизани, можливо, як казав Йозеф, вони справді були фанатиками, готовими вбивати невинних людей за свої дурисвітські ідеї. Але боротись з ними підступом було підло, не гідно того Йоші, якого вона любила. Після такого висновку в голові її почало роїтися від думок, як врятувати його. Однак наразі вона мала дослухати все – до останнього слова.

– Це були важкі дні, мені не хочеться згадувати про них, волів би забути, – ніби читаючи її думки, продовжував Йозеф. – І коли одного дня мені сказали, щоб я готувався до розмови з дуже високим начальством, я став налаштовувати себе на те, що відмовлюся... Хай буде що буде. Я постановив, що скажу їм про це відкрито і рішення свого не зміню, хоч би розстріляли на місці. Але сталося так, що розмова була зовсім про інше.

«Вони, звичайно, відчували, що Йоші занадто інтелігентний і делікатний до такої брудної роботи», – думала Інґе.

Тепер вона намагалася аналізувати почуте від Йозефа, виходячи з власного розуміння. Інґе переконувала себе, що він, з цілком очевидних причин, міг не до кінця розуміти наміри своїх зверхників. Навпроти Йозефа сиділи двоє офіцерів, яких він раніше ніколи не бачив. Розпитували про його дотеперішнє життя, про те, як чується, не маючи можливості бачити рідних. «Але все це тимчасово, – повторював один із них. – Ми скоро очистимо ліси від бандитів, і ти зможеш спокійно поїхати у своє село. Адже батьки твої і сестри – у безпеці. Як і було домовлено, ніхто їх не чіпав. Ти ж знаєш, ми своє чекістське слово тримати вміємо. І з рідними помиришся, і вчитися будеш».

Це трохи підбадьорило Йозефа, і коли через кілька днів його знову запросили на розмову, він ішов на неї, налаштований уже не так рішуче, як минулого разу.

– Вони знову взялися розпитувати мене про мій настрій, про моє ставлення до того, що мені доручали робити. Я уникав відповідати прямо, аби вислизнути з того розпитування, але це їх, видно, не влаштовувало. Знову і знову вони по верталися до того дня, коли я дав згоду співпрацювати з органами: чи робив я це свідомо, чи під тиском, чи моїм єдиним бажанням було врятувати від арешту близьких, чи я справді розумів, що бандерівці – вороги українського народу? Я відчував, що за усім цим стоїть не просто цікавість, а якісь плани на мене. Я готовий був погодитися на будь-яку пропозицію, щоб лише вирватися з того спецпідрозділу, в якому мусив виконувати оту брудну роботу... Я починав вірити у те, що все якось владнається... І справді, один з енкаведистів натякнув, що хлопець із такими розумовими здібностями, як я, заслуговує на більше, аніж полювати у лісах на бандитів. «Хай цим займаються ті, хто нічого іншого не вміють, – сказав він і додав: – А тебе, юначе, ми, напевно, пошлемо вчитися. Тобі треба вчитися – в першу чергу, мовам, ну, і багато чому іншому, що повинен знати і вміти справжній розвідник. Ти ж хочеш стати розвідником?»

– Він заскочив мене цим питанням, бо, по правді кажучи, мені ніколи таке й не спадало на думку. Розвідником? Звісно, як і усі хлопці, я думав, що це якась дуже романтична професія. Але далі цього не йшло. Я не уявляв собі, що значить бути розвідником. Однак сказати про це відверто я не наважився, а лише щось пробелькотів у відповідь. Втім, наскільки я зрозумів пізніше, рішення вже було прийняте, і тепер вони просто намагалися пересвідчитись, що воно правильне.

– То ти вчився у школі, де готували справжніх розвідників? – запитала Інґе. Вона наче зраділа, що Йоші таки розвідник, а не звичайний провокатор.

– Так. У Києві. Ти чула колись про Київ?

– Ні.

Її знання про Радянський Союз обмежувалися Москвою і, відколи Йозеф почав розповідати про себе, його селом та Сибіром.

– Два роки я проходив спеціальну підготовку в Києві. Мене вчили багато чому. Дивилася фільми про розвідників? Так-от, я повинен був уміти все те, що вони там. демонструють. А ще я мусив вчити німецьку. У сільській школі у нас були уроки німецької, але я її не знав. Так, п'яте через десяте. Фактично за два роки я мав вивчити мову від зера.

Тим часом голос Йозефа поступово починає віддалятися від Інґе, стає все тихішим і тихішим. Потім вона відчуває, як під голову їй підпихають подушку, чимось укривають. Інґе зморив сон.

Прокинулася, коли за вікном уже стояв день. Сонце просочувалося крізь фіранки, і його промені лягали на стіну, в яку Інґе втупилася, ще не відійшовши від сну. Стрілки годинника показували пів на десяту. Вона лежала в застеленому свіжим простирадлом ліжку, але Йозефа поруч не було.

– Йоші! – гукнула Інґе, однак з кухні ніхто не обізвався. Це вмить прогнало залишки сну. В пам'яті почала відновлюватися нічна розмова. Так метелик, притлумлений першим приморозком, поволі розправляє крильця під променями пізнього осіннього сонця. Інґе ще раз перепитала себе, чи це був не сон. Але нова реальність уже впевнено загніздилася в її свідомості, не залишаючи найменших шансів на втечу.

«Йозеф – совєтський шпигун. Він сам сказав їй про це. Інша річ, навіщо йому було зізнаватися у цьому саме тепер, адже на той час, коли вони познайомилися, він уже був агентом? – запитувала вона себе. – А може, він у такий спосіб хоче позбутися мене? От, мовляв, знай, хто я такий. Невже ти наважишся зв'язати свою долю зі шпигуном? Ти не уявляєш собі, що означає бути дружиною агента, тому добре поміркуй, перш ніж зважишся на цей крок. Подумай, а краще відмовся...» – ця думка виринула в голові Інґе несподівано, наче найманий вбивця, що підстерігає свою жертву в темному під'їзді... Їй стало страшно, і вона примусила себе зосередитися на іншому.

Інґе знову пригадала слова Йоші про те, що йому дозволили одружитися. Тоді ця фраза прозвучала для неї, як збавлення від почуття приреченості, що переслідувало її увесь час, поки Йозеф вів свою дивну розповідь. Вона пригадала, яку полегкість відчула одразу по тому, коли він промовив: «Начальство сказало, що в моєму випадку зроблять виняток». Спершу Інґе навіть не могла повірити у те, що це можливо, і навіть перепитала у Йозефа, чи правильно зрозуміла його: «То ми можемо побратися?» Він відповів ствердно, обійняв її і поцілував.

Отже, Йоші залишався з нею. Однак зараз, наодинці з думками у порожній квартирі, Інґе знову охопили сумніви. «Можливо, він так сказав, бо просто хотів мене підбадьорити? Але якщо це все ж правда, то, напевно, існують певні умови, про які я наразі не знаю, але які можуть виявитися дуже і дуже обтяжливими. Можливо, Йоші обмовився про них уночі, але я не розчула, бо вже спала. І, до речі, куди він подівся?»

Інґе підвелася з ліжка, знайшла капці, накинула на плечі халат. На столі помітила записку. «Кохана, не турбуйся, я скоро повернуся. Сніданок на кухні. Цілую. Й.». Написано олівцем, який лежав поряд.

Прочитане трохи заспокоїло. Йоші нікуди не зник, начальство не викликало його в зв'язку з якимось терміновим завданням. Але ця нов на відволікла її увагу лише на хвилину. За мить вона знову замислилася над тим, як жити далі. Чи зможе призвичаїтися до думки, що її чоловік – не просто розвідник, а шпигун КДБ? Тепер вона достеменно знала, що Варшава Йозефа виявилася зовсім не в тому керунку. Він їздив не перекладати комерційні контракти – Йозеф шпигував.

Інґе поставила воду на каву, взяла тарілку з канапками, приготованими для неї Йозефом, і повернулася до кімнати. Вона чулася розгубленою. За вікном розвиднювалося. Такої пори у перший день свят люди щойно прокидалися, вилежувалися в ліжках, тішачись, що попереду їх чекає сніданок у родинному колі, вільний від праці день і прогулянка огорнутим спокоєм містом, над яким зависло холодне зимове сонце. У східному секторі до Різдва ставилися з обережністю. Хоча офіційно ніхто не забороняв молитися, хрестити дітей чи брати шлюб, по всьому відчувалося, що тепер таке не в пошані. Зате в Західному Берліні сьогодні мало бути особливо святково. Ще за два тижні до Різдва удекоровані шопками й Санта Клаусами, вітрини крамниць миготіли гірляндами, і, йдучи повз них, праглося, щоб цей передсвятковий настрій тривав якомога довше. І ось сьогодні увечері на вулицях західного сектора буде гамірно, весело, кольорово. Інґе захотілося, щоб Йозеф повернувся якомога швидше, щоб вони разом поснідали, ще трохи полінюхували в ліжку, а відтак по-святковому вбралися і поїхали до Західного Берліна. Про нічну розмову сьогодні можна було не думати. Ці думки втишили хвилювання, і вона вирішила не снідати на самоті, а дочекатися Йозефа. Щоб час збігав швидше, відчинила шафу і взялася вибирати з одягу те, що пасувало б на вечір.

На щастя, Йозеф не забарився. Рум'яний з морозу, в своєму модному пальті він виглядав бадьоро і ледь не радісно.

— Вибач, що залишив тебе. Мусив зателефонувати, — сказав Йозеф, роздягаючись і обіймаючи Інґе.

— Але ж ти міг зателефонувати з дому.

— Значить — не міг, — відповів він стримано, чим нагадав Інґе про нічну розмову. Інґе нічого не сказала, а лише пригорнулася до Йозефа. Цей довірливий рух примусив його відповісти їй такою самою ніжністю, а може, й більшою. Йозеф стояв, тримаючи її в своїх обіймах, легенько торкаючись вустами її розбурханого волосся і промовляючи, як колисанку: «Все буде добре. Все буде добре». Як Інґе й забажала, вони поснідали, а потім спостерігали з вікна за тим, як у сонячних променях іскряться чи то дрібні сніжинки, чи просто паморозь. Потім вийшли на вулицю. Реальність залишилася у минулому. Вони відтяли її від себе, поки їхали на трамваї в бік Остбангоф, а відтак метро до станції «Зоологішер гарден», доки гуляли по Ку-Дамну, пили шампанське на веранді ресторану «Дреслер».

Західний Берлін нагадував добрі старі часи, коли навіть парижани змушені були констатувати, що це таки «світове місто», хоча дух метрополії на Шпрее і відгонив консерватизмом. Зрештою, після Парижа, де доба закінчувалася, здебільшого, вранці, життя в Кройцбергу чи в Шарлоттенбурзі швидко повертало до поміркованості, розважливості й виваженості. Інґе не бувала в Парижі, але їй здавалося, що кращого за Західний Берлін міста на світі не існує. Навіть все ще пощерблений війною, як віспою, порівняно зі східним сектором він нагадував старий парк із тінистими алеями, романтичними альтанками, захованими в гущавині кущів глоду і бузку, супроти скверика, нашвидкуруч закладеного на честь якоїсь малозначущої події муніципального масштабу. У цьому місті все дихало свободою. У кав'ярнях, на вулицях чулася англійська,французька, у кінотеатрах демонструвалися останні голлівудські бойовики, а на паркеті вже танцювали під хіти Білла Хейлі та Чака Беррі. Подейкували навіть, що в одній з американських частин у ФРН служить рядовий Елвіс Преслі. Народ демонстрував відверту зневагу до турбот повсякденного життя, ніби цей невеличкий анклав на території режимного об'єкта зумисне дражнив принадами вільного світу.

Однак увечері, коли Інґе і Йозеф повернулися додому, реальність знову нагадала про себе. Перше, що зробив Йозеф, переступивши поріг помешкання, це ретельно обстежив квартиру, аби пересвідчитися, що за час їхньої відсутності тут не побували сторонні. Завершивши огляд, він винувато глянув на Інґе, яка стояла посеред кімнати.

— Інґе, я втягнув тебе у кепську історію, — вкотре повторив він. — Я не повинен був цього робити. Вибір за тобою, але перш ніж зробити його, ти мусиш довідатися ще про певні речі, які можуть видатися тобі не зовсім приємними.

— Так, Йоші, я це знаю.

— Так-от. Я не повинен був казати тобі, що працюю на КДБ. Моє начальство зажадало, щоб я спершу повідомив, ніби я є агентом Штазі, й подивитися на твою реакцію. Якщо вона буде нормальною, ми повинні будемо поїхати з тобою до Москви і щойно там я мав би розповісти тобі всю правду. Одне слово, умова, за якої ми зможемо побратися, є такою: ти повинна дати згоду працювати на ...

Інґе підняла очі. У її погляді застиг не просто подив. Вона дивилася на Йозефа широко розплющеними очима, ніби збиралася повідомити щось надзвичайно важливе, але раптом згубила слова. Але хоча очі були широко розплющеними, Інґе здавалося, ніби вона незряча.

— Ти жартуєш? — нарешті спромоглася вона щось промовити. — Яке КДБ? Про що ти кажеш? Стати агенткою?! Схаменися, Йоші, благаю тебе...

Йозеф мовчав. Потім збагнув, що усе залежить від того, наскільки переконливим він буде, і почав говорити.

— Ти не зрозуміла мене. Я мав на увазі, що тобі доведеться лише формально погодитися. Ніякою агенткою ти не будеш. Обіцяю тобі. Але якщо ми хочемо залишатися разом, ти мусиш зіграти цю роль. Довірся мені. Я знаю, що змушую тебе до справ дуже... дуже... неприємних, однак обіцяю, що ми з цієї халепи викрутимося...

— Як викрутимося, Йоші? Про що ти кажеш? Вони швидше повбивають нас, аніж погодяться відпустити з миром. Не треба закінчувати школу розвідників, аби знати, якими методами вони діють.

Голос Інґе лунав пронизливо і голосно. Йозеф причинив двері, які вели до передпокою.

— Ти не розумієш, — знову і знову повторював він. — Це буде з твого боку лише відволікаючий маневр. Ми виграємо час. Це дасть можливість спокійно обміркувати ситуацію і тоді обрати правильне рішення. Якщо ти не погодишся — вони зроблять усе, аби не дійшло до весілля...

— Але це жахливо, Йоші! — Інґе говорила з відчаєм. — Те, про що ти кажеш, — це якісь неймовірні речі. Як це ти не можеш одружитися без дозволу? Навіть не батьків, а начальства? Поясни мені! Я вперше чую про щось подібне...

Пояснити це звичайними словами було неможливо, і тоді Йозеф погодився — Інґе має рацію.

— Я не маю чим тобі заперечити, — сказав він, сідаючи на ліжко. Потім підвів голову і додав: — Ти кажеш правду. Це було божевілля з мого боку — одружуватися...

— А я? Ти про мене подумав? — спалахнула Інґе. — Чому ти зважаєш лише на те, що скаже твоє начальство? А що буде зі мною? Адже я люблю тебе, розумієш, люблю!

В очах Інґе зблиснули сльози, і вона опустилася на стілець. Якийсь час сиділа, прикипівши поглядом до вікна. Йозеф теж мовчав. Інґе здалося, що він шукає вихід із лабіринту, замурованого ним власноруч багато років тому на маленькій залізничній станції під Львовом. Якщо якийсь вихід і був, то він — у негайній втечі на Захід. Іншої можливості вирватися з пастки Інґе не бачила. З хвилину поміркувавши, вона сказала Йозефу:

— Ти повинен здатися владі у Західному Берліні. Ти розкажеш їм усе, і вони не покарають тебе. Це єдиний шанс для нас. Якщо ми його не використаємо зараз — потім буде запізно.

Йозеф нічого не відповів. Він сидів мовчки, і лише напружений погляд свідчив про те, що він про щось думає. Врешті озвався.

– Ні, Інґе. Ми зробимо інакше. Повір, я не хочу нам поганого. Просто я краще знаю їхні методи. Якщо і зробити так, як пропонуєш ти – то усе слід добре підготувати. Я не хочу бути зрадником. Я мушу мати достатньо серйозні причини, щоб перейти на бік ворогів моєї держави, але наразі я їх не маю...

– А те, що ти можеш втратити мене, це не причина? – запитала Інґе.

Він не відвів погляду.

– Я нікому тебе не віддам, – голос Йозефа звучав твердо. – Повір, якщо я розповів про нас із тобою найвищому начальству і мені вдалося переконати його, що я не відмовлюся від свого рішення одружитися з Інґе Поль – це щось таки значить. Не гарячкуй, прошу тебе...

Інґе розуміла: Йозеф не наважується ось так одним махом порвати з розвідкою, що його утримують від цього кроку ще якісь обставини, про які вона не знає.

– Ти справді розповів мені усе? – запитала вона.

Йозеф відповів не відразу. На якийсь час він знову замовк, вочевидь вагаючись, зважуючи ймовірні наслідки посвячення Інґе у всі свої справи. Відтак промовив:

– Я не про все розповів тобі. Є речі, про які ти знати не повинна – це гарантуватиме твою безпеку. Я прошу тебе про одне: поїдемо в Москву. Якщо тобі вдасться переконати їх, що ти лояльна до СРСР і погоджуєшся співпрацювати, обставини можуть змінитися. Найвірогідніше, вони запропонують тобі пройти разом зі мною спеціальну підготовку, після чого нас відправлять працювати у Федеративну Республіку. Тоді ми й приймемо остаточне рішення. А зараз... я хочу, щоб ми побралися. Якщо ти приймеш умови, про які я кажу, весілля справимо за кілька днів.

Це був заборонений прийом. Інґе чудово усвідомлювала, що, приймаючи його умови, вона добровільно влазить у страшні тарапати, з яких їй, можливо, не вдасться вибратися ніколи. Платою за її кохання мав стати контракт із дияволом. Це була непомірно висока ціна, але Інґе не мала сил відмовитися від Йозефа. Кинути його? Кинути чоловіка, загнаного в кут? І як жити далі з цим тягарем? Відступниця... Так, Йозеф вчинив неправедно, але ж... він вирятовував своїх. А ті, що в лісі, вони – чужі? Ні, хай першим кине камінь хтось інший, не вона. Інґе мовчки хитнула головою: «Хай буде по-твоєму, Йоші».

Йозеф зітхнув – це додало йому сил продовжити сповідь, перервану минулої ночі.
Він розповів, як по закінченні розвідшколи у Києві його закинули в Польщу.

– Я мав побувати в місцях, де, за легендою, проживали мої батьки.

– Що це значить – легенда, Йоші?

– Це історія людини, ім'я якої носить розвідник. Він повинен до найменших деталей знати кожну місцинку, де проживав той, за кого він себе видає, пам'ятати різні, на перший погляд, несуттєві подробиці, прізвища і обличчя людей, з якими його могла зводити доля, і багато чого іншого. Від того, наскільки добре розвідник знає свою легенду, часто залежить його життя.

– Мені теж підберуть якусь легенду?

Йозефу здалося, що він почув у голосі Інґе іронію. Але це було не так. Після усього, що трапилося з нею протягом останньої доби, вона вже не вдавалася ані до жартів, ані до кпинів. Єдине, чого Інґе прагнула – це бути впевненою, що ціна, яку вона заплатила за свою любов, не буде сприйнята Всевишнім за гріх. «Помилуй мене, Господи, грішну, за те, що я пішла за своїм коханням, як сліпа. Я намагалася встояти, та мені забракло сил. Прости мене. Прости і помилуй», – тихо молилася в душі Інґе.

Йозеф тим часом говорив.

– Через польський кордон ми переїжджали нелегально. На коротко шлагбаум підняли, і машини могли безперешкодно рухатися в одному й іншому напрямку. Мене супроводжував офіцер, який знав, як має діяти. Ми поїхали до Варшави, а потім до Старогарда, де я пробув майже півроку: мешкав у одного поляка, який працював у їхній службі безпеки. Моє завдання полягало у тому, щоб добре вивчити особливості життя у Польщі на випадок, якщо виникнуть проблеми в Західній Німеччині, тобто якщо мене затримають і почнуть з'ясовувати, хто я такий, звідки приїхав і таке інше. Згідно з легендою, я був напівполяк-напівнімець.

— Ти говориш німецькою добре, але з акцентом, — погодилася Інґе.

— На цьому, власне, і будувалася легенда. Потрібно було, щоб моя біографія не викликала підозр. Будь-який факт у ній повинен був мати реальне підтвердження. Але нарешті всі приготування закінчилися. Надійшов день, коли офіцер, який опікувався мною у Польщі, сказав, що через кілька днів потрібно буде перетнути кордон з Німеччиною, що з того боку чекатимуть наші та їхні німецькі колеги. «Це не буде складно, — сказав він. — Але все одно, слід вважати, бо переходитимемо пішки». Місце перетину кордону визначили в районі Франкфурта над Одером. Ми перейшли через міст, який на той момент не охоронявся, і так опинилися на території Німеччини. Тепер мене супроводжували інші люди. Наступного ранку ми поїхали в Берлін. Я був тут вперше, але не мав змоги розглядітися, тому що відразу поїхали до Карлсгорста.

— Так, я знаю цей район. Там розташована заборонена зона, куди без спеціальної перепустки не потрапиш, — сказала Інґе. Тепер вона слухала розповідь Йозефа особливо уважно, бо розуміла, що стала учасником небезпечної гри, правил якої не знала.

У Карлсгорсті Йозеф пробув приблизно місяць. Він жив у невеличкій квартирі в кінці вулиці, що тягнулася паралельно залізничній колії. Звідси його забирав зв'язковий, і вони їхали до центру Берліна. Виїжджали також до Дрездена, Ерфурта, Лейпціга, де, згідно з легендою, доводилося бувати Лємáну.

– Усі ці приготування тягнулися до квітня 1955 року. У квітні я підшукав собі інше помешкання і остаточно переїхав туди з Карлсгорста. З квітня почав працювати штампувальником на фабриці в Цвікау.

– Ти працював штампувальником? З якого дива? – не вірилося Інґе.

– Щоб легалізуватися, мені слід було мати правдиві записи в трудовій книжці. Це була спільна німецько-радянська фабрика, якою керувала наша людина. Спершу мене хотіли взяти писарем у контору, але моя німецька ще була поганенька, і тому я влаштувався звичайним робітником. Так тривало до серпня, після чого я взяв відпустку і поїхав у Союз.

– Ти поїхав до своїх батьків?

– Ні, у Крим – в один тихий санаторій, де дуже гарні умови і мало відпочивальників. А до батьків... Так, заїжджав... Ненадовго.

Інґе відчула, що коли мова зайшла про батьків Йозефа, він згадав про них неохоче, але вона все ж наполягла.

– Ти хоч щось знаєш про них? А вони – про тебе?

– З того дня, коли я пішов із лісу, і до п'ятдесят четвертого ми не бачилися. А опісля відпочинку...

– Вони пробачили тобі?

– Як сказати...

З усього було видно, що Йозефу не хочеться про це згадувати, але Інґе мала право знати про його взаємини з рідними, бо, врешті-решт, їй все одно доведеться з ними познайомитися.

– Сам я не наважився б з'явитися в селі після того, що трапилося, але на цьому наполягло моє начальство перед тим, як я мав приступити до роботи за кордоном.

– Чому? Навіщо їм це знадобилося?

– Думаю, для того, аби я не переживав через ту історію. Я мусив переконатися, що, як і було обіцяно, батьки і сестри живі-здорові, їх не заарештували за зв'язок із партизанами і не вивезли. Тут йшлося, радше, про мій, як вони казали, морально-психологічний стан. «Ти повинен знати, що у тебе надійні тили, що на Батьківщині про тебе пам'ятають кожної хвилини і дбають про твоїх близьких, які тут залишаються», – часто повторювали мені перед відправкою на нелегальне становище.

– А як воно було насправді?

– Насправді... Мені важко розповідати про це, тому що та зустріч... То було для мене важке випробування. Я дуже хвилювався...

Дорога до села, якою їхав Сташинський, лишалася такою самою, як за часів, коли він хлопчиком їздив із батьком на фірі до Львова на базар. Вона не змінювалася з часів ще більш ранніх, коли нею марширували вояки цісаря і скакали на конях улани маршалка. Дорога тяглася уздовж полів, що багато віків належали заможним німецьким і польським родинам, чиї герби свідчили про давні шляхетські традиції галицьких магнатів. Але про які епохи не йшлося б – Австро-Угорщини, Речі Посполитої чи радянської влади – незмінним тут лишалося одне – бідність. Поля за вікном авта, яким їхав Сташинський, стелилися одноманітною пласкою площиною, на якій окові не було за що зачепитися. Машину йому дали у місцевому КДБ, але супроводжувати не стали, розуміючи, що за таких обставин присутність стороннього ускладнить і без того непросту ситуацію.

Ближче до села вдалині почав вимальовуватися ліс. Це був той ліс... Сташинський відчув внутрішню лихоманку. Він зупинив авто, висів і підійшов до хирлявої верби, що самотньо бовваніла на закуреному порохом узбіччі. Що сказати батькам? Адже щось потрібно буде сказати... «Як ви тут? Що чувати?» Це звучало по-дурному, але Сташинський не знаходив слів, які пасували б мовити першим. Могло трапитися і так, що його зустрінуть німим мовчазним поглядом і ним же відпровадять. Родина і всі у селі знали, хто виказав боївку. Щоправда, його начальство дало зрозуміти, що батьки не заперечують, аби Богдан приїхав до них. Очевидно, попередньо хтось зі Львова розмовляв з ними про це і дійшов висновку, що примирення, нехай навіть дуже примарне, все ж можливе. Інакше керівництво не наполягало б на цій зустрічі...

Сташинський стояв біля старої верби, уявляючи, як заходить на подвір'я, як непомітно вишукує, що змінилося за той час, відколи зник із батьківської хати. Він намагався думати про все це відсторонено. «Для них я, певно, зрадник, але завдяки мені вони уникли Сибіру, а може, й смерті, – казав він собі. – Припинилося кровопролиття, безглузда війна, керована продажними провідниками, які втекли за кордон, а хлопці вмирали за їхні божевільні ідеї. Що в цьому поганого? Бо Сташинський погодився співпрацювати з КДБ? Хай буде так. Хай в усьому буде винен Богдан. Він ні на кого не триматиме за це зла, тому що працює на державу, а у держави – свої інтереси, які не конечно мусять враховувати, що думає якийсь Іван чи Петро про родину Сташинських». Розгубленість поступово розсмоктувалася. Він просто зайде до хати і привітається. Скаже, що давно хотів, аби ця зустріч нарешті відбулася, але все якось не виходило. Він скаже також: про те, хто ким є, може судити лише Бог. Він, Богдан, не боїться Божого суду. Він не просить вибачити його, бо ні перед ким не завинив. Хіба перед собою. Він рятував близьких...

Однак коли машина під'їхала до хати, Сташинський зрозумів, що приготовані слова кудись позникали, розчинилися, як грудка цукру в склянці з окропом. На подвір'ї нікого не було, лише бігало кілька курок. Все тут залишалося таким, як і того дня, коли за Богданом прийшли зв'язкові з лісу. Хата свіжо побілена, паркан поремонтований...

Сташинський відчинив дерев'яну хвіртку і ступив на подвір'я. Чи думав він тоді, коли востаннє ступав по цій траві, що повернеться через багато років за таких обставин? Ні, звичайно. Тоді ним керував страх і жагуче бажання якомога швидше закінчити з усім цим – завданням Ситніковського, роллю студента, переслідуваного НКВС, вдаванням із себе підпільника, готового підірватися на гранаті, але не датися москалям.

У хаті на нього чекали. Батьки сиділи при столі, і коли Богдан переступив поріг, мовчки підвели голови. Сташинський помітив, як мати трохи подалася вперед, ніби хотіла встати. Але не зробила цього, залишившись сидіти, лише пильно вдивлялась у нього. Потім прочинилися двері, і з другого покою, в якому колись спали діти, увійшла старша сестра Марія. Вона зупинилася в проході й так залишалася стояти, обіпершись об одвірок, над яким висів образ. Усі мовчали.

– Проходь, сідай, – нарешті сказав батько, звертаючись до Богдана, який зупинився посеред хати, не наважуючись наблизитися. Тато помітно постарів, і у мами з-під хустки також визирало геть сиве волосся.

Богдан поклав на бамбетель, що стояв у кутку кімнати, пакунок із подарунками і сів до столу.

– Ну, як ви тут? – нарешті спромігся запитати.

– Жиємо, як видиш, – відповів батько і додав: – Богу дякувати.

Тепер Сташинський міг зблизька роздивитися обличчя батьків. Тато виглядав спокійним, і сестра – теж. Лише мама ледь стримувала сльози і врешті взялася витирати очі кінчиком хустки. Вона нічого не казала, лише позирала на нього і продовжували витирати сльози.

– Там, у пакунку, є трохи грошей, – сказав Сташинський, не знаючи, про що говорити з батьками далі.

– Нам не треба грошей, – озвалася сестра. – Нам нічого не бракує. Дякуючи Богу і радянській владі у нас все є.

Сташинському здалося, що вона хотіла додати «твоїх грошей».

– Не треба, – промовила мама. – Не треба зараз ні про гроші, ні про владу. Як ти, Богдане?

Що він міг розповісти мамі? Звісно – нічого. Бо про що не спробував би заговорити – усе виявилося б із грифом «цілком таємно». Він не належав собі. Він був позбавлений простої людської радості розповісти батькам про те, як жив усі ці роки, чого досяг, чи одружений, чи має дітей – їхніх онуків. Усе, що йому було дозволено, це побачити близьких і дати їм можливість переконатися, що він теж живий-здоровий. Більше нічого.

– Я? Та нічого, мамо. Він хотів сказати ще щось, але затнувся, бо говорити справді не було про що.

– От, заїхав на хвильку, щоб подивитися, як ви тут. І знову в дорогу...

– Розумію, – зітхнула мама.

Вони ще посиділи трохи в цілковитій тиші. Потім Богдан сказав, що залишає їм адресу, на яку йому можна надіслати листа, якщо така потреба виникне.

– Пишіть, якщо чимось треба буде допомогти. Я все зроблю, – промовив він, встаючи.

Батьки так і залишилися сидіти за столом, не поворухнулася і сестра. На тому й попрощалися. Вийшовши з хати, Богдан відчув полегкість, ніби відбув важку повинність, і тепер ця неприємність залишалася в минулому. Він сів у авто, завів двигун. З-за сусіднього паркана за ним з цікавістю спостерігали дві пари дитячих очей. «Певно, Славкові», – подумав Богдан. Славко був його однолітком.

III

З того, що Інґе довідалася від Йозефа того вечора, виходило, що спочатку він виконував дрібні доручення.

Йому часто доводилося виїжджати до Мюнхена, де він мав зустрічі з іншими агентами і обслуговував «мертві пункти».

– Що це таке – «мертвий пункт»? – запитала вона.

– Це – тайник, через який здійснюється обмін інформацією з агентом або передаються якісь речі, наприклад – фотоплівки. Такі пункти можуть знаходитися будь-де, навіть на автобані.

– Тобто як на автобані? Що, просто на асфальті?

– Не на асфальті, а на узбіччі. Наприклад, ми з тобою домовляємося, що на такому-то кілометрі такої-то траси на узбіччі лежатиме камінь. Насправді це буде тайник, закамуфльований під камінь. Вірогідність, що на нього зверне увагу хтось сторонній, дуже низька. Крім того, Йозеф кидав адресовані комусь листи у різні поштові скриньки, з чого виходило, ніби відправляли їх із Мюнхена, хоча насправді він привозив їх зі Східного Берліна. Його перше серйозне доручення полягало у тому, що він мав поїхати до Роттердама, де на цвинтарі планувалося богослужіння на могилі відомого українського націоналіста.

– Мені доручили з'ясувати, чи не з'явиться там одна людина, яка дуже цікавила моє керівництво. Я полетів літаком до Кельна, а звідти поїздом – до Роттердама. Це було складне завдання, бо я мусив зробити на цвинтарі світлини осіб, які прибули на панахиду, а служба безпеки націоналістів пильно стежила, чи хтось фотографує. Там я впізнав одного чоловіка, якого раніше бачив у Мюнхені, точніше, бачив його авто – темно-синій «Опель-капітан». Згодом це допомогло мені... Одне слово, я все виконав, і мене нагородили орденом. Вручав сам Шелєпін.

Інґе звернула увагу на те, що про відзнаку Йозеф сказав піднесено, майже урочисто, з гордістю у голосі. Ця обставина могла, крім іншого, свідчити про лицемірство – навіщо ж йому втікати на Захід? Виходило, що Йозефа усе влаштовувало. У себе в Совєтському Союзі він мав достатньо високу посаду, добру платню і усілякі привілеї. Нічого такогона Заході він, звичайно, не отримав би. Ба більше. Існувала реальна небезпека, що там його можуть просто заарештувати і судити як шпигуна, що діяв на шкоду Федеративній Республіці. І взагалі – що б він там робив, на які гроші утримував сім'ю?

Це були, на перший погляд, прозаїчні побутові питання. Але, з іншого боку, і вона мусила це визнати, Йозеф аж ніяк не був зацікавлений у тому, аби опинитися на вулиці без засобів до існування та ще й під наглядом поліції.

Слухаючи його розповідь, Інґе усе більше переконувалася: Йозефу подобалася його робота. Він говорив про свої завдання, як про якусь дуже відповідальну місію, честь виконувати яку доручали далеко не кожному. Крім того, Йозеф призвичаївся виконувати накази, не дуже замислюючись над їх суттю. Коли Інґе запитала у нього, чи це можливо, щоб він відмовився виконувати якийсь наказ, він відповів, що в них це не практикується.

– Це військова організація, – пояснив він. – У війську накази не обговорюються, а
виконуються.

– А якщо це наказ убити? – не вгавала Інґе.

На якусь мить Йозеф розгубився, не знаючи, що відповісти. А потім запитав:

– А чому це тебе цікавить?

– Ну так, просто...

– А-а...

Однак запитання лишилося без відповіді. Йозеф розповідав Інґе про свою роботу шпигуна, ніби йшлося про щось буденне: прокинувся вранці, встав, почистив зуби, випив каву, вирушив на роботу до бюро. Слухаючи його, Інґе ніяк не могла до кінця усвідомити, що вона стане чи, властиво, вже є дружиною таємного агента. Але ж, знову і знову казала собі Інґе, нічого іншого Йозеф не вміє. Не брати ж до уваги ті півроку, що він простояв біля штампувального верстата на фабриці. До того ж, і це непокоїло її найбільше, Йозеф твердо вірив у ідею, якій служив. З іншого боку, розмірковувала Інґе, він бував у західному секторі, у інших міста Федеративної Республіки. Він не міг не помітити, що у вільному світі тобі не нав'язують жодних ідеологій, ніхто не примушує ходити на демонстрації, вступати у партію. Чому ж Йозеф не відважується сказати собі правду? А може, вона справді не знає його? Виліпила собі в уяві образ чоловіка, якого насправді не існує? А раптом Йозеф одержав спеціальне завдання одружитися з іноземкою, щоб отримати, як у них кажуть, легалізуватися? Від цієї думки Інґе стало ніяково і вона, без жодного зв'язку з тим, про що він розповідав, несподівано запитала:

– Ти мене справді любиш, Йоші?

Запитання Інґе заскочило Йозефа, і він затнувся на півслові. Напевно, зараз мало сенс з'ясувати, чому вона запитує його про такі очевидні речі. Але Йозеф нічого не сказав, здогадавшись, про що у цю мить подумала Інґе. Він підсунувся ближче і обійняв її.

– Я розумію тебе. Але ти повинна вірити мені. Я хочу нам лише добра. Якби я мав на меті інше, мене не було б поруч із тобою.

Голос Йозефа звучав щиро, і їй стало соромно за свої сумніви. Тепер вона могла спокійно обміркувати, як діяти далі. Гаразд, нехай він комуністичний агент. З цим уже нічого не вдієш. Але ж Йозеф кохає її. І чи було б краще, якби він виявився перекладачем, за якого видавав себе, а насправді не любив? Адже вона не може жити без нього. І тому Інґе буде боротися. Вона зуміє обхитрити начальників Йозефа. На це знадобиться час, а наразі треба послухатися його і вдати, ніби пристає на їхню пропозицію співпрацювати з...

– Йоші, я згодна, – сказала тихим голосом Інґе.

У кімнаті було темно, і вона не бачила виразу його обличчя у цю хвилю.

– На що згодна? – не зрозумів Йозеф.

– Зіграти роль. Ту роль, про яку ти говорив, ніби я погоджуюся допомагати тобі у роботі агента.

– Ти справді зважишся? – перепитав Йозеф.

– Так. Бо не маю вибору. Інший варіант – відмовитися від тебе, але це… Це… це неможливо!

Йозеф дужче пригорнув до себе Інґе. Вона відчувала тепло його тіла, міцність його рук, але це була оманлива сила. Інґе розуміла, що відтепер уся відповідальність за їхнє майбутнє, за їхню сім'ю лежить на ній. Йозеф у силу свого характеру – як на шпигуна, то занадто м'якого і поступливого – не захоче самостійно щось змінити у своєму житті. Отримавши від Інґе згоду прийняти умови, він заспокоїться, і далі їхнє спільне життя укладатиметься так, як цього забажають у Москві, а не вони – молоде подружжя Лєманів, чи яке там їм дадуть конспіративне прізвище. Йоші задовольнятиме платня, що давала йому змогу жити якщо не на широку ногу, то, принаймні, безбідно. Його тішитиме думка про чергові високі відзнаки за виконання важливих завдань і привілеї, якими користуються в СРСР люди, удостоєні таких нагород. Він усіляко зволікатиме з остаточним рішенням, хоча й обіцяв Інґе піти разом із нею на Захід при першій-ліпшій нагоді. На запитання, чому вони все ще залишаються у східній зоні, він знаходитиме тисячі пояснень, та не казатиме про головне – про своє небажання зважитись порвати зі своїм минулим. Якщо Інґе не виявить достатньо наполегливості, Йоші й надалі залишатиметься тим, ким є – агентом, якого будь-якої миті можуть розкрити і заарештувати. З цією думкою вона заснула.

Восьмого січня 1960 року Інґе і Йозеф із паспортами на прізвище громадян СРСР подружжя Крилових сіли у поїзд Берлін–Москва. Інґе вперше вирушала у таку далеку путь, та ще й не знати як надовго. Йозеф сказав, що вони пробудуть у Москві не менше ніж місяць. Своїх батькам Інґе повинна була повідомити, що їде разом із чоловіком до Варшави, де на нього чекає важлива робота, і щойно він завершить її, вони повернуться до Берліна та візьмуть шлюб. Насправді Інґе мусила пройти співбесіду в КДБ, і лише після цього їм мали дати дозвіл на одруження. Йозеф не втомлювався повторювати, що це будуть формальні бесіди з його керівниками, аби ті переконалися у лояльності Інґе до справи, якій служить її чоловік. Вона повинна зіграти роль симпатика СРСР, і тоді остання перешкода на їхньому шляху до одруження буде, нарешті, усунута. Чого їй коштуватиме цей театр, Йозеф, звичайно, не запитував.

Інґе тим часом дуже хвилювалася. Вона зовсім не була певна, що дасть собі раду. Протягом усього часу, що вони їхали поїздом, їй ввижалися обличчя незнайомих чоловіків у шкарадних одностроях радянських військових, у поглядах яких вона читала недовіру і кпину: мовляв, дівчинко, ти, звичайно, можеш продовжувати розповідати нам байки, але ми не віримо жодному твоєму слову. Цей стан невизначеності й передчуття чогось лихого підсилювався невеселими краєвидами у вагонному вікні. Усе виглядало так, як розповідав про Польщу Йозеф. Димок із низьких коминів над похиленими селянськими хатками, криві плоти, напівзруйновані пристанційні споруди, брудні перони, по яких сновигали люди з торбами за плечима – усе це відгонило сумом і безнадією.

На кордоні з СРСР поїзд застряг. Коридором вагона снували люди у військовому, і хоча документи «Крилових» були у повному порядку, Інґе не полишало відчуття, що зараз її знімуть з поїзда і у пристанційному відділку поліції у неї відбудеться розмова, схожа на ту, про яку розповідав Йозеф...

Нарешті потяг рушив. За вікном вагона мало що змінилося, хоча це вже була не Польща. Лише відстані були іншими. Між селами на багато кілометрів тягнулися вкриті снігом безкраї поля і ліси, подекуди в далині можна було вгадати розмиті контури якихось містечок. Небо залишалося увесь час ясним, що свідчило про мороз, який дужчав у міру руху потягу на схід.

Разом із ними у купе їхав росіянин, який повертався до Москви з відрядження. Принаймні, так він сказав, коли вони порозкладали валізи і поїзд від'їхав від перону берлінського вокзалу... Попутник назвався Ніколаєм. Якийсь час він мовчав, втупивши погляд у вікно, але згодом зав'язав розмову, перд цим витягнувши із торби пляшку коньяку, ковбасу і ще якісь наїдки – у магазинах Інґе ніколи такого не бачила.

– За знайомство – так за знайомство. Тим паче що у нас теж є дещо до столу, – заявив несподівано Йозеф, який, так думала Інґе, відмовиться від запрошення незнайомця. – Лиш руки помиємо: гігієна – перш за все...

Вагон погойдувало. Поки вони йшли коридором до туалету, Йозеф сказав Інґе, що цей чоловік, імовірно, опинився в одному з ними купе не випадково.

– Він, певно, приставлений, щоб стежити за нами. Відмовлятися випити з ним не можна. Це все одно нічого не дасть. Він – пішак, але пішак керований. Тому приймемо гру. Я думаю, він швидко второпає, що я зрозумів, з ким маю справу, і дасть собі спокій.

«Ну от, починається, – подумала Інґе. – Звикай, жінко...»

Коли вони повернулися в купе, столик уже скидався на ресторанний: розкоркована пляшка, чорна ікра, порізана копчена ковбаса, лимон, шоколадні цукерки. Йозеф витягнув із валізки рибні консерви: мовляв, ми скромніші, але теж дещо маємо.

- За знайомство, – запропонував Ніколай, і вони випили.

Не розуміючи російської, Інґе сиділа у ролі глядачки, яка випадково опинилася на спектаклі для двох акторів. Коньяк лише пригубила, бо не зносила міцних напоїв. Йозеф, наскільки вона зрозуміла, представив її як свою дружину- німкеню.

– От, їдемо у Москву. Інґе вперше побачить нашу столицю. Думаю, вона їй сподобається.

– Можна не сумніватися, – погодився його співрозмовник. – Москва – це вам не Берлін. Куди йому до наших масштабів! Я думаю, ваша дружина оцінить усі переваги Москви і навряд чи захоче повертатися.

Ніколаєві аж ніяк не могло бути відомо, що «Крилови» зібралися до Москви ненадовго. Адже вони могли повертатися в Союз теж після відрядження. Схоже, він знав про подружжя трохи більше, ніж це належало б випадковому попутникові.

Упродовж наступної години Ніколай зробився напрочуд щирим і гостинним. Після того, як пляшка коньяку спорожніла, він уже називав «Крилових» друзями і запрошував до себе на дачу, принагідно похвалившись, що може запросто організувати квитки в Большой, де у нього є «свої люди». Про це Інґе довідалася з коротких пояснень Йозефа, який намагався зорієнтувати її у суті довгих пасажів балакучого попутника. Однак, навіть якби вона розуміла російську, цей неприємний тип її зовсім не цікавив. Інґе турбувало інше. Вона знову занурилася у роздуми про незвичний поворот своєї долі.

Отже, їй доведеться вдавати, ніби вона погодилася на співпрацю. Але як хто? Дружини їхнього агента, яка мусить допомагати йому при виконанні завдань? Тобто їй, фактично, доведеться теж стати шпигуном.

Це скидалося на якусь абсолютно неймовірну історію, фантазії людини, котра начиталася детективів. А вона не захоплювалася тим чтивом, надаючи перевагу любовним романам із давніх часів. Крім того, виходило, що вона мала б шпигувати на користь Совєтів, діючи таким чином проти Німеччини. Вона, німкеня, стане зрадницею. І не йшлося про те, що Інґе – громадянка комуністичної Німеччини, а не Федеративної Республіки. Шпигувати проти своїх?

До цього часу Інґе ніколи не замислювалася над тим, що таке патріотизм. Щоправда, у школі їй намагалися втовкмачити в голову: вона мусить понад усе любити свою соціалістичну вітчизну. Приблизно щось таке. Але з того нічого не вийшло. Інґе уникала політики. Вона не розуміла, чому повинна ставитися вороже до німців, які живуть по той бік кордону розділеної навпіл Німеччини. Тепер, коли поїзд віз її у далеку і чужу їй Москву, вона вперше, зовсім несподівано для себе, відкрила, що є німкенею. Саме німкенею, а не громадянкою однієї з двох німецьких держав.

«Ні, я не зважуся на такий крок, – говорила вона собі. – І вони не змусять мене піти проти мого сумління. Врешті- решт, я іноземка, піддана іншої держави, нехай і союзної з ними, але все ж іншої».

Однак за хвилину Інґе вже здавалося, ніби її аргументи нге э непереконливвими. «Так, я можу не погодитися, але тоді вони зроблять усе, аби забрати у мене Йоші. Вони розлучать нас, зашлють його кудись далеко, щоб ми не могли бачитися. Або, чого доброго...»

Інґе відчула, що їй робиться зле і вийшла у коридор, аби цей, так званий випадковий попутник, бува, не помітив її стан. «Йоші можуть доручити особливо небезпечне завдання, з якого він не повернеться. Зроблять із нього героя, нагородять посмертно і, таким чином, розв'яжуть проблему його одруження з іноземкою». Такий сценарій здався Інґе настільки вірогідним, що тепер вона не допускала жодного іншого. «Що ж у такому разі я маю робити?» – знову і знову запитувала вона себе.

– Яким чином зберегти Йоші й при цьому не потрапити у пастку?»

Думки Інґе шугали у замкнутому просторі, як лісові пташки, упіймані у підступне сильце і вкинуті чиєюсь недоброю рукою у клітку. Попри зусилля, вона не могла зосередитися ні на чому, і в такому майже істеричному стані стовбичила при вікні поїзда, що поволі тягнувся через засніжені простори чужої Росії до Москви. Отже, іншого виходу, окрім як погодитися працювати на КДБ, зараз у Інґе не було. Це звучало страшно. Але ще більшою загрозою видавалася втрата Йоші. Чоловіка, котрий серед пещених і добре вбраних дівчат із заможних родин уподобав її – несміливе дівчисько в доштукованій блузці під щойно купленим жакетиком. Чоловіка, котрий піклувався про неї, як про давно рідну йому людину, котрий не дозволив собі наполягти на їхньому зближенні, аж доки вона сама не взяла його за руку і не відчинила двері у своє помешкання... Чи він її вибрав, бо прорахував, що такій наївній дівчині легко забити памороки? Але вдавати закоханого стільки часу? Але ж він – шпигун, він повинен уміти грати різні ролі... Але ні. Йоші щирий...

Як не дивно, але думка про те, що варіантів, як не крути, нема, сяк-так заспокоїла Інґе. Це було усвідомлення свого безсилля перед зловісним збігом обставин, проте воно, безсилля, породжувало злість. Інґе починала відчувати, що навіть у цій вовчій ямі вона стає сильнішою, спритнішою, готовою зрадити, обманути, заманити у пастку і знищити тих, хто наважилися поставити під сумнів її право на щастя. Вони ще не знають її, ще не підозрюють, на кого натрапили. Але нехай начуваються. Інґе діятиме безжалісно, жорстоко і підступно. І переможе.

З цією думкою, почепивши на обличчя безтурботну посмішку, вона відчинила двері купе і увійшла до середини пер세ділу. На столику стояла друга напівпорожня пляшка коньяку. Ніколай, вже добряче напідпитку, розпашілий від випитого і задухи у купе, щось лопотів незрозумілою їй мовою. Йозеф тим часом виглядав так, ніби щойно приєднався до застілля, хоча Інґе на власні очі бачила, як він пив нарівні з цим нікчемним типом.

– Заходь, кохана, – звернувся Йозеф до Інґе німецькою. – Ніколай Петрович розповідає дуже цікаву історію.

Німецька Йозефа викликала у Ніколая Петровича легке роздратування, яке йому не вдалося приховати.

– Вашій фройлен треба вчити російську, – зауважив він несподівано різко. – У Москві не годиться розмовляти по-німецьки. Можуть неправильно зрозуміти, хе-хе…

Інґе інстинктивно вловила у голосі незнайомця ворожість. Аби пересвідчитися у тому, що не помилилася, вона глянула на Йозефа. Однак Йоші залишався підкреслено доброзичливим. Ця обставина заспокоїла Інґе, і, мило усміхнувшись, вона сіла навпроти попутника.

– Маєте рацію, Ніколаю Петровичу, – сказав Йозеф, демонструючи згоду з попутником. – Вони, німці, мусять призвичаїтися до того, що російська – це мова нашої великої перемоги, а отже, є мовою спілкування не лише в Союзі, але й у Європі.

На обличчі його співрозмовника розквітла широка усмішка, і він заходився наливати коньяк. Коли справу було зроблено, Ніколай узяв склянку, наповнену до половини, другу з таким самим вмістом підсунув Йозефові й голосно заявив, що в скорому часі російською заговорить увесь світ.

– За це і вип'єймо, – підсумував Йозеф, і вони, як і годиться в таких випадках, цокнулися.

Інґе з жахом спостерігала, як Йозеф вливає в себе нгеймовірну кількість коньяку і подумала, що після цього тосту обидвоє чоловіків просто сповзуть на лавиці. Однак вона помилилася – Йозеф виглядав тверезим. Ніколай – не зрохзуміло. За якусь хвилину, закусивши лимоном, Йоші узяв у руки пляшку, налив у склянки коньяк і підвівся. Риси його обличчя загострилися.

– За Побєду, – сказав він урочисто. – За нашу велікую Побєду.

Почувши тост, Ніколай зробив спробу рвучко звестися на ноги, але йому це вдалося лише з третьої спроби. Дивлячись поперед себе скляними очима, він ніби намагався щось згадати, але спромігся лише затягнути: «Вставай, страна огромная, вставай на смертный бой...» Йозеф не долучився до співу і цокнув склянку Ніколая, даючи до зрозуміння, що «за Побєду» слід випити негайно і до дна.

Опісля Ніколай вже не мав сил співати. Він важко осів на застелену пом'ятою постіллю лавицю, похилився, притулився головою до подушки і вснув. Однак встиг пробурмотіти по-німецьки «шайсе». Інґе це почула.

Вона питально глянула на Йозефа. Той ствердно хитнув головою. Обоє вийшли у коридор і зачинили за собою двері купе.

– Як ти, Йоші? – з тривогою у голосі запитала Інґе.

– В порядку, – відповів він. – Я таки не помилився: він розуміє німецьку, тому жодних зайвих слів. Але, думаю, до завтра не оклигає.

Спали вони у порожньому сусідньому купе, про що Йозеф домовився з провідником, поскаржившись на п'яне хропіння попутника. На ранок Ніколай прокинувся пізно. Глянувши на нього, не важко було здогадатися, чим закінчився вечір непередодні. Ніколай не міг нічого пригадати і, розуміючи, що перебрав, дивився на Йоші винувато і водночас благально.

Без зайвих слів Йозеф витягнув із валізки пляшку коньяку, швидко нарізав лимон, наповнив склянки і простягнув одну з них Ніколаю.

– За фронтову взаємопідтримку, – сказав по-товариськи.

Ніколай мовчки перехилив склянку, полегшено зітхнув і глянув на Йозефа з вдячністю.

Невдовзі він ожив, повеселішав, але приставати із зайвими розмовами не став. До Москви доїхали спокійно.

У столиці валив густий сніг і було зимно. На пероні снувала маса подорожніх із незграбними дерев'яними валізами в руках, великими клунками, перекинутими через плече. Носильники у фартухах, почіплених поверх кожухів, у шапках вушанках, з цупкими брезентовими пасами в руках щось викрикували.

«Крилових» зустрічали. Біля вагону стояв чоловік середнього віку невиразної зовнішності, у пальто з драпу і каракулевій шапці. Щойно Інґе ступила на перон, він звернувся до неї по-німецьки: "Willkommen!". Привітавшись по-російськи з Йозефом, він підхопив валізу Інґе, і вони попрямували до виходу в місто.

З вікна авта Інґе з цікавістю роздивлялася Москву. Вона ніколи не бачила таких широченних проспектів, потужних будівель із колонами і портиками над маленькими вхідними дверима та незліченною кількістю вікон, балкончиків, шпилів-обелісків, увінчаних п'ятикутними зірками. Вулицями мчав нескінченний потік легкових авт і вантажівок. Незважаючи на мороз, тротуарами снувала сила-силенна перехожих. Інґе уявила собі на мить, що їй доведеться залишитися у Москві назавжди. Ця думка одразу її спантеличила. Ні, ніколи і нізащо. Прижитися тут, у чому світі, стати громадянкою країни, яку вона насправді боїться?

А якщо все ж постане вибір: або залишитися з Йоші, або вертати без нього? Батьки, брат, забути про них? Поступово інша думка заволодівала нею. Якщо вона не може без Йозефа, то чи варто опиратися далі? А може сприйняти обставини як неминучість? Адже вірогідність перемогти «тих» дорівнює нулю. Варто подивитися на потилицю чоловіка на передньому сидінні – навіть не обов'язково бачити вираз його обличчя, - щоб зрозуміти безглуздість спроби перехитрити цих людей. Натомість програти їм можна легко і швидко, і платою за опір буде її… життя?

Їхній «опікун» тим часом розповідав про Москву. Згідно з легендою, Йозеф теж ніколи не бував у радянській столиці й тому мусив вдавати, ніби бачить усе це вперше. Як досвідчений гід, чоловік просив пасажирів звернути увагу то на одну, то на іншу будівлю, площу чи пам'ятник. У голосі його звучало не фальшиве захоплення і гордість за Москву.

«Усе це ви зможете потім оглянути детальніше, бо ми приготували для вас спеціальну екскурсійну програму. Крім того, ви отримаєте квитки на кілька спектаклів у Большой, а якщо побажаєте – зможете сходити в МХАТ чи в якийсь інший театр. Словом, культурна програма – за вищим розрядом».

Авто завезло їх під готель «Україна». Це була велетенська споруда, схожа на ті, що їх показував супроводжуючий дорогою з вокзалу. Номер для «Крилових» виявився невеличкою кімнатою з двоспальним ліжком, столиком у кутку, на якому стояв телефон, графин із водою і дві склянки. Ще одні двері вели до ванни. На стіні – над ліжком – висіла велика картина, написана олією, що зображувала демонстрацію на якійсь великій площі. Демонстранти несли червоні прапори, транспаранти і портрети. Все свідчило про те, що ці люди охоплені єдиним поривом, викликаним, очевидно, якоюсь дуже важливою подією. Рама картини була пофарбована золотистою фарбою, яка в деяких місцях облупилася, демонструючи пожовклий від часу гіпс.

У цьому номері їм довелося пробути майже три тижні. Перші дні Інґе у супроводі співробітника КДБ, який добре володів німецькою, ходила в музеї та картинні галереї. Іноді увечері до них приєднувався Йозеф, і вони йшли у театр. Однак невдовзі культурна програма, як називали її опікуни «Крилових», вичерпалася, і тепер вона цілими днями чекала на Йоші у номері готелю, не знаючи, чим себе зайняти. Нудьга вкупі з лютою зимою за стінами готелю швидко позбавили Інґе тих приємних вражень, що їх залишили у неї відвідини Большого театру. Раніше Інґе ніколи не бачила такого прекрасного балету ані таких картин, як у Третьяковській галереї. Побачене породило в її душі чергові сумніви. Як могли поєднуватись така витонченість і одноманітна, відлякуюча буденність, що вона її спостерігала на вулицях Москви? Але, можливо, Йоші мав рацію, коли казав, що Совєтський Союз – це велика держава? Бо таке високе мистецтво – так їй, принаймні, здавалось – не могло існувати в державі, де, як і у Східному Берліні, заборонялося слухати джаз. Бо тут, у Москві, панували такі самі порядки, як і у Берліні. Чоловік, що її супроводжував, безупину торохкотів про їхню партію, про комсомол і все норовив довідатися, як Інґе ставиться до почутого і побаченого. Розуміючи, що її перевіряють на лояльність, вона намагалася вдавати з себе прихильницю комуністів, але сама відчувала, що це виходить у неї непереконливо. Люди з КДБ добре розумілися на психології, і обманути їх було не так просто.

Сидячи у готелі, вона з нетерпінням очікувала на Йозефа, щоб вийти з ним на вулицю і принагідно довідатися, що, властиво, відбувається. Коли вони опинялися в людській юрмі, Йозеф підтверджував її припущення.

– Вони тебе вивчають. Я мав кілька розмов зі своїм керівництвом про наше одруження. Мені сказали, що на моєму місці вони добре все зважили б, бо, мовляв, цей шлюб може зашкодити моїй кар'єрі. На це я відповів, що одруження – моя особиста справа, і вони не повинні перешкоджати мені влаштувати своє приватне життя так, як це хочеться мені, а не комусь іншому. Я вже розмовляв із найвищим начальником...

– ...і він? Дав нам на це дозвіл, але за умови, що я стану їхньою агенткою?

Йозеф промовчав. Він згадав той зимовий день, коли його рано-вранці, ще до початку робочого дня, привезли до незнайомого будинку. ...Авто зупинилося біля одного з бічних під'їздів похмурої споруди, і він рушив за зв'язковим офіцером лабіринтом коридорів, переходів, сходів. Ніхто не траплявся назустріч. Сташинський зробив висновок, що його візит сюди влаштований за підвищених заходів конспірації: жодні зайві очі не повинні були бачити, хто цієї ранньої години прибув у цю споруду.

Супроводжуючий завів Сташинського до приміщення, що складалося з кабінету і кімнати для відпочинку.

– Вам належить чекати тут і нікуди не відлучатися. Коли вас запросять – наразі невідомо, але будьте готові до аудієнції будь-якої хвилини. У холодильнику є їжа і напої. В термосах – чай, кава. Чекайте, – сказав супроводжуючий офіцер і вийшов із кімнати.

Протягом дня він кілька разів зазирав до Сташинського, цікавився, чи все гаразд. За вікном уже стемніло, але команди іти на зустріч все не надходило. З вікна кабінету, де Сташинський пробув уже майже сім годин, виднілася засипана снігом площа, освітлена тьмяними ліхтарями. Тротуарами снували перехожі у важких зимових пальтах і опущених на вуха шапках. У руках вони несли портфелі та якісь клунки. Жінки у ватянках, замотані теплими хустками, були схожі на вахтерів робітничих гуртожитків. Впадала у вічі велика кількість військових у шинелях або у білих кожухах, оперезаних портупеями, ніби поспішали вони не по домівках, а на вокзал, звідки їх мали відправляти на фронт. Війна закінчилася майже п'ятнадцять років тому, але, здавалось, відгомін канонад і запах згарищ все ще були присутні у Москві, як дух безтурботності десь у далекому Парижі.

Перед Сташинським простягалося місто, якого він не знав і яке, напевно, ніколи не стане для нього близьким. Це місто мало призначення завжди залишатися лише «центром», який незримо керував його життям ось уже упродовж майже десяти років, і, на те скидалося, керуватиме ним і в майбутньому.

Сташинський відчував утому і розчарування. Ще учора ввечері й сьогодні зранку його переслідувало радісне хвилювання, передчуття особливого дня в його житті. Вручення ордена Бойового Червоного Прапора з рук Шелєпіна, який належав до найвищого керівництва держави, – від самої думки про це серце Сташинського починало битися частіше. У свої неповні двадцять вісім він удостоївся нагороди, що її у мирний час дають лише у виняткових випадках. Таких людей, як він, у величезній державі під назвою СРСР, можливо, було небагато. Сташинський малював в уяві картину, коли він прикрутить орден до лацкана піджака і запросить Інґе на вечерю до якогось фешенебельного московського ресторану, де всі одразу звернуть увагу на незвичну пару. Він уявляв, з якою підкресленою увагою їх обслуговуватиме офіціант і як жінки за сусідніми столиками умить забудуть про своїх товстопузих супутників, прикипівши поглядом до молодого героя... Сташинський розумів, що то лише його фантазії, бо історія з орденом триматиметься у глибокій таємниці багато-багато років, і хтозна, чи доживе він до часу, коли зможе з'явитися з цією нагородою на людях. Усвідомлення приреченість жити подвійним життям, ніби у тебе на чолі випалено гриф «цілком таємно», неможливість називатися ім'ям, яким нарекли тебе батьки – усе це породжувало роздратування: скільки можна чекати! Тепер ця подія бачилася Сташинському вже зовсім в іншому світлі. «Вони, ймовірно, захочуть, щоб я і надалі убивав за їхніми наказами, – думав він. – Своїми успіхами у цьому ремеслі я лише тугіше затягую петлю на власній шиї. Пришпилять на груди бляшку, а взамін зажадають життя».

Несподівано двері відчинилися і до кімнати увійшло двоє підполковників. Сташинський бачив їх уперше.

– Богдан Николаевич, вы приглашаетесь в кабинет, где вас ждет председатель Комитета государственной безопасности СССР товарищ Шелепин. Следуйте за нами.

Сташинський відчув, як невеселі думки, що крутилися в його голові, раптово щезли. Він рвучко підвівся з крісла, підійшов до дзеркала, вирівняв ґудз краватки, защепнув на всі ґудзики піджак, випростався і ходою військового рушив до дверей.

У просторій кімнаті, не схожій на приймальну, не було нікого. Один із підполковників підвів Сташинського до дверей, що вели до суміжного приміщення, відчинив їх, попередньо постукавши, і, коли він переступив поріг, зачинив за ним двері. У кімнаті крім голови КДБ було ще двоє офіцерів, з якими Сташинському доводилося зустрічатися. Обличчя Шелєпіна було зліплене і вирізьблене відповідно до вимог, які висувалися до вихованців комсомолу: висота чола, розріз очей, форма носа, вилиці – усе тесане трохи грубо, рівними лініями, без особливих фантазій і спроб відійти від визначених стандартів. Однак це обличчя усе ж чимось відрізнялося від портретів інших високих партійних керівників, які потрапляли на перші шпальти радянських газет. Напевно, справа полягала у погляді. Не проглядався у ньому удаваний молодечий запал, який насправді крив у собі запопадливість і водночас жорстокість – обов'язкові риси людини, яка пробивалася у найвищі ешелони партійної влади. Погляд Шелєпіна був уважним, можливо навіть пронизливим, і саме він робив його обличчя цікавим.

Сташинський чув від одного з офіцерів, які зараз стояли на крок позаду голови, що Шелєпін нібито закінчив інститут історії, філософії і літератури, працював першим секретарем ЦК комсомолу і користується особистою прихильністю Хрущова.

Побачивши Сташинського, Шелєпін узяв зі столу червону папку, розгорнув її і почав читати. У грамоті за підписом Голови Президії Верховної Ради СРСР Ворошилова і Секретаря Георгадзе йшлося, що за виконання особливо важливого завдання товариш Сташинський Богдан Миколайович постановою Верховної Ради від 6 листопада 1959 року нагороджується орденом Бойового Червоного Прапора.

Відтак Шелєпін підійшов до Сташинського.

– Вы заслужили эту высокую награду, Богдан Николаевич. Поздравляю, – промовив він, вручив Сташинському орден і потис руку. Полковники підвелися з крісел.

– Служу Советскому Союзу! – відповів Сташинський. Він не мав військового звання, був просто «товарищем», але у цю мить стояв, виструнчившись по-військовому.

Шелєпін теж був цивільним, хоча за посадою йому належалися генеральські погони. У інтерв'ю кореспондентові газети «Правда», після свого призначення, він з цього приводу зазначив, що розглядає перехід на нову посаду як відповідальне доручення партії, а не просування у кар'єрі, а тому постановив не вдягати форму.

Орден Сташинському належало передати на зберігання у відділ кадрів. Як і грамоту, і все, що могло виказати суть місії, виконаної ним за наказом вищого керівництва держави.

– Обычно такие награды вручаются в Кремле группе награжденных товарищей. Однако в вашем случае это невозможно, исходя из понятных причин, – сказав Шелєпін, запрошуючи Сташинського сісти. – К сожалению, этот указ также не будет напечатан в газете «Правда», хотя по существующей практике это происходит сразу же после подписания соответствующего постановления. Но мы с вами служим Родине не ради высоких наград. Нам с вами судьбой предназначено защищать нашу великую Отчизну, и нет для советского человека обязанности более почетной, чем эта.

Присутні услід за Шелєпіним сіли за стіл. Сташинський помітив, що голова уважно вивчає його – і він відчув у грудях холодок приємного хвилювання. Втім, жоден м'яз на його обличчі не поворухнувся, і погляд теж залишався спокійним, ніби зараз мала відбутися така собі звичайна приятельська гутірка.

Шелєпін попросив Сташинського детально описати операцію з ліквідації Бандери. Таким євфімізмом називалося вбивство…

– Меня интересуют подробности. Итак, 14 октября 1959 года вы вылетели в Мюнхен…

Так, 14 жовтня Сташинський вилетів зі Східного Берліна до Мюнхена. У внутрішній кишені його піджака лежав паспорт на ім'я Ганса Будайта, у валізці – спеціальний пістолет з двома дулами і «набоями»: ампулами із синильною кислотою, протиотруйні препарати, ключ до брами будинку під номером 7 на Крайтмаєрштрасе. Сташинський машинально дивився на хмари, що пропливали під крилом літака, і намагався не думати про «роботу», яку має виконати, можливо, навіть завтра. Але не думати не вдавалося. Сташинський летів, щоб убити людину. Він знав, що цього разу пройти повз жертву, викинути пістолет у потічок Кегельмюль, а потім, налякавшись суворого покарання за невиконання наказу, інсценізувати історію з ключем, який нібито поламався у замку брами, не вдасться. Тоді він пошив у дурні своїх начальників, а вони й повелися, бо не мали змоги перевірити факти, що перешкодили убити Бандеру. Однак удруге – не повірять…

Зі швидкістю шістсот кілометрів на годину літак ніс Сташинського назустріч невідворотності, приготованої для нього не Богом, а людьми. Бог не міг наказати вбити людину. Коли Авраам заніс ножа над своїм первородним сином, Отець зупинив його. Це було лише випробування на силу віри. А на що випробовують його, Богдана? На силу віри в ідею, яка зробить світ справедливим, а людей – щасливими? На праведність боротьби з ворогами, які стоять на заваді цього загального благоденства? Скільки разів він переконував себе у тому, що робить це задля вищої мети, відомої обраним, які знають про існування високої істини, до пори до часу утаємниченої від інших, а також і від нього – хлопця з простої селянської родини.

Якийсь час виставлені ним супроти власного сумління аргументи спрацьовували. «Ти не вбиваєш, – переконував він себе. – Ти лише виконуєш наказ. Як на війні. Згадай хлопчика, якого задушили на твоїх очах. Ти виконуєш акцію відплати, а не вбивства».

Але спокій тривав коротко, бо невдовзі підступна гризота знову нишком залазила до його душі й починала жерти її, відкушуючи краєчки маленькими гострими зубами. «Тоді була війна, а на війні якщо ти не вб'єш, то вб'ють тебе. А тепер – мирний час. Убивати безборонних людей – гріх. Але Бандера озброєний і, можливо, буде з охоронцем, який, річ ясна, теж має зброю. Однак той чоловік не мав при собі жодної зброї. Варто було глянути на нього, на його окуляри, щоб зрозуміти: він воює лише словом».

Від спогаду про Ребета Сташинського пересмикнуло, ніби він випив щось гірке і пекуче. Ні, потрібно ухилитися, змінити маршрут, обхитрувати, виграти час і замість того, аби скакати через глибочезне провалля, спробувати розшукати якусь нехай хистку, та все ж – кладку. Проте з кожною хвилиною ця можливість мізерніла, зменшувалася і врешті безслідно зникала, як маленька плямка землі, що з'явилась у розривах хмар і за мить уже розчинялася у їхніх сірих кошлатих пасмах...

– 14 октября я прилетел в Мюнхен и поселился в гостинице «Зальцбург», – провадив далі Сташинський, ніби складав залік в університеті. – 15 октября утром отправился на Цеппелинштрассе, где в доме под номером 67 находилась канцелярия объекта. Приблизительно в двенадцать дня увидел, как он в сопровождении какой-то женщины вышел из помещения, сел в автомобиль и отъехал в неизвестном мне направлении. Действуя в соответствии с полученными инструкциями, я сел в трамвай и поехал на Крайтмайерштрассе, где установил наблюдение за домом номер 7, в котором находилась его квартира. Чтобы не привлекать внимания, я вначале стоял на Зандаштрассе, но оттуда не просматривался интересующий меня двор с гаражом. Около тринадцати я пошел по Крайтмайерштрассе, по противопожной стороне от дома номер 7. Здесь пробыл до тринадцати часов и уже собирался уходить, не надеясь застать его в этот день, когда увидел автомобиль «Опель-капитан», принадлежавший объекту. Автомобиль въехал во двор дома, из него вышел тот, кто меня интересовал. Он был без сопровождения. В этот момент я понял, что надо действовать.

Сташинський замовк на мить, ніби хотів перевірити себе, чи викладає події саме у такій послідовності, в якій вони відбувалися.

– Что было дальше? – запитав Шелепін. Він сидів, тримаючи спину рівно, виклавши руки на столі, як школяр.

– Дальше я незаметно снял с завернутого в газету оружия предохранитель и двинулся по направлению дома номер 7. Прошел во двор. Не поворачивая головы, заметил, что ворота гаража открыты, а объект ищет что-то в машине. Я прошел мимо, подошел к двери и начал открывать ее ключом, который держал в правой руке. В левой находился сверток с оружием. Я вошел в парадное и закрыл за собой дверь. Повернул налево и стал подниматься на первую площадку лестницы, чтобы там ожидать появление объекта в створе входной двери: оттуда хорошо просматривался вход. В этот момент я услышал, как наверху открылась дверь и женский голос сказал: «До свидания». После этого послышались шаги вниз. Это была нештатная ситуация. Встретиться с кем-то на лестничной площадке – означало быть впоследствии им опознанным. Начать спускаться вниз, значило столкнуться с объектом при выходе из дома в присутствии третьего. Требовалось немедленно принимать какое-то решение, и это решение должно было быть единственно правильным.

Сташинський побачив, що обличчя Шелєпіна і тих двох за його спиною напружилися. Він відчував: його розповідь їх схвилювала, можливо, навіть викликала сильну внутрішню напругу, що примусила їх затамувати дихання і, з погано прихованим нетерпінням, очікувати на продовження опису перебігу операції.

Ніби бажаючи переконатись у правильності свого висновку, Сташинський знову зробив паузу і став шукати хустинку. В цей момент Шелєпін прокашлявся, узяв до рук олівець і почав нервово постукувати ним по столу. Це був сигнал не забувати, хто перед ним. Отож, він продовжив розповідь.

– Рядом на лестничной площадке находилась дверь лифта. Я подошел к ней и нажал кнопку вызова. При этом я стоял спиной к лестничному пролету. Лифт как раз подошел, когда я услышал за спиной чьи-то шаги. Это была женщина, звук ее каблуков звучал в подъезде очень отчетливо. Я открыл дверь лифта, не оборачиваясь назад вошел в кабину, но не стал закрывать дверь, прислушиваясь к удалявшимся шагам. Тогда вышел из кабины и поднялся на несколько ступенек вверх. В этот момент я услышал, как открылась входная дверь и кто-то вошел внутрь парадного. Я решил, что это объект, и начал спускаться вниз. Через несколько секунд я понял, что не ошибся. Он стоял в дверном проеме и левой рукой пытался вынуть ключ из замочной скважины. Правой, подмышкой, он придерживал пакеты с продуктами, кажется, с помидорами или какими-то другими овощами.

– Вы настаиваете на том, что его правая рука была свободна? – запитав Шелєпін.

– Не вполне. Он придерживал ею свертки. Я хорошо помню, что они были коричневого цвета. Ногой он придерживал дверь. Таким образом, когда мне оставалось до выхода всего несколько шагов, дверь оставалась открытой, а ключ все еще торчал в замочной скважине. В этот момент объект повернул голову в мою сторону. Он смотрел на меня, я – на него.

Сташинський чув свій голос ніби звідкись збоку і подумав, як спокійно і буденно він звучить. Так розповідають про відвідини тітки чи про візит до приватного лікаря, який приймає у власному помешканні. Це був стиль добре вишколеного агента. В усякому разі, з наближенням найдраматичнішої частини своєї оповіді, він не змінював її тональності, а просувався до розв'язки неквапно, можна навіть сказати – прогулянковим кроком.

– Стоп, – перервав його владний голос Шелєпіна

– Вы можете начертить ситуационную схему расположения объектов в подъезде на тот момент, о котором идет речь?

– Да, конечно, – і Сташинський швидко накидав олівцем план під'їзду, обвівши кружечками місця, де стояв він, а де – Бандера.

– То есть вы абсолютно уверены, что встреча с объектом состоялась не на первом этаже или на лестнице, которая вела вверх от парадного?

Сташинський не міг збагнути, чому Шелєпіна цікавлять такі деталі. Що він хоче з'ясувати? Чи Бандера намагався вихопити зброю, аби боронитися? Але ж ні. Вони спокійно перестрілися майже у дверях, коли Бандері, нарешті, вдалося витягнути ключа.

– Мне нужно было выиграть время, и я сделал вид, будто пытаюсь завязать ботинок. Это выглядело по-дурацки, потому что на самом деле на мне были туфли без шнурков. Но ничего более убедительного для отвода глаз я не мог придумать. Я возился с ботинком правой рукой и в ней же держал газету с оружием. Он, к счастью, не обратил внимания на это обстоятельство.

– Он продолжал стоять к вам правой стороной лица?

– Да. Кажется, правой. Я начал спускаться и приблизился к нему вплотную. В этот момент я спросил у него: «Что-то не функционирует?» Он ответил: «Все уже в порядке». Потом добавил еще несколько слов, но я не разобрал, о чем. Я сделал шаг вправо и взялся левой рукой за дверную ручку. Наши глаза встретились. Дверь еще оставалась полуприкрытой. Тогда я выстрелил...

– Каким образом?

– Снизу вверх, прямо в лицо...

У кімнаті запала тиша. Шелєпін, трохи похиливши голову, дивився повз Сташинського. Двох інших ніби тут і не було: вони сиділи у тих самих напружених позах, що і на початку розповіді. В кутку голосно цокав великий годинник у корпусі з горіха. Його маятник відлічував хвилини й години ще, напевно, з часів Берії, а може, і його попередників, які говорили тут про Коновальця чи про Троцького.

Сташинський не наважувався продовжувати розповідь. Йому здавалося, що він виставив себе перед присутніми не таким, яким би їм хотілося його бачити.

– Продолжайте, – промовив нарешті Шелєпін. – Что произошло после этого?

– Я выстрелил и закрыл за собой дверь. Во дворе по-прежнему никого не было. Я раздавил ампулу с противоядием и вдохнул пары из нее. После этого быстро вышел на улицу, ключ от входных дверей бросил в сливной канализационный люк, оружие – в ручей Кегельмюль в Королевском саду.

– Интересное название – Кегельмюль... Но главное, что вы его помните. У вас отличная память, Богдан Николаевич. Продолжать дальше не имеет смысла. Я знаю, что в тот же день вы сели на поезд, который отправлялся во Франкфурт, там провели ночь в гостинице и на следующий день вылетели в Восточный Берлин. Я не ошибаюсь?

– Никак нет, Александр Николаевич, – по-військовому відповів Сташинський.

– Спасибо, Богдан Николаевич. Вы дали исчерпывающий ответ на все вопросы, которые нас интересовали. Не так ли?

Полковники мовчки кивнули головами на знак згоди. Більше питань не було.

– В таком случае, прежде чем продолжить наше общение, я предлагаю немного отвлечься. Я хочу пригласить вас, Богдан Николаевич, и вас, товарищи, отметить награждение товарища Сташинского высокой правительственной наградой. Прошу.

Присутні підвелися і услід за Шелєпіним рушили до сусідньої кімнати.

– Александр Иванович, будь любезен, налей нам. Что вы будете пить, Богдан Николаевич, – водку, коньяк, шампанское?

– Я вообще-то не пью, Александр Николаевич. Но если оперативная обстановка требует, могу...

– Я знаю, и это хорошо. Чекист и пьянка – понятия несовместимые. Но бывают случаи, когда выпить нужно, потому что – хорошо это или плохо – так заведено: искренность наших чувств, наша готовность к самопожертвованию ради общего великого дела подтверждается нашей готовностью поднять бокал и выпить его до дна с боевыми товарищами. Ведь мы с вами на фронте. Он невидим, но, тем не менее, это фронт, где продолжают свистеть пули, каждая из которых может быть твоей.

– Тогда – шампанского, – сказав Сташинський.

Коли келихи були наповнені, Шелєпін піднявся з крісла і сказав:

– За нашу Советскую Родину! За наших советских людей, готовых ради Родины терпеть страшные муки, закрывать своими телами амбразуры дзотов, идти на танки, с мыслью о светлом будущем человечества сражаться в тылу врага. Вам, Богдан Николаевич, выпала большая честь выполнить задания, которые могли быть поручены лишь лучшим. Вы с честью справились с ними, за что удостоились награды – Ордена Боевого Красного Знамени. За вас, за наших мужественных чекистов, чей ратный труд приближает победу коммунизма!

Після цього пили за товариша Хрущова, за членів політбюро, за непереможну Радянську Армію. Атмосфера зробилася не такою офіційною, і тепер можна було обговорити особисті справи. Першим про одруження Сташинського згадав Шелєпін.

– Богдан Николаевич, предвосхищая ваш вопрос о возможности как можно быстрее уладить ваши личные дела, я хочу сказать, что готов способствовать вам максимальным образом. Любовь – это чувство, с которым не в состоянии совладать никто – даже советский разведчик. И это здорово. Ведь что такое человек? Это существо, которое никогда не перестает жить эмоциями. В противном случае его следует рассматривать в качестве организма, не способного отличать прекрасное от низменного, а это неприемлемо, если мы говорим о новом типе человека – строителе коммунизма. Я много лет проработал в комсомоле, а комсомол – это молодежь, это неудержимая тяга ко всему новому, это страсть, что равнозначно готовности умереть ради любимого человека. Так вот, я действительно очень рад, по-человечески рад, что вы встретили человека, женщину, с которой готовы соединить свою жизнь. Для чекиста очень важно – иметь надежный тыл. Тогда он может полностью сосредоточится на выполнении поставленных перед ним задач, ведь ради этого он связал свою жизнь с этой непростой, но почетной профессией. Итак, вы решили жениться на иностранке. Принимая это решение, вы все взвесили?

– Да, Александр Николаевич. Я много думал, прежде чем сообщить о своем решении руководству.

– В таком случае, вы не могли не учитывать, что у нас возникнут к вам вопросы. Я понимаю, что сердцу не прикажешь, но вы являетесь сотрудником не обычного советского учреждения. Женитьба на иностранке в этом случае предполагает возникновение целого ряда проблем не столько у вас как частного лица, сколько у организации. Ведь иностранка – хотим мы этого или не хотим – получает таким образом доступ к информации, которую мы, по известным причинам, храним в тайне даже от собственных граждан. Как быть в этом случае?

– Я все понимаю, Александр Николаевич, – відповів Сташинський, передбачивши таке питання заздалегідь. – Женщина, на которой я хочу жениться, лояльна к советской стране, чувствует к ней симпатию. Кроме того, она является гражданкой Немецкой Демократической Республики – нашего союзника в борьбе с американским империализмом.

– Частично это так, но лишь частично. Государственная тайна потому и называется государственной, что распоряжаться ею не имеет права никто – ни вы, ни я. Она принадлежит только государству, которое, в свою очередь, принадлежит советскому народу. Вы понимаете, о чем я говорю?

– Так точно, Александр Николаевич. Я это хорошо понимаю. – Сташинський
вирішив вислухати Шелєпіна до кінця, щоб зрозуміти його загальну налаштованість.

– В связи с этим возникает следующий вопрос: зачем поддавать наше общее дело такому серьезному риску? Не лучше ли попытаться найти другое решение возникшей проблемы? В конце концов, разве у нас мало красивых женщин? Вот, взгляните хотя бы на эту, – і Шелєпін поклав перед Сташинським фотографію якоїсь білявки – типової русачки.

Звідки у нього в руках взялася ця фотографія, адже він нікуди не сягав по неї, Сташинський так і не зрозумів. Зрештою, його цікавило не те, звідки Шелєпін витягнув цю «красавіцу», а те, за кого «вони» мають своїх співробітників. За безвідмовних німих виконавців наказів? За машини, позбавлені елементарних людських відчуттів? За тих, у кого немає шляху назад і тому ними можна послуговуватися, як заманеться? Наприклад, женити на своїх секретарках- коханках? Але наразі Сташинський не збирається записуватися у наглядачі за їхніми гаремами. Наразі він ставитиме їм свої умови.

— Да, красивая женщина, Александр Николаевич. Но вы показали мне ее слишком поздно. Если бы я случайно встретил ее года три тому назад...

Слова «случайно встретил» Сташинський промовив з притиском і зніяковів. Шелєпін, безумовно, відчув його кпини і у відповідь може сказати йому прямим текстом: «Вам забороняється одружуватися з громадянкою НДР Інґе Поль. Ідіть. Про подальші рішення вас повідомлять». Однак Шелєпін повівся по-іншому.

— Я заметил, что вы разговариваете по-русски с акцентом, — сказав він без усякого зв'язку з темою одруження Сташинського. — Это понятно: долгие годы пребывать в чужой языковой среде... Тем не менее, русский нужно учить, совершенствовать его знание. Это не просто великий язык. Это наше грозное оружие. Если хотите знать — мы победили врага еще и потому, что у нас кроме пушек, самолетов и танков был наш могучий русский язык. Это язык межнационального общения. Пройдет немного времени, и национальные языки начнут терять свое значение. На историческую арену выйдет новая цивилизационная формация – советский народ, и ему будет принадлежать будущее.

Сташинський не знав, як реагувати на такий поворот розмови. Якщо таким чином Шелєпін дає йому зрозуміти, що тема закрита і подальшому обговоренню не підлягає, то це – кінець.

— Итак, женитьба на иностранке для наших сотрудников нежелательна. Но в вашем случае, Богдан Николаевич, мы сделаем исключение, потому что высоко оцениваем проделанную вами работу, — промовив голова КДБ, ніби згадавши, на чому обірвав попередню думку. –

Вы сможете официально зарегистрировать ваш брак с гражданкой Поль. Но при одном условии: она должна дать согласие на сотрудничество с нами. Кроме того, я предупреждаю вас, что мы ее основательно проверим. Остальные инструкции по этому вопросу вы получите от вашего непосредственного руководства. І додав:

– А вообще, было бы правильно ввести в органах целибат. Католическая церковь закрепила его под номером восемнадцать в правилах Эльвирского собора в начале четвертого века. Если решил посвятить свою жизнь Богу, а в нашем случае – партии и народу – дай обет целомудрия. Может, предложить вынести рассмотрение этого вопроса на политбюро?

Сташинський силувано посміхнувся.

IV

Час збігав, закінчувалася віза. Інґе не мала чим зайнятися – і це доводило її до істерики. Але керівництво Йозефа зволікало з дозволом на їхнє одруження. Їй здавалося, що з неї зумисне знущаються, бо вона – німкеня. Наприкінці лютого їх несподівано переселили у готель «Москва». Перед цим офіцер, з яким контактував Йозеф, повідомив, що в принципі «його питання вирішене позитивно». Тепер він може сказати їй, ким є насправді, що працює на КДБ, а не на Штазі.

– Ви можете повідомити свою майбутню дружину про місце вашої праці. Однак з причин дотримання правил конспірації розмова повинна відбутися не на вулиці чи у випадковому приміщенні, а в номері готелю. Ми усе перевірили, тут – безпечно.

Сташинський зрозумів, що в «Москві» їх поселять у кімнату з підслухом. Того самого дня, коли вони перевозили свої речі, він зауважив: у номері побувалисторонні. Скориставшись моментом, коли автомобіль, що

149

перевозив їхні речі, від'їхав разом із супроводжуючим офіцером і вони залишилися зі своїми валізами перед входом до готелю без «супроводу», Сташинський сказав Інґе:

— Ти довідалася про *це* щойно тепер.

У відповідь вона, як досвідчена конспіраторка, навіть не кивнула головою, а лише виразно глянула на Йоші. У номері вони розіграли сцену із «зізнанням». Інґе вважала, що роль їй вдалася. Щойно Йозеф повідомив її про це, вона зробила коротку паузу і, ніби опановуючи себе, промовила:

— Чому ти не сказав мені про це одразу? Я ж не чужа тобі людина. Я все можу зрозуміти...

Головне полягало у тому, аби не переграти, не викликати підозри надмірними емоціями — подивом, розгубленістю, розпачем або, навпаки, удаваною байдужістю. Їй здалося, що вона впоралася, хоча Йозеф радив не дуже з того тішитися.

— Золоте правило розвідки — краще завищити можливості контррозвідки, її спроможність розпізнавати дезінформацію, аніж недооцінити. Важливо не намагатися переконувати противника у чомусь. Слід діяти у спосіб максимально природний — помилятись у дрібницях, допускати неточності. В КДБ працюють дуже кваліфіковані люди. Вони прокручуватимуть плівки з нашими розмовами не один раз і вмить запідозрять у грі, якщо бодай в одній фразі відчують фальш. Та навіть якщо не зауважать — все одно ніколи не довірятимуть тобі до кінця. Тут ніхто нікому не вірить. Така специфіка.

Попри дозвіл побратися, «Криловим» все ще не повідомляли, коли вони можуть повернутися до Німеччини. Йозеф наполягав, але у відповідь чув невизначене «чекайте». Двічі продовжували візу. Ситуація ставала дедалі напруженішою, і одного ранку він постановив діяти на власний розсуд: пішов до «Інтуристу» і поцікавився рейсами на Берлін. Йозеф знав, що інформація про його відвідини кас одразу надійде на Луб'янку, але чинив так свідомо. На випадок, якби керівництво зажадало пояснень з приводу спроби самовільно залишити Москву, він міг повідомити, що батьки Інґе, не маючи від дочки жодних звісток протягом такого тривалого часу, можуть звернутися до поліції, а це може призвести до небажаних ускладнень.

У своїх припущеннях Йозеф не помилився. За дві години йому зателефонували і сказали, що всі формальності полагоджено: «Крилови» можуть повертатися до Берліна.

...Щойно шасі літака торкнулося бетонки аеропорту, Інґе відчула, як на душі у неї полегшало й посвітліло, ніби вона вибралася на свіже повітря з темного вогкого підвалу. Після московських морозів у Берліні видавалося напрочуд тепло. Їдучи автобусом до центру міста, вона вдивлялася у добре знайомі їй вулиці, площі, сквери з такою пильністю і увагою, ніби повернулася сюди після нескінченно довгої і виснажливої подорожі пустелею. Вперше у своєму житті Інґе відчула сентимент до цього міста, на яке завжди нарікала і звідки хотіла виїхати, щойно така нагода трапиться. Її долоня покоїлася в руці Йоші. Їй було добре тут, у цьому напівпорожньому автобусі, де чулися уривки фраз, мовлених тихо, делікатно, її рідною мовою, у цьому місті, яке тепер, після Москви, видавалося їй милішим за батьківський дім.

«Я була несправедливою до мого Берліна, – подумки визнавала Інґе. – Але, щоб зрозуміти цю просту істину, мені належало поїхати далеко. Я більше ніколи не залишу його».

Вона подумала про західну частину міста – і їй закортіло побачити фрау Шульце, перейтися по Тірґартені, посидіти у кав'ярні на Мерінтдам.

– Йоші, – сказала Інґе, поклавши голову на його плече.

– Так, кохана... – Поїдьмо до західного сектора. Може, навіть завтра зранку... – Поїдьмо...

Удвох поїхати не вдалося, бо наступного дня Йозефа викликали до Карлсґорста. Отож Інґе вирушила до Західного Берліна сама. Коли вона минула контрольно-пропускний пункт і опинилася на Кройцбергу, відразу зауважила, що за час її відсутності місто змінилося. На перший погляд, все залишалося на своїх місцях, але водночас, при більш прискіпливому спогляданні того, що відбувається навкруги, ставало зрозуміло: на місці знищеного війною Берліна відроджується новий центр культури, яким він був до приходу до влади нацистів. Інґе погано розумілася на архітектурі, але інтуїтивно відчувала, що нове місто збереже старий дух.

У перукарні з колишніх майстринь вона застала лише Зільду. Та приязно усміхнулася Інґе і запитала, як справи.

– Трохи їздила по світу, – відповіла Інґе. – А як у тебе?

– Дякувати Богу. Ганс дістав на роботі підвищення, діти вчаться. Зайди до шефової, вона втішиться.

Фрау Шульце незмінно перебувала у своєму маленькому кабінеті, де увесь час було увімкнуте радіо. Побачивши Інґе, вона розквітла у посмішці й підвелася їй назустріч:

– Нарешті...

Вони вийшли на вулицю. На денному світлі Інґе помітила, що фрау Шульце постаріла – обличчя помережили зморшки, повіки нависали над зіницями, вона стала ходити не рівно, як раніше, а ніби подавшись уперед. У кав'ярні за столиком вони гомоніли про те, про се, і коли фрау Шульце запитала про Йозефа, Інґе сказала:

– Я, власне, прийшла запросити вас на весілля. Ми з Йоші плануємо шлюб на квітень, одразу після Великодня.

– От бачиш, як усе гарно складається, – сказала фрау Шульце. – Ти пригадуєш свої страхи, що лишишся в дівках?

– Пригадую. Ви гадаєте, я змінилася?

– Що, і далі боїшся?

– Боюся. Лишень іншого...

– Ну, іншого, як ти кажеш, боїться кожна жінка. Така наша доля. Але я сподіваюся, що все у вас з Йозефом добре. Він здоровий?

– Так, у нас усе добре. Але я хотіла б, аби ми перебралися на Захід. Мені якось незатишно, і звідси мої страхи.

– То у чому проблема? Ви ж молоді люди, місця собі не насиділи. Зібрали валізу – і по всьому. Тим паче, у тебе тут є родичі...

– Так, фрау, але все одно якось лячно...

Інґе упіймала себе на думці, що поводиться дуже необачно, так відкрито висловлюючи своє невдоволення життям там. А якщо її підслуховують? Останнім часом, куди вона не зайшла б, одразу бралася уважно перевіряти, чи, бува, десь не встановлено підслух.

– Але не думай, що на Заході рай. Тут теж не все так просто. Я маю на увазі, що більшість із тих, котрі приїжджають сюди звідтіля, вважають, ніби гроші тут роздають задурно...

– Я так не думаю. Але мені йдеться не про гроші. Тут легше дихається...

– А, так. Ми не дуже зважаємо на владу, бо якщо вона не дає собі ради – її швидко переоберуть. Ти скажи цим своїм комуністам, щоб вони не робили дурниць, бо одного прекрасного дня прокинуться, а Східний Берлін – порожній і на дверях табличка: останньому вимкнути світло. Тут у газетах щодня друкують повідомлення, скільки людей зі східного сектора не збираються повертатися. Тисячі...

– Я сказала б, так вони ж не послухають...

Інґе чулася пригніченою. Начальство Йозефа не схвалювало церковного шлюбу. Це настільки обурило Інґе, що вона перестала зважати на підслух і ганила Совети останніми словами – нехай чують і знають, що вона про них думає. Однак про найголовніше, як і раніше, говорилося лише на вулиці.

– Йоші, треба втікати, доки не пізно. Зваж, як вони до тебе ставляться. Не до мене – я для них хто? Але ж перед тобою у них мусять бути якісь зобов’язання? Елементарні, бо про більше говорити просто смішно. Їм наплювати, як ти маєш пояснювати моїм батькам, чому ми не можемо піти до кірхи. Вони забувають, що Берлін – це наразі не Москва, хоча, якщо так далі піде – чекати вже недовго.

Із церковним шлюбом справу вдалося владнати. У Карлсгорсті Йозефа повідомили, що його з дружиною чекає тривале – на рік, півтора – відрядження до Москви, де вони проходитимуть вишкіл. Перед ним стоятиме завдання удосконалювати німецьку мову і починати вивчення англійської, тому що працювати доведеться в Західній Європі, а згодом, можливо, в Англії чи за океаном. Інґе теж повинна буде пройти спеціальний курс. Її батьки про справжню мету виїзду з Берліна знати, ясна річ, не повинні. Для них молода пара поїде до Варшави, куди Лємана посилають для роботи на новій посаді.

Сташинський швидко зметикував, як використати цю обставину на свою користь. Під час чергового перебування у Карлсгорсті він сказав своєму кураторові, що може видатися підозрілим, коли він, виходець із католицької Польщі, не візьме церковний шлюб. Йому заперечили, що Польща сьогодні, як і демократична Німеччина, – це соціалістичні країни, де переважає атеїстичний світогляд. Аргумент, звичайно, не витримував жодної критики.

«Ви погано знаєте Польщу. Поляк – це спершу католик, а потім усе інше», – сказав він, ледь стримуючи роздратування невіглаством офіцера. Втім, із тону куратора Сташинський зрозумів, що Москва просто заплющить очі на його непоступливіть. Але він справді не міг відмовити Інґе, аби їхнє одруження, яке відкладалося стільки разів, відбулося не так, як вона того бажала.

На вінчання була запрошена родина: батьки, молодший брат, дядько Фільвок із дружиною, які мешкали у Західному Берліні, та ще фрау Шульце і сусіди батьків Інґе – їхні приятелі з довоєнних часів. Церемонія проходила у кірсі. Тут не читали Євангеліє, але кілька тижнів тому Інґе з Йозефом ходили на службу Божу до католицької церкви. Їй добре запам'яталася проповідь. Він почав із першого послання св. Апостола Павла до коринфіян. «А про що ви писали мені, то добре було б чоловікові не дотикатися жінки. Але, щоб уникнути розпусти, нехай кожен муж має дружину свою, і кожна жінка хай має свого чоловіка. Нехай віддає чоловік своїй дружині потрібну любов, так само й чоловікова дружина. Дружина не володіє над тілом своїм, але чоловік так само чоловік не володіє над тілом своїм, але дружина. Не вхиляйтеся одне від одного, хіба що дочасно за згодою, щоб бути в пості та молитві, та й сходьтеся знову докупи, щоб вас сатана не спокушував вашим нестриманням. А це говорю вам як раду, а не як наказ... Тим, що побрались, наказую не я, а Господь: «Нехай не розлучається дружина зі своїм чоловіком!»

Проповідник ніби знав, що Інґе з Йозефом мають невдовзі побратися. Тоді вона подумала, що Йозефові перед шлюбом слід було б духовно очиститися. Чи буде він прощений, якщо хоче зламати присягу, зрадити, перейти на бік тих, проти кого діє зараз? І чи ті, на чий бік він перейде, вибачать йому?

Цими сумнівами Інґе сама себе мордувала. Попри те, що система, в якій працював Йозеф, була погибельним трясовинням, яке від певного часу почало засмоктувати і її, думка про втечу ще борюкалася в її свідомості з іншою думкою – про гріх зради. Вона намагалася переконати себе, що втеча на Захід в їхньому з Йозефом становищі не виглядатиме зрадою. І звідки взагалі узялася така думка? Можливо, Інґе прагнула вивищити свого чоловіка у власних очах? Не наважувалася визнати, що насправді

Йоші – безхребетник, здатний ризикувати зовсім не тому, що є сильний духом, а якраз навпаки – через свою неспроможність діяти всупереч наказам своїх начальників коли зрозумів, чим є насправді система, якій він служить? Їй хотілося помилитися. Фатально помилитися, аби колись потім мати право привселюдно заявити, що батько її дитини хоч і був совєтським диверсантом, але вчасно покаявся. І тепер лише Бог є йому суддею, а не ви, грішні...

Наразі, однак, треба було підлаштовуватися під обставини. Керівництво Йозефа постановило, що настав час, аби Лємани-Крилови прибули до Москви, де пройдуть курс спеціальної підготовки. Це могло тривати рік або й довше. Для батьків і знайомих вони їхали до Варшави. Найбільше з цієї новини радів брат Інґе – Фріц. Він одразу замовив листівки з видами Варшави і марки для свого філателістичного альбому.

«Ти їх обов'язково отримаєш», – пообіцяв йому Йозеф.

Дорогою до Москви Лємани мали перебути кілька днів у Варшаві, аби вивчити місто, де за легендою житимуть. Перед від'їздом зв'язковий передав Сташинському варшавську адресу, на яку мали надсилатися листи. Насправді це була адреса однієї з конспіративних квартир польської резидентури КДБ. Крім того, від Інґе вимагалося знати особливості життя у Польщі, включаючи ціни на варшавських ринках, вартість проїзду в трамваї, репертуар тамтешніх кінотеатрів і багато інших дрібниць, які підтверджували б її легенду. Відтепер вона повинна була повсякчас пам'ятати: окрім її власного «я», існує інша Інґе: для одних – Крилова, для інших – дружина працівника торговельної місії НДР у Варшаві Йозефа Лємана.

Варшава виглядала не так, як її собі уявляла Інґе. Замість вузеньких вуличок, викладених бруківкою, і симпатичних кам'яниць вона побачила одноманітні новобудови, посеред яких стовбичила велетенська споруда палацу науки і культури. Йозеф казав, що це радянська архітектура, у Москві також було багато споруд, схожих на цю. Трохи далі від центру з-за кожного рогу визирали руїни. На перший погляд, вони нічим не відрізнялися від берлінських, але місто відбудовувалося явно повільніше. Принаймні, у Берліні майже не залишилося кварталів, які виглядали так, наче ще вчора тут тривали запеклі бої. У Варшаві згарища ще залишалися сталим елементом видів польської столиці.

– До Старого Мяста не раджу іти, – сказав їм супроводжуючий офіцер, приставлений до Крилових-Лєманів на час перебування у Варшаві. – Його фактично зводять наново. Під час повстання німці не залишили там каменя на камені. Де у Варшаві варто погуляти, так це у Лазенковському парку – дуже гарна місцина, навіть старі палаци збереглися.

Офіцер носив сірий плащ і капелюха. Зовні виглядав, як звичайнісінький варшав'янин, такий собі пан Ковальський із Праги або з Волі. Єдине, що різнило Петра Васільєвіча, як він відрекомендувався на вокзалі, від пересічного поляка, то це надміру уважний погляд – такий буває лише у тих, хто вміє стежити і знає, що стежити можуть і за ним.

Надовго у Варшаві затримуватися не мало сенсу, бо і розповідати про неї Інґе не було б чого. Вона постаралася запам'ятати місце розташування крамниць, трамвайних зупинок, погуляла Алеями Єрозолімськими і, таким чином, могла, за потреби, вдати мешканку Варшави. А за два дні Петро Васільєвіч посадив їх на потяг, який ішов на Москву.

Цього разу їх розмістили не в готелі, а у маленькій однокімнатній квартирі з кухнею на вулиці Ново-Останкінська. Щойно за провожатим зачинилися вхідні двері, Йозеф взявся уважно оглядати кожний метр помешкання – стіни за портьєрами, телефон, настільну лампу. Нічого підозрілого не виявив. Інґе тим часом сиділа на кухні за столом, вкритим цератою болотного кольору, і думала про те, скільки часу їй випаде прожити у цьому непривітному місті. Якщо Йозеф змушений буде більшість часу перебувати на своїх таємних курсах, а їй доведеться гибіти у цих чотирьох стінах, то це буде непросто. Від усвідомлення безнадійності свого становища Інґе захотілося плакати. Але вона втрималася. Глянувши на себе у маленьке дзеркало у передпокої, мусила однак визнати, що пригніченість була написана у неї на обличчі з такою виразністю, що спроби приховати її від сторонніх очей виглядали марними.

– Йоші, я тут довго не витримаю. З мене не вийде москвички...

У відповідь Йозеф енергійно замахав руками, що мало означати: замовкни, не кажи вголос нічого такого, що могло б виказувати твої справжні думки. Відтак він ухопив аркуш паперу, що лежав на столі у кімнаті, й швидко написав: «Про все важливе поговоримо на вулиці. Тут – лише про побут».

Інґе хотіла відповісти, що саме побут її і приб'є остаточно, бо нічого огиднішого за церату на кухонному столі й погнуті алюмінієві баняки вона у житті не бачила. Але, подумавши, відписала: «Згода».

Найгірші очікування Інґе таки підтвердилися. Вона перебувала під постійним контролем. Куди б не вирушала – до крамниці, чи до аптеки, чи ще куди – її постійно хтось супроводжував. Здебільшого це був офіцер, який назвався Іваном Павловичем. Він добре володів німецькою і загалом, на відміну від своїх попередників, виявився людиною достатньо тактовною. Принаймні, таке враження про нього склалося в Інґе. Приміром, він ніколи не дозволяв собі стовбичити у неї за спиною, коли вона заходила до крамниці, а чекав на вулиці. Звичайно, він міг би пояснити свою настирність незнанням Інґе російської мови. Але позаяк вона якось давала собі раду, Іван Павлович волів не дратувати її своєю постійною присутністю. Він також не робив спроб розвідати, як вона чується в СРСР – що їй подобається у столиці, а що – ні. Попереднього разу, коли вони були з Йоші в Москві, Інґе кроку не могла ступити без того, аби не нарватися на запитання: «А правда ж, яка прекрасна наша столиця, вам подобається у Москві?»

– «Подобається», – здебільшого буркала Інґе і демонструвала на обличчі ідіотську посмішку.

Іван Павлович був делікатнішим, і якщо й писав щоденні звіти про поведінку німкені, то, напевно, робив це у гарному стилі. «Інформую, що фрау Крилова не виявила роздратованості, коли у крамниці їй в доволі грубій формі повідомили, що картоплі немає і помідорів теж, – відтворювала Інґе зміст ймовірного рапорту свого незмінного супроводжуючого начальству. – Коли їй сказали, що є кефір і рибні консерви, а за ковбасою треба буде зайняти чергу з вечора, вона теж не стала обурюватися, а виявила розуміння певних тимчасових незручностей. Про Радянський Союз пані Крилова висловлюється лише у позитивному сенсі. Вона не перестає повторювати, що в захваті від життєрадісності москвичів, від їхньої віри у світле майбутнє. Складається враження, що незабаром пані Крилова виявить бажання вступити в Комуністичну партію...»

«Ну, з комуністичною партією ти трохи того, загнула, – сказала собі Інґе, прямуючи у супроводі Івана Павловича в аптеку купити мило. – Алє загалом вийшло непогано. Треба буде колись запитати у нього, чи начальство задоволене його звітами».

Тут, у Москві, Інґе відчула, як це – жити, втративши свободу. Вона починала розуміти й інші речі, над якими раніше не дуже замислювалася. Наприклад, що для того, аби бути щасливою, недостатньо одного літнього вечора зустріти гарного хлопця, закохатися в нього, а невдовзі переконатися у його взаємності. «Ні, дівчинко, цього занадто мало. Твоє щастя – не човник з кори, зі щоглою з сірника і вітрилом з кавальчика газети».

Весною сорок п'ятого Інґе з сусідськими дітьми у перервах між нальотами авіації часто пускали такі човники у струмок з талого снігу і бігли за ними вниз вулицею. «Твоє щастя – це страх. Страх втратити Йозефа. Твоє щастя – це відчуття пастки».

«Криловим» не довіряли, за ними стежили, їх підслуховували. Листи до них надходили з відкритими конвертами. Цензори не дуже переймалися тим, що адресати помітять перлюстрацію і часто вкладали перечитані листи не в ті конверти.

Одного дня Інґе поскаржилася Йозефові, що в квартирі завелися блощиці, і він взявся шукати місце, де вони могли загніздитися. Блощиць Йозеф знайшов досить швидко, а разом з ними – кабель, призначений для прослуховування квартири. Вони переконалися, що їхні розмови контролюються, і хоча про справді важливі речі Інґе з Йозефом розмовляли лише на вулиці, навіть із того, як Інґе лаяла Москву з її чергами в крамницях, дефіцитом усього, що лише можна було собі уявити, в КДБ, очевидно, вже знали про її настрої.

Це відкриття їх не особливо вразило, бо, по суті, нічого несподіваного не трапилося. Ішлося насправді про інше: про відсутність довіри апріорі. Не лише до них, а в принципі, до будь-кого. У цій системі довіра розглядалася як ознака відсутності сили духу. Повірити людині означало піти на поступки емоціям, а той, хто був їм підвладний, вважався професійно непридатним. Головною рисою чекіста вважалася пильність, тобто непохитна переконаність у тому, що схильність до співпереживання, щирості, чи, боронь Боже, сентиментальністі може свідчити лише про одне: моральну слабкість, а таких у системі не повинно було бути.

Однак Інґе не збиралася здаватися. Замість оборони вона пішла у наступ і влаштувала скандал зв'язковому офіцеру.

– Що все це має означати? – запитала вона, демонструючи кабель під віддертим плінтусом.

Зв'язковий удав, що не розуміє, чому це її так стривожило.

– Це ж звичайнісінький дріт, який міг залишитися у квартирі від попереднього проживаючого, – сказав він, будучи переконаним, що Інґе не настільки розуміється на підслуху, щоб відрізнити звичайний кабель від «прослушки». Однак Інґе приготувалася до розмови.

– Бачите ось це місце розриву? Я під'єднала до нього магнітофон Йозефа, ну той, що ви йому видали для занять іноземною мовою. Так-от, я увімкнула його на запис, потім полічила до п'яти, а потім увімкнула на відтворення. І що я почула, як ви гадаєте?

Питання було явно риторичне, і офіцер, зрозумівши, що підслух викрито, вирішив розіграти обурення.

– Я обов'язково все з'ясую, – поспішив він заспокоїти Інґе. – Але якщо ваше припущення підтвердиться, я одразу приношу вибачення. Винні, тобто ті, хто без відома керівництва проклали або вчасно не демонтували цей кабель, – будуть покарані.

– Можете не сумніватися – я не помиляюся. Мене не просто ображає, що нас підслуховують. Мене це убиває. Я не давала підстав сумніватися у своїй готовності допомагати чоловікові у його роботі. А те, що мені не подобається, коли у вас у Москві не купиш свіжої моркви, то це правда, і ви не можете мені запречити у цьому. Я розумію, що це тимчасові труднощі, але як жінка я хотіла б готувати для чоловіка обід зі свіжих овочів, а не з консервів.

Інґе зумисне нарікала на життя у Москві, не криючись. Вона вважала, що в такий спосіб зведе підслухані розмови до побутового рівня.

Але було запізно. Зв'язковий тоді, звичайно, запевнив її, що керівництво довіряє Криловим, що кабель – прикре непорозуміння і не більше, однак насправді на Луб'янці Інґе розглядали вже не інакше, як пряму загрозу втратити одного з найцінніших агентів.

Наприкінці серпня Інґе з Йозефом поїхали до його батьків у село під Львовом. Сперше Інґе ніяк не приставала на пропозицію Йозефа. На її думку, це була ризикована затія.

– Зрозумій, я почуватиму себе там ніяково. Я не розумію вашої мови, не знаю, як з тими людьми поводитися, – переконувала його.

Вона взагалі не могла зрозуміти, навіщо він прагне поїхати в Борщовичі, де ніхто не забув його зради, де сусіди, зауваживши його, напевно, переходитимуть на інший бік вулиці. Але він вперто наполягав на своєму. Вочевидь, йому дуже залежало на тому, аби їх з Інґе родинне життя зробилося таким, «як у всіх», тобто коли діти з'їжджаються на свята до батьків, везуть їм гостинці, сідають за один стіл, п'ють-їдять, співають пісень. Потім привозять онуків, і втішені батьки чуються умиротвореними і щасливими від усвідомлення, що рід продовжується і хата повна гостей, і життя виглядає таким, що тепер навіть помирати не страшно. Свідомо чи підсвідомо, Йозеф, мабуть, прагнув у такий спосіб стерти з пам'яті близьких спогад про давній гріх, як стирають порох у закапелку, куди давно ніхто не зазирав і який відтепер мав виглядати таким самим чистим, як підлога в неділю.

Інґе вирішила, що Йозеф хоче переконати рідних, ніби він зробив *це* лише заради них. Адже ось вони сидять усі при святковому столі – живі, здорові, усміхнені, а не гниють у могилах на притабірних цвинтарях у сибірській тайзі. Йозеф не розумів, що це неможливо: примусити усіх забути не таке вже й далеке минуле, а вона не наважувалася сказати йому про марність його сподівань.

Отже, вони сіли на потяг і поїхали до Львова. Місто мало чим нагадувало Росію. Зупинившись на сходах вокзалу, Інґе побачила стрімкі шпилі великого собору. На них не було хрестів, тому він, невидимий за кам'яницями, що оточували його зусібіч, скидався на вітрильник із поламаними щоглами.

– Я хотіла б погуляти у цьому місті, – сказала Інґе, вказуючи у бік собору. – Воно якесь зовсім не совєтське...

– До війни тут були поляки, а ще раніше – австрійці. Я можу тобі дещо показати, – запропонував Йозеф.

Вони сіли у старенький трамвай, який розвертався на привокзальній площі. З вікна вагона на Інґе дивилися будинки, схожі на ті, які вона бачила у Польщі. Після Москви, де Інґе чулася, як неприкаяна навіть уві сні, Львів, тим часом, заспокоював її.

На одній із зупинок вони зійшли з трамвая, і Йозеф повів Інґе вуличками з вузькими тротуарами і потемнілими від частих дощів фасадами старих, давно не ремонтованих кам'яниць. Брами будинків вели кудись у глибину під'їздів, до внутрішніх двориків, куди, напевно, рідко пробивалося денне світло і де пахло пліснявою. На площі, посеред якої стояла міська ратуша, на багатьох будинках висіли вивіски, що свідчили про розміщення у цих будинках державних установ. Вивіски були різні за розмірами і кольором і виглядали на фасадах середньовічних будинків зовсім недоречно.

– Ти тут вчився? – запитала Інґе.

– Тут. Хотів стати вчителем.

– А може, ще не пізно? На заході ти міг би викладати російську...

– Я збирався вчити дітей математики, – сказав Йозеф.

Чи він хотів цим натякнути, що про втечу говорити завчасно, Інґе не зрозуміла. Було очевидно: Йозеф наразі не прийняв для себе остаточного рішення.

З площі біля міської ратуші Йозеф вивів Інґе на проспект, який вінчала чудова споруда оперного театру. Перед театром на гранітному постаменті стояв пам'ятник Леніну, біля підніжжя якого лежали квіти.

– Чи пам'ятник Леніну повинен стояти скрізь? – запитала Інґе.

– Так. Це творець радянської держави. Майже у кожному місті й навіть селі головна вулиця носить його ім'я. Ну, і пам'ятники, звісно стоять...

– Ти мені казав, що не є членом комуністичної партії. Чому? Наскільки я знаю, без цього в твоїй країні не зробиш кар'єри.

– Не знаю. Мені не пропонували, а сам я не став проситися. Моя кар'єра – це...

Йозеф хотів, мабуть, додати, що не нарікає на ставлення до себе з боку керівництва, мовляв, партійний він чи безпартійний – значення не має. Але питання, чому йому не пропонували вступити, вочевидь було для нього неприємним.

Як Інґе і передбачала, чоловікова рідня зустріла їх насторожено. Щойно переступивши поріг невеликого сільського будинку, вона відчула на собі чіпкі погляди кількох селян, які застигли в очікувальній позі, наче все ще вагалися – запрошувати гостей до хати чи дати зрозуміти, що їм тут не раді. Особливо вразили Інґе очі молодої жінки, певно, сестри Йозефа. Вона дивилася спідлоба, щільно стиснувши губи, і, не криючись, розглядала Інґе, як розглядають річ невідомого призначення. Ніхто з присутніх не спробував зобразити на обличчі радість чи, принаймні, щось схоже на неї. Ці люди не обтяжували себе правилами чемності.

Інґе відчула, як її охоплює ніяковість, і благально подивилася на Йозефа. У цю мить літня жінка у хустці нарешті щось промовила, і Йозеф ступив їй крок назустріч. Інґе зрозуміла: це його мати. Йозеф обійняв жінку за плечі, і вона поцілувала сина в чоло – не так, як цілують своїх дітей матері після довгої розлуки, але й не стримано, не для годиться. Заворушився батько, а сестра відвела від

Інґе свій недобрий погляд. Найкраще було б залишити на столі подарунки і піти, але Інґе розуміла, що це неможливо, і спробувала усміхнутися. Їй це вдалося, однак господарі не поспішали відповідати взаємністю. Напруження перших хвилин змінилося невизначеністю: Інґе не знала, що має робити, і стовбичила посеред світлиці, розгублено роззираючись довкола.

Йозеф привітався з батьком і сестрою, а потім сказав їм, що приїхав до них зі своєю дружиною.

– Інґе не розуміє по-нашому. Вона – німкеня, – мовив він, узявши Інґе за руку, наче хотів попередити, що нікому не дасть її скривдити.

Цей жест, схоже, справив на присутніх враження, бо тепер уже батько ступив назустріч синові з невісткою.

– Німкеня то німкеня, – промовив він. – Ми тепер, як пишуть у газетах, інтернаціоналісти. Йозеф переклав татові слова Інґе, і вона усміхнулася. Відтак гостей запросили сісти. Інґе розуміла цих людей і тому не гнівалася на них за не дуже люб'язне прийняття. Не маючи можливості пояснити їм свої почуття їхньою мовою, вона намагалася виказувати своє приязне ставлення до них поглядом. Згодом їй здалося, що вони це помітили, і ніяковість, що вона не могла її позбутися спершу, нарешті зникла.

Найнесподіванішим було те, що до неї заговорила сестра Йозефа: вона трохи знала німецьку.

– Не гнівайтесь на нас. Ми люди прості. Що на розумі, те й на язиці. І якщо не знаєш, що казати, то мовчиш. Він вам розповідав про себе?

– Розповідав. Мені все відомо.

Сестра більше нічого не сказала, але тепер уже поглядала привітніше. Інґе знала, що у Йозефа (тут його всі називали незвично – Богданом) дві сестри. Одна залишилася на селі, а інша працює вчителькою у Львові. Йозеф говорив про це з гордістю у голосі. Тут, у батьків, він змінився. Інґе помітила: вже невдовзі його погляд зробився не таким настороженим, як це було у Москві чи Берліні. Він навіть почав частіше усміхатися, чого Інґе майже ніколи не зауважувала раніше.

Односельці віталися з ними. «Чия влада, того й віра», – казав Йозеф, ніби пояснюючи Інґе природу цієї доброзичливості. Їх розглядали з неприхованою цікавістю, і можна було лише здогадуватися, скільки пліток кружляло селом з приводу приїзду «того, хто виказав упівців», та ще й з дружиною-німкенею. Лише один чи двоє відвернули голови, коли проходили повз них...

Відчувши ворожість, Йозеф казав, що йому це байдуже, бо добре знає ціну цим патріотам, і якщо вони хочуть, він може розповісти, хто з них на кого доносив.

– Тих, сильних і відважних, уже немає на світі. Ті загинули. Залишилися самі сексоти. Не їм мене судити, – казав він чи то заспокоюючи себе, чи то намагаючись виправдатися в очах Інґе.

Одного дня вони пішли гуляти до лісу. Все навкруги ще дихало літом, про наближення осені можна було здогадуватися лише по тому, що не хотілося ховатися у затінок, навіть коли сонце стояло у зеніті. Інґе незчулася, як вони занурилися у хащі, звідки вийшли на широку галявину, оточену звідусіль густим лісом. Опинившись скраю галявини, Йозеф взявся уважно роздивлятися навколо, ніби намагаючись переконатися, що не змилив, а потрапив саме туди, куди планував вийти. Потім підійшов до стовбура поваленої сосни і присів на нього.

– Так, це відбулося тут. Я впізнаю це місце, – сказав неголосно, коли до нього наблизилася Інґе. – Він вийшов он з-за тієї старої берези...

– Про кого ти, Йоші?

– Про Стахура.

– Хто такий Стахур?

– Хто? – промовив Йозеф, ніби запитуючи сам у себе. – Убивця... одного письменника.

– За що убив? – За те, що той не любив таких, як Стахур. За те й убив. А потім убили його, Стахура. Вибач, що я тобі про таке розповідаю. Мені краще говорити про щось веселіше, але нічого веселого у цьому лісі, коли я блукав у ньому, не відбувалося...

Йозеф підвів голову і подивився на Інґе.

– Мені шкода його, але я мусив виконати наказ. Так само, як він виконував наказ, коли ішов до Ґалана – так називався той письменник.

– І що було потім?

– Потім... Не знаю. Про Стахура знали і без мене. Його давно вислідили і лише чекали нагоди, аби схопити...

– Він був підпільником?

– Так. Війна вже закінчилася, але повстанці не хотіли вірити у те, що все пропало. Їм здавалося: застрашать людей – і ті відмовляться вступати до колгоспів і співпрацювати з НКВС. Але це була помилка.

Інґе подумала, що Йозеф шукав цю галявину не випадково. Його тягнуло сюди. Тут трапилося щось дуже важливе в його житті, щось таке, про що він ніяк не може забути, хоча дуже бажав би цього. Авжеж, Йозеф розповідав їй про своє минуле, про українське підпілля, але щойно тепер вона починала розуміти, як усе це могло виглядати в реальності. Але чому вона говорить про ті події в минулому часі? Хіба Йозеф не продовжує свою секретну місію, спрямовану проти сил, ворожих Совєтам? І що вона взагалі знає про його роботу? А може, це дуже негідна, брудна робота: підслуховувати, підглядати, вивідувати? У що вона встряла? Як вилізти з цього лайна і як витягнути з нього Йозефа?

Йозеф тим часом щось згадував, сидячи мовчки на стовбурі поваленої буревієм сосни, занурившись у себе. Його теж не відпускала війна.

...Вони пробули у селі до кінця вересня. Як не дивно, але їх ніхто не турбував, хоча маловірогідно, щоб за ними не стежили. За цей час Інґе зблизилася з сестрами Йозефа.

Спершу вони тримaлися осторонь, насторожено, уважно спостерігаючи за нею – що скаже, як поведеться. Інґе розуміла їх. Після усього, що трапилося з їхнім братом, після тих подій ці жінки не вірили нікому. Чому вони мали повірити їй – німкені, можливо, навмисне приставленій до Йозефа зрозуміло для чого. Адже сестри знали або здогадувалися, що брат проживає в Німеччині не просто так. «Просто так» КДБ не відпускало нікого. Інґе в їхніх очах могла виглядати агенткою, завдання якої полягало в тому, щоб стежити за Йозефом там, куди Москва не могла заслати своїх. Вона розуміла це і тому не ображалася за стримане ставлення до себе. Сташинські взагалі були людьми, скупими у спілкуванні. Навіть одне з одним розмовляли мало. Відчувалося, що пережите не минулося для них без сліду: коли кожне слово може означати арешт – хочеш не хочеш, а будеш обачним. Але якогось вечора крига скресла. Одна із сестер – молодша – підійшла до Інґе.

– У вас у Німеччині таких коралів, напевно, не носять, а у нас їх одягає молода, коли віддається. Ми не були на вашому весіллі й подарунка для тебе не приготували. А тепер от є нагода, – промовила неголосно. – Ці коралі мені залишила у спадок бабця.

У руках вона тримала намисто з нанизаними на нього коралами і старими срібними монетами. Від несподіванки Інґе розгубилася. Глянула на Йозефа: він уважно спостерігав за цією сценою.

– Візьми. Це дуже цінний подарунок. Відмовлятися не можна.

Сестра почепила коралі на шию Інґе і підвела її до дзеркала.

– От тепер ти справжня наречена, – сказала і усміхнулася.

Коли надійшов час від'їжджати, Інґе стало жаль. Їй сподобалося це українське село. Вона залишилася б у ньому жити. Побудувала б із Йозефом хату, народжувала б дітей, пасла б худобу. Тут їй легко дихалося і спалося без сновидінь. Тут вона не думала про підслух чи про те, де купити ярину. На городі Сташинських всього було вдосталь.

Від певного часу Інґе мусила дбати не стільки про себе і Йозефа, скільки про здоров'я їхньої майбутньої дитини. Вона була вагітною. Але залишитися вони не могли. Історія їхнього подружнього життя була закроєна інакше, і що їм приготувала доля – того не знав ніхто.

Коли прощалися, батьки і сестри Йозефа попросили зробити на пам'ять фотографію з Інґе. Знімкував Йозеф. У момент, коли клацнула камера, Інґе подумала, що якщо про це фото довідаються у Москві, у Йозефа будуть неприємності. Втім, ця думка вже не лякала, адже сюди, до Борщович, вони поїхали без згоди на це Йозефового начальства. Йому дали зрозуміти, що з'являтися з дружиною-німкенею в селі, де про нього дещо знають – небажано. Це ризик. Але Йозеф наполіг на своєму. Він ризикує увесь час, відколи погодився стати їхнім агентом. Він бажає побувати у рідному селі саме з дружиною. Він має на це право. «Хочете знайти мені заміну? Спробуйте. Я подивлюся, що у вас з цього вийде». Йозеф чувся напрочуд упевнено...

V

Згодом, прокручуючи у пам'яті події тих днів, Інґе доходила висновку, що наближення розв'язки пришвидшили ті відвідини Йозефової рідні. Цим самим ніби замикалося коло, лінія, що брала початок із того дня, коли він непомітно зник із лісу, щоб виказати місце розташування боївки партизан. Ця лінія неухильно рухалася у визначений долею напрямок, щоб через багато років описати повне коло і замкнути Інґе та Йозефа в обмеженому з усіх сторін просторі. При уважнішому вивченні цієї лінії можна було зауважити, що вона нага-

169

дувала колючий дріт, яким їхнє подружнє життя обнесла таємна служба. Щоб вирватися звідтіля, у них був один-єдиний шлях – втекти на Захід.

Після повернення до Москви думка про втечу вже не полишала Інґе. Обмірковуючи, яким чином зреалізувати свій план, вона вирішила, що найкраще буде це зробити одразу після Різдва. На Свят-вечір вони будуть у її батьків у Берліні, а наступного дня зранку поїдуть до західного сектора, де зголосяться до поліції. Ця проста схема здавалася їй цілком придатною для втілення, окрім однієї обставини, про яку вона попервах не подумала. Ця обставина стосувалася помсти за зраду. Зрозуміло, що, довідавшись про втечу свого агента на Захід, КДБ одразу кинеться на розшуки і зробить усе, аби повернути їх живими або мертвими. І вірогідність, що їм вдасться швидко натрапити на слід Інґе і Йозефа, велика, бо шукатимуть, у першу чергу, в Західному Берліні. Якщо у поліції, вислухавши Йозефа, скажуть йому написати заяву і відпустять, вони не сховаються. У КГБ в західному секторі нампевно стільки агентів, що їх схоплять ще дорогою до дядька Фільвока. Отже, залишалося сподіватися, що в поліції зрозуміють серйозність ситуації і допоможуть сховатися у надійному місці.

Інґе не виключала й того, що у Федеративній Республіці Йозефа можуть заарештувати, і тоді справа може дійти до суду. Це ускладнювало якщо не саму втечу, то перспективу виплутатись з цієї історії з мінімальними втратами. Вона і, що гірше, її дитина могли опинитися заручниками, бо Інґе одразу перетвориться на приманку, з допомогою якої буде легко маніпулювати Йозефом.

Про це думала не лише Інґе. Такий варіант розвитку подій, схоже, обмірковували і на Луб'янці. Невдовзі після повернення до Москви Йозеф повідомив Інґе, що у нього погані новини. Вона зрозуміла це і без слів, щойно він переступив поріг помешкання. Обличчя Йозефа, на якому ніколи не можна було помітити жодних проявів емоцій, цього разу виглядало дуже заклопотаним. Не змовляючись, вони вийшли на вулицю.

– Я мав розмову зі своїм начальством. Сказав, що ти вагітна, але, схоже, вони вж знали про це.

– І що?

– Мені сказали, що ця вагітність небажана... що її потрібно позбутися.

– Але це неможливо...

– Я їм сказав те саме. Я пояснив, що ти була у лікаря. Його висновок такий, що ти обов’язково повинна народити, бо інакше ми ніколи не матимемо дітей.

– І що вони відповіли?

– Що народження дитини може докорінно змінити наше майбутнє.

– Тобто...

Інґе ще не вірилося, що її план втечі може так легко і просто провалитися, причому зовсім з неочікуваної сторони. Вона, наївна, сподівалася: вагітність, навпаки, пом’якшить контроль. Адже вони не можуть заборонити вагітній жінці побачитися з батьками у Берліні, а Йозефові – бути поруч із дружиною у такий відповідальний момент. Однак Йозеф швидко розвіяв ці ілюзії.

– Вони розглядають людину лише як інструмент, із допомогою якого повинні виконуватися завдання. Сама по собі людина не є для них жодною вартістю. І дитина – теж. Важливими є лише інтереси держави. Заради них приберуть із дороги будь-кого. Мені повідомили: якщо ти народиш, нас залишать у Москві.

– Ти хочеш сказати, що нам не дозволять поїхати на Різдво до моїх батьків? – Інґе відчула, як її охоплює паніка.

– Не знаю, але маю передчуття... Можливо, я переоцінив себе...

– Чому ти так думаєш?

– Мені сказали, що з дитиною нам краще осісти у Москві. Мовляв, ми дамо тобі квартиру, знайдемо роботу... В такий спосіб вони хотіли сказати мені: ми тобі не довіряємо, а тому більше нікуди за кордон не пошлемо, і ти будеш постійно тут, під нашим контролем.

– Йоші, це катастрофа. Ми не просто потрапили в халепу... На нашій шиї затягують зашморг...

Інґе перебувала у повній розгубленості й не уявляла, як діяти далі. Однак вихід мусив існувати – бодай якийсь. Ще не пізно обміркувати, розіграти якийсь спектакль, піти на поступки, вдати із себе дурників, аби лише вирватися з цього страшного міста, що стало їм, уже трьом, в'язницею.

Йозеф теж напружено шукав свої варіанти, але спромігся лише згадати про Шелєпіна.

— Я спробую потрапити до нього на прийом. Це він дав мені дозвіл на одруження. Якби не його прихильне ставлення до мене, мої безпосередні начальники ніколи не погодилися б на наш шлюб. Я розповім йому все і попрошу допомогти. Він не відмовить. Знаєш, як він уважно слухав мене, коли ми розмовляли після вручення ордена. Не пригадую, щоб хтось інший виявляв до мене таку повагу. І про самовільну поїздку до батьків із тобою – теж зрозуміє. Це чоловік особливий...

Несподівано для себе Інґе подумала, що цей Шелєпін буде мати неприємності, коли вони втечуть на Захід, бо ж дасть дозвіл на їхню поїздку до Берліна. Коли вона промовила це вголос, Йозеф подивився на неї вражено.

— Інґе, схаменись. Вони загнали нас у безвихідь. Я служив їм вірою і правдою. Я виконував усі їхні накази. Я...

Йозеф затнувся. Так траплялося з ним не раз, коли він намагався довести їй твердість характеру, якої у нього насправді не було. Інґе знала про це. Але тепер він, вочевидь, розмірковував над чимось справді важливим, про що раніше не наважувався розповісти їй.

Вони йшли вечірньою вулицею. Назустріч їм прямували люди, які поверталися з роботи: втомлені, заклопотані, з поглядами, в яких можна було прочитати бажання чимшвидше дістатися до дому і лягти спати, бо завтра удосвіта їм належало встати, щоб знову стати за верстата, взятися за кермо, молот, мітлу... Задля чого – самих себе, дітей, своєї великої Батьківщини? Йозеф уважно вдивлявся у постаті зустрічних перехожих, ніби побоювався, що вони можуть виявитися агентурою, підісланою сюди, аби підслухати їхню розмову. Нарешті, коли вулиця спорожніла, він зупинився і промовив:

— Я мушу сказати тобі одну важливу річ, про яку ніколи не згадував. Я не сказав би тобі про неї і тепер, але обставини складаються для нас так, що ти мусиш знати все. Схоже, що у нас справді один вихід – втекти на Захід, і для цього не варто перебирати засоби. Але якщо нам таки вдасться втекти, мене заарештують і судитимуть.

— Ти мене не здивував. Я багато думала і думаю про те, яка доля очікує нас після втечі. Напевно, будуть труднощі. Але я більше боюся не західноберлінської поліції, а того, що нас переслідуватимуть... оці твої... Як їх тепер називати?

— Якщо я розповім усе, що знаю, вони запроторять мене у таку камеру, куди КДБ ледве чи дістанеться.

— Тоді це простіше, бо я думала, як бути, коли вони візьмуть у тебе зізнання і відпустять...

— Не відпустять, можеш не сумніватися... Ти повинна знати: я убив двох людей...

Спершу Інґе подумала, що їй причулося, ніби Йозеф сказав про вбивство, і вона перепитала : «Ти убив двох людей?»

— Так, — Лева Ребета і Степана Бандеру, — повторив він. — Ці люди були керівниками української націоналістичної організації і жили в Мюнхені. За наказом Москви я їх ліквідував.

Вражена почутим, Інґе зупинилася і подивилася просто в очі Йозефа. Вона не помітила в них розгубленості чи каяття. Він дивився на неї, не відводячи погляду — спокійно і твердо.

— Ти вбивав людей... — бурмотіла Інґе. — Невинних людей, у яких, напевне, батьки, дружини, діти...

— Вони не були невинними. Вони теж вбивали або віддавали наказ убивати, — сказав Йозеф. — Це складна історія. Її у двох словах не переповіси. Я не хотів, щоб ти про це знала. Але якщо ми вирішили утікати, я не маю права приховувати від тебе усієї правди. Та можу сказати на своє виправдання: я не вважаю себе вбивцею. Я виконував важливе завдання, за що нагороджений високою урядовою відзнакою. Якби я був убивцею, мене судили б за звичайний кримінальний злочин. Гадаю, що доведу на суді, але так просто для мене ця історія не закінчиться.

«Господи, скільки ще триватиме цей жах? — думала Інґе. — Чи колись буде кінець цим страшним звірянням, чи я приречена довідуватися кожен раз про нові обставини з життя Йоші — і колись з'їду з глузду? Він убивав людей... Він був спроможний убити, позбавити життя іншого... Її дитина – від убивці, і коли-небудь запитає про батька, а вона не зможе приховати правди...»

Інґе не тямила, що стоїть на московській вулиці, що надворі холодний осінній вечір і що хвилину тому вона почула від Йозефа страшне зізнання. Вона згадала інший вечір – у Берліні, коли, щаслива, прямувала до трамвайної зупинки у товаристві вродливого хлопця, в якого одразу закохалася. Тоді й не здогадувалася, що Йозеф шукає у ній прихистку не просто від самотності. Він прагнув утекти від своїх думок, забутися, відволіктися, повірити у те, що і його може хтось любити, розуміти, пробачати вчинки – ті, не з власної волі, а зі страху не виконати наказ...

«Чи я пішла б від Йозефа, якби знала, чим він займається насправді?» – запитувала себе Інґе.

І мусила визнати: ні, не пішла б. Її кохання виявилося сильнішим за турботу про близьких, за здоровий глузд, мораль, врешті-решт – за віру в Бога. Вона і зараз, довідавшись, що на руках її чоловіка кров – не кине Йозефа, бо не існує на світі такої сили, яка примусила б забути його, викреслити зі свого життя. Інґе знайде виправдання для нього, йтиме з ним до кінця, хай там що. Бо вона носить під серцем його дитину, бо так їй судилося...

За кілька днів Йозеф пішов до громадської приймальні КДБ. Через своє безпосереднє начальство добитися аудієнції у Шелєпіна було неможливо: звернись він з таким проханням – на нього подивилися б, як на божевільного.

Черговий вислухав його і сказав:

– Не положено. Пишите рапорт своєму руководству. Действуйте в соответствии с уставом, – відрубав і зачинив віконце, даючи зрозуміти, що тема вичерпана.

Тоді вони вирішили, що Інґе напише на адресу голови КДБ листа, в якому звернеться з проханням дозволити Йозефу поїхати з нею до Берліна, де вона збирається народжувати. Відповіді не надійшло, з чого стало зрозуміло, що позиція його керівництва теж залишилася незмінною: Інґе може їхати, а Йозеф – залишиться. Це звучало, як вирок.

На своїх вечірніх вуличних «нарадах» Інґе і Йозеф вирішили, що тут, у Москві, їм нічого не вирішити. Вихід лише один – Інґе поїде до Німеччини і звідти через американців спробує організувати його втечу на Захід. Для того щоб не втратити зв'язок, вони домовилися вживати в листах умовні слова, аби передати один одному важливу інформацію. Тепер усе залежало від того, чи Інґе вдасться непомітно від КДБ і Штазі заручитися підтримкою американців.

– Ти повинна пам'ятати, що матимеш справу з дуже досвідченим противником, який ні на хвилину не випускатиме тебе з поля зору. Ти можеш не зауважити «хвіст», але знай, що він повзтиме за тобою скрізь, як тінь, невідступно. Вони кинуть спостерігати за тобою стільки людей, що ти ніколи не помітиш, хто насправді тебе «пасе». Тому я думаю, що краще взагалі наразі відмовитися від плану з американцями. Ти не зможеш самостійно, без підтримки, провернути таку справу. Вони вирахують тебе, і тоді нам кінець. Краще зачаїтися до того, як ти народиш.

Йозефів голос звучав спокійно, але Інґе відчувала, що він стурбований.

– Не хвилюйся, я зроблю все, як слід. Але якщо відчую, що ризик надто високий, просто повернутися до тебе у Москву.

– Інґе, я ніколи не спокутую свою страшну провину перед тобою, – зітхнув Йозеф. – Я не мав права одружуватися. Мусив би сказати собі, що є втраченою людиною, яка не має права на особисте щастя, на сім'ю, дітей... Але не зважився – не вистачило духу.

Інґе нічого не сказала у відповідь, лише провела рукою по його чорному волоссю, гладко зачесаному назад. «Який він все-таки... – подумала вона, – вродливий і... слабкий».

31 січня 1960 року Інґе вилетіла до Берліна. Хоча в аеропорту супроводжуючий її зв'язковий офіцер тактовно відійшов убік, вони з Йозефом прощалися мовчки. Інґе обійняла його і подумала, що, можливо, бачить чоловіка востаннє. Вона швидко відігнала цю думку, але та знову і знову ворушилася в голові, й позбутися її було несила.

«Невже справді таке можливе, що ми бачимося востаннє? – запитувала вона себе. – Але ж ні. Я просто перевтомлена і тому налаштована драматизувати ситуацію. Через кілька годин я нарешті опинюся вдома у батьків. Там я відпочину, заспокоюся і тоді зрозумію, що все не так безнадійно. Не треба панікувати. Головне – спокій. Це лише тимчасова розлука. Йозеф казав, що тепер він буде удосконалювати свою німецьку в університеті іноземних мов. Отже, вони не списали його, вони знову довіряють йому, а раз так – є шанс врятуватися. Народиться дитина, і її поява на світ додасть нам сил».

Інґе пригорнулася до Йозефа.

– Все буде добре, – промовила тихо. – Я знаю, що ми з тобою ніколи не розлучимося. Це найголовніше. Я тебе кохаю.

Він хитнув головою, поцілував і легенько підштовхнув до парапета, за яким стояв прикордонник.

– Іди. Закінчується посадка.

Опинившись у літаку, Інґе віднайшла своє місце, сіла і заплющила очі. Напруга не полишала її, але вона примусила себе заспокоїтись, поклавши для цього руки на живіт. Там уже ворушилася її дитина. Лікар сказала: у них буде хлопчик. Салон літака був переповнений. Напередодні Нового року з Москви до Берліна летіли здебільшого радянські офіцери, їхні дружини й діти. Але було чимало цивільних, з вигляду яких важко було сказати – росіяни вони чи німці. Один із таких чоловіків у добротному темному костюмі опинився на місці ліворуч Інґе. Праворуч наразі ніхто не сидів, але Інґе була переконана, що в останню мить пасажир з’явиться. Так і сталося: вже коли двері літака зачинялися, на крісло всілася середнього віку жінка. З її вигляду і з того, як вона була одягнута, Інґе зробила висновок, що це росіянка. «Цілком можливо, ця товаришка опинилася поруч зі мною не випадково », – подумала, але тепер уже їй до всього було байдуже. Інґе відчувала, як напруга поступово спадає, а коли літак відірвався від злітної смуги, навіть зітхнула із полегшенням. Як би там не було, але вона вирвалася з Москви. І хоча це не означало, що у Берліні їй буде безпечно, все ж там вона могла розраховувати на допомогу близьких їй людей.

Опинившись удома, Інґе в першу чергу поспішила розповісти про життя у Варшаві, щоб запобігти можливим розпитуванням про Польщу. Фріцу одразу вручила новенький альбом із польськими марками, завчасно підготований на підтвердження її легенди. Батьки зауважили, що Інґе виглядає втомлено і навіть хворобливо.

— Ти зовсім змарніла, у твоєму стані це не є добре. У Варшаві, певно, доводилося усе робити самій — і за Йоші пригледіти, і в хаті прибрати, і про дитинку думати, — бідкалася мама.

Інґе заспокоювала, що це просто переліт видався важким, а у Варшаві у них є покоївка, яка прибирає квартиру і ходить на закупи. Тим часом її більше цікавило, чи змінилося щось удома за час її відсутності, чи, бува, не приходив ніхто з Йозефової роботи.

— Та ні, не приходив ніхто. Чого б це раптом вони стали заходити сюди, коли знають, що ви у Варшаві? — здивувалася мама.

— Та це я так, про всяк випадок, Йозеф просив перепитати.

Відтак Інґе належало з'ясувати, чи не бували електрики, чи не навідувався хтось іще з комунальних служб або, може, ремонтували щось у будинку. Але, зрозуміло, що навіть мама запримітила б у цих розпитуваннях щось підозріле, і тому Інґе постановила перевірити наявність у хаті підслуховуючих пристроїв поступово, а наразі уникатиме будь-яких розмов, які могли б насторожити її невидимих «друзів». Особливо вона хвилювалася за батька, який не любив комуністів і навіть не намагався приховати своє ставлення до їхньої влади.

Приблизно за тиждень до неї зателефонував незнайомець і назвався Йозефовим колегою з торгового представництва. Він запропонував зустрітися, щоб передати вістку від чоловіка. Це був умовний сигнал, який означав, що Інґе викликають до Карлсгорста, у східноберлінську резидентуру КДБ.

Зустріч відбулася на конспіративній квартирі. Офіцерів було двоє — старший, років під сорок, і молодший.

Поводилися вони дуже ввічливо і намагалися демонструвати піклування про здоров'я Інґе.

– Ось лист від вашого чоловіка, – промовив старший і подав їй конверт. – У нього все гаразд і, ми сподіваємося, у вас – теж.

– Так, дякую, я чуюся добре, – відповіла Інґе і взяла в руки конверт, який до неї вже, безумовно, розпечатували.

– Ми хотіли б, фрау Крилова, щоб непорозуміння, які трапилися під час вашого перебування у Москві, залишилися позаду. Я буду з вами щирим, коли скажу, що ми зробили висновки з неналежного ставлення до вас і до вашого чоловіка. У тому, що так трапилося, винні, звичайно, не ви. Окремі наші співробітники, на жаль, забувають, наскільки важливо у процесі роботи створити таку атмосферу, яка гарантувала б повну довіру між зв'язковими і тими, хто діє на передній лінії. Це досить делікатна тема, і я не хотів би знову привертати вашу увагу до неї. Скажу лише, що ті, хто допустився помилок у контактах з вами, покарані, а дехто позбувся звань.

Інґе не вірила його словам і дивувалася, що офіцер, який аж ніяк не нагадував початківця, вдався до таких простацьких методів. Однак прийняла гру і, дивлячись у вічі співрозмовнику, відповіла, що для неї важливо почути ці слова з уст відповідального працівника радянських органів безпеки.

Прислуховуючись до тону своїх висловлювань, Інґе залишилася задоволена собою. Вона не запобігала, а нібито казала про все відкрито. Така поведінка мусила виглядати природною.

– Безумовно, завдання жінки, дружини у нашій непростій роботі – це зробити все, щоб сім'я була для чоловіка, дозволю собі звернутися до банального порівняння, надійним тилом. Цей тил даватиме йому можливість працювати з твердою переконаністю у тому, що вдома все гаразд. Так-от, вертаючись до наших справ, хочу ще раз запевнити вас, що усі непорозуміння між нами, які мали місце, залишаються у минулому. Зараз головне для вас – спокій і ще раз спокій. Адже, якщо не помиляюся, ви чекаєте хлопчика?

– Так, – відповіла Інґе, намагаючись приховати своє роздратування демонстрацією «обізнаності» співрозмовника.

– Тому ми будемо весь час поруч. Зрозуміло, мої слова не слід сприймати буквально. Я маю на увазі, що ми готові будь-якої хвилини надати вам необхідну допомогу, і ви повинні про це знати. Що кажуть лікарі про час пологів?

Це було вже занадто, але Інґе мусила триматися, і, сумирно опустивши очі, відповіла:

– У березні.

– Тобто за місяць замовляємо зворотний квиток? Чи раніше?

Це було питання, якого вона найбільше боялася. КДБ конче бажало, аби Інґе народжувала у Москві. Нагадування про повернення до Росії вкотре підтверджувало, що звідти її більше ніколи не випустять, які байки про довіру вони не розповідали б. Проте Інґе ще не мала жодного плану. Їй доконче треба було зв'язатися із американцями, але для цього вона мусила поїхати в західний сектор і попросити про допомогу дядька. Лише він міг порадити, через кого і як доступитися до американців у такий спосіб, щоб про це не стало відомо іншим розвідкам. Але за нею постійно стежили, і якщо вона наведе на адресу дядька, це означатиме, що стеження буде встановлене і за ним. Хоча, правду кажучи, Інґе не мала жодної впевненості у тому, що помешкання дядька вже не перебуває під наглядом.

Вона перебирала подумки десятки варіантів, які давали б їй можливість продовжити перебування у Берліні до часу пологів і народити тут. З грудною дитиною на руках її не наважилися б відправляти до Москви одразу з лікарні, і ця обставина давала додатковий шанс здійснити задумане. Єдине, що могло виправдати її небажання вилетіти до Москви перед пологами, була заборона лікарів. І формально вона таку підставу мала.

Незадовго перед від'їздом до Берліна, пораючись вдома, вона підняла важку мидницю з водою і почула тупий біль унизу живота. Налякана своєю легковажністю, Інґе негайно звернулася до лікарки, яка обслуговувала її у спеціальній поліклініці.

— Да, милочка, это нехорошо, — повідомила та після огляду. — Вы рискуете родить прежде времени. Это в лучшем случае. В худшем — сами понимате — выкидыш.

З нею був Йозеф, і коли він переклав Інґе слова лікарки, вона розхвилювалася.

— Ну что вы, милочка, — почала заспокоювати її лікарка, перелякавшись такої реакції пацієнтки. — Это только предположение. Надеюсь, все обойдется, но после этого случая вы должны беречь себя.

Цей висновок потрапив до медичної картки Інґе, яку вона привезла з собою до Берліна і яка зберігалася у лікарні радянської групи військ, куди її поставили на облік на час перебування у батьків. Тепер цим записом можна було скористатися.

— Я боюся, що зі зворотним квитком треба буде зачекати. У мене не припиняються болі, з якими я зверталася до свого лікаря ще в Москві. Мені, певно, доведеться лягати на збереження і народжувати в Берліні.

Слова Інґе вразили її співрозмовників. Почувши це, старший сухо запитав, чому вони довыдуються про цю проблему в останню чергу? У них так не заведено. Інґе повинніа зрозуміти, що від певного часу у неї не може бути приватних справ, про які не знає керівництво її чоловіка. Це не прохання, це — вимога. Вони не збираються втручатися у сімейні справи Крилових, але ті повинні пам'ятати, що на першому місці — виконання доручень керівництва. Усе інше — другорядне.

Він глянув на Інґе спідлоба, а потім трохи пом'якшив тон, сказав, що хоче, аби Інґе зрозуміла його правильно. У всіх їхніх працівників є дружини і діти, і вони не такі собі колоди, які переймаються лише службою. Вони вміємо любити і бути уважними до близьких. Але порядок є порядок. Якщо в Москві очікують на приїзд Інґе, а вона раптом заявляє, що збирається залишатися ще якийсь час у Берліні – це порушення інструкції і невиконання наказу.

— Наразі я у вас не працюю, — зауважила Інґе.

– Да, но будете работать. В любом случае вы – жена нашего сотрудника, и хотите вы этого или не хотите – должны помнить, что ваши решения не могут идти вразрез с решениями руководства касательно вашего мужа.

Подальша розмова почала втрачати сенс, оскільки усі розуміли, що остаточно питання про від'їзд Інґе до Москви вирішуватимуть не на цій явочній квартирі, а в інших кабінетах. Старший сказав, що доповість у Москву про ситуацію і повідомить її про те, що їй належить робити.

Інґе зрозуміла, що може бути вільною. Тепер їй залишалося чекати і сподіватися, що в Москві вирішать не ризикувати і погодяться, аби вона народжувала в Берліні.

На щастя, так і сталося. У Москві дійшли висновку, що місяць-два нічого принципово не вирішать. Німкеня у них під пильним контролем, нікуди вона не подінеться. Нехай наразі залишається в Берліні. Після пологів із нею буде простіше розмовляти, точніше, взагалі відпаде потреба щось пояснювати.

31 березня 1961 року в Інґе та Йозефа народився син, якого назвали Петером. Ім'я вони вибрали заздалегідь. Побачивши дитину, Інґе відчула, як до неї повертається упевненість – страхи і розгубленість, які не відпускали її впродовж усього часу, відколи вона повернулася з Москви, зникли, як березневий вологий морок, що поступався місцем першим теплим весняним дням.

Утім, тривав такий настрій недовго. Від Йозефа надходили невеселі листи – він натякав, що наразі все повинно залишатися так, як є. «У мене багато роботи, і я не думаю, що в такій ситуації зможу розраховувати на відпустку, – писав він. – Принаймні, цього літа ледве чи нам вдасться кудись поїхати разом. Тому треба виходити з того, чи буде краще для дитини, якщо ти ще на деякий час залишатимешся у батьків, чи ви разом приїдете до мене у Варшаву. Щоправда, з житлом наразі не вирішено, але мені обіцяють підшукати двокімнатну квартиру. Літо у Варшаві буде спекотним».

По ночах, коли Петер засинав, Інґе ввижався недобрий сон. Ніби до ліжка, де вони лежать із Йозефом, підкрадається якийсь незнайомець. Вона чує його кроки, потім відчуває, як він обережно відгортає ковдру і лягає біля неї, присувається все ближче і ближче, як його гаряча рука починає обіймати її... Інґе намагається розбудити чоловіка, але той не чує. Інґе боїться озирнутися, щоб побачити незнайомця. Їй здається, що це хтось, добре знайомий їй, хтось із начальства Йозефа, з ким вона зустрічалася у Москві. Вона знову намагається збудити Йоші, але марно...

Інґе прокидалася і лежала з розплющеними очима, засинаючи тривожним сном лише під ранок. Батьки, певне, зауважували, що її стан зовсім не такий, який мав би бути у жінки, щасливої у шлюбі. Мама час до часу бралася з'ясовувати, що відбувається, чому Йоші не може приїхати бодай на день до Берліна, щоб глянути на сина. Щоразу Інґе заспокоювала її, переконуючи, що чоловіка не відпускають якісь дуже важливі службові справи і що вона отримує від нього листи, повні турботи про неї і їхнє немовля.

— Усе добре, мамо, — казала вона підкреслено спокійно і з упевненістю в голосі. —

Зараз важливо, щоб Йоші довів своєму начальству готовність повністю віддаватися роботі навіть за таких обставин, які складалися в його родинному житті. Це допоможе йому зробити кар'єру, бо тепер на ту зарплатню, яку він отримує, нам буде важко прожити втрьох.

— А може, там не знають про народження сина? — припускала мати. — Бо начальники — теж люди, вони обов'язково відпустили б на кілька днів. Навіть під час війни солдатам давали коротку відпустку додому, якщо приходила звістка про народження дитини.

— Може, й так, мамо. В кожному разі, не хвилюйся. Ти ж знаєш, як Йоші любить мене і який він турботливий. Від плану втечі довелося відмовитися остаточно. Інґе відчувала, що за нею постійно стежать: у лікарні біля її палати увесь час крутилися невідомі типи у накинутих на плечі білих халатах, не схожі ані на лікарів, ані на відвідувачів хворих. Коли вона виписалася і повернулася додому, зауважила, що навпроти їхнього будинку часто стоїть авто, причому завжди в такому місці, щоб було видно вхідні двері. Вона була переконана також, що телефон у квартирі підслуховують, і тому майже не підходила до нього, чим дивувала маму:

– Ти не хочеш зателефонувати до Варшави?

Нарешті у серпні Інґе постановила, що треба повертатися. Чекати далі не мало сенсу. З листів Йозефа випливало, що нічого на краще у нього не змінюється, вигадувати далі нові пояснення для батьків, чому чоловік не приїжджає, вона стомилася. Під час чергової зустрічі на конспіративній квартирі зі зв'язковим Інґе повідомила, що готова з дитиною виїхати до Москви. Її рішення викликало у нього надзвичайно позитивну реакцію.

– Оце правильно, Інґе батьківно, – вигукнув він, не приховуючи задоволення. – Дуже розумне рішення. Уявляю, як зрадіє ваш чоловік, коли прочитає телеграму про приїзд дружини з синочком, якого він ще не бачив. Отже, будемо замовляти квитки і готувати документи.

Сподіваючись, що згода на повернення приспить пильність її «ангелів-хоронителів», Інґе розмірковувала над тим, щоб усе-таки побачитися з дядьком і попросити його зв'язатися з американцями. В її душі ще жевріла надія, що врешті-решт їх із Йозефом зашлють на Захід, а якщо так – вони зможуть порвати з минулим. Коли така нагода трапиться, вона не знала: може, за пів року, може, за рік, а може (про що думати не хотілося) й ніколи. Дядько повинен буде сказати американцям усе як є: чоловік його племінниці – радянський агент, він переконався у злочинному характері діяльності КДБ, бажає жити у вільному світі й готовий для цього розповісти усе, що знає про таємні операції Москви на Заході. Така інформація не може не зацікавити американців, і вони намагатимуться підготувати втечу Йозефа та Інґе. Треба буде лише переконати їхніх московських начальників, що їм обом знову можна довіряти. Для цього Інґе навіть погодиться на співпрацю... Щоб перемовитися з дядьком, слід запросити його з дружиною на прощальний обід напередодні її від'їзду і непомітно передати йому листа, в якому Інґе розповість про їхню ситуацію. Прочитавши листа, дядько повинен буде обов'язково спалити його. Переповісти йому своє прохання кількома словами Інґе не наважувалася.

Цей план здавався Інґе цілком реальним. Дядько був тямущим чоловіком і головне – любив Інґе. Йому не потрібно буде довго розтлумачувати, що зв'язатися з американцями слід дуже обережно, бо за ним можуть стежити. Але він знайде спосіб організувати справу делікатно. Інґе була переконана у цьому. Залишалося лише визначитися, яким чином дядько передасть їй відповідь американців.

Однак доля мала на Інґе та Йозефа інші плани. Вона вирішила виставити їм за свою послугу непомірну ціну. На початку серпня Петер несподівано захворів – і від'їзд до Москви довелося відкласти. А за тиждень хлопчик помер...

VI

Інґе не сумнівалася: війна продовжується. Це вона вкрала її маленького Петера. Інґе не відала лише, що війна от-от може забрати життя сотень тисяч, а може, й мільйони життів інших людей.

У серпні 1961 року берлінська криза зі стану холодної війни перейшла у фазу кипіння. 1 серпня збройні сили НАТО в Європі були приведені у стан бойової готовності. На іншому боці розділеного навпіл континенту, у Москві, тривала нарада секретарів ЦК країн-учасниць Варшавського договору, на якій обговорювався план дій на випадок війни між двома німецькими державами, а якщо називати речі своїми іменами – між Заходом і СРСР.

Інґе усього цього не знала. Світ зіщулився для неї до маленької шпарки, через яку вона байдуже спостерігала, як навколо рухаються інші люди, котрі щось промовляють до неї, співчутливо зітхають, роблять якісь приготування. Вона сиділа в кутку кімнати, прикривши коліна маленькою ковдрою з Петерового візочка, і мовчала.

Щастя Інґе виявилося короткочасним і примарним. У неї забрали все: дитину, чоловіка, свободу. Вона знала людей, які до цього причетні. Коли помер Петер, вони з'явилися першими, ніби передбачали його смерть. Вони вдавали щиру скорботу, але Інґе їм не вірила. Єдине, чого вона прагнула зараз – це не бачити їхніх фізіономій. Де Йозеф? Вони не відпускають його навіть зараз, коли він втратив сина, якого так і не встиг побачити за життя. Інґе ненавиділа їх... Але тепер їй нічого втрачати, і вона все розповість. Вона скаже батькам, що Йозеф не приїжджав не через завантаженість на роботі, а тому, що йому забороняли побачити свою дружину і сина. Інґе поїде до Західного Берліна і там виступить перед журналістами. Нехай увесь світ довідається, хто такі Совєти. «Але тоді вони вб'ють Йоші», – подумала вона.

При згадці про Йозефа всередині у Інґе все стиснулось. Біль подвоївся і, як два брудні гігантські потоки, що злилися після повені, поніс Інґе, затягуючи у глиняну гущину безодні. Її перша і остання любов – де він, що з ним? Чому він виявився таким наївним і слабкодухим?

– Ваш чоловік вилітає сьогодні до Берліна. Через кілька годин ви з ним побачитеся, - ніби читаючи її думки, промовив хтось незнайомим голосом.

Інґе підвела голову і побачила одного з офіцерів, з яким зустрічалася на конспіративній квартирі після повернення з Москви, того молодшого.

– Це справді так? – запитала з недовірою.

– Так. Ви скоро побачитеся. Єдине, про що ми хочемо вас просити, це з розумінням срийняти заходи безпеки, які ми змушені будемо вжити.

– Що ви маєте на увазі?

– Якийсь час вам із чоловіком доведеться перебувати у Карлсгорсті. Тут вам залишатися не можна.

– Чому? Адже це дім моїх батьків. І ми повинні приготувати похорон...

– Про похорон не турбуйтеся. Усі формальності вже залагоджено.

Оперативник на мить замовк, вочевидь розмірковуючи, як переконати Інґе, що небезпека таки існує.

– Тут вам залишатися не можна з однієї простої причини: у нас немає певності, що ваша дитина померла з недуги, а не... через зовнішнє втручання. Даруйте, що я кажу вам про це у таку важку для вас хвилину – це мій обов'язок.

– Ви збожеволіли. Хто міг бажати смерті моєї дитини, окрім Господа, який забрав її просто до себе, бо це був ангелик?

– Американці. Вони могли дещо довідатися про діяльність вашого чоловіка і у такий спосіб помститися.

– Маячня...

– Давайте не поспішати з висновками. Хотілося б, щоб ми помилилися. Але доки з'ясуються всі обставини, ви перебуватимете під охороною наших людей.

– Я не бажаю жодної охорони. Дайте мені зустріти чоловіка і поховати дитину. Це все, про що вас прошу.

– Я вас розумію. Можете не хвилюватися, заходи безпеки здійснюватимуться досвідченими співробітниками. Ви їх навіть не помітите.

Вже сутеніло, коли Інґе почула у передпокої голос Йозефа. Як давно вона не бачила його і як багато трапилося з того часу...

– Де Інґе? – запитав він.

– У своїй кімнаті, – відповів батько.

Почулися кроки, двері відчинилися, і вона побачила Йоші. Він змінився – схуд, тепер уже виглядав старшим як на свої тридцять. Інґе підвелася і ступила крок назустріч. Вони обнялися і так мовчки стояли посеред кімнати – і водночас посеред Берліна, Москви, усього принишклого світу. Інґе відчувала знайомий запах його шкіри, відчувала під руками його плечі. Як того вечора у казино... Лишень тоді у них все було попереду, а тепер перед ними зяяла порожнеча.

Йозеф легенько відсторонив Інґе і жестом дав зрозуміти, аби вона сприймала його слова, як умовність. Його погляд став уважним і зосередженим.

– Кохана, ми зараз поїдемо до Карлсгорста. Я знаю, що ти воліла б залишитися вдома, але повір – так треба. Наші товариші про все потурбуються. Я страшенно скучив за тобою... І я хочу, щоб ти знала, що я дуже люблю тебе...

Інґе кивнула йому у відповідь головою: мовляв, зрозуміла і повністю покладається на нього. Її сил вистачить лише на те, аби обіпертися на його руку і рушити до виходу. Батькам сказала, що їде з Йоші на його квартиру і що похорон, як і планувалося, відбудеться післязавтра.

В авті, сидячи на задньому сидінні, Інґе пригорнулася до Йозефа і так сиділа, схиливши голову на його плече, аж поки не приїхали до забороненої зони. Тут супроводжуючий допоміг їй висісти, і вони зайшли до якогось будинку, де для них приготували тимчасове помешкання.

Квартира була маленькою, і у ній пахло цигарковим димом. Стіни, поклеєні жовтуватими шпалерами у сіру смужку, напевно, були в реальності конструкцією, нашпигованою мікрофонами. Єдиним способом повідомити одне одного про щось важливе залишалися записки, та й ті слід було писати у такому місці, де гарантовано їх ніхто не міг підгледіти.

– Я стомився, – сказав Йозеф. – Треба глянути на кухні, чи є чай. Ні на що більше я не маю бажання.

– Я теж, – відповіла Інґе. Йозеф тим часом щось писав, поклавши папір на радіоприймач. Коли закінчив, показав поглядом Інґе, щоб вона прочитала, а сам пішов на кухню.

«Мусимо зникнути до похорону. Опісля буде запізно. Тобі стане сил на це?» – прочитала Інґе.

«Так», – написала у відповідь і вийшла услід за Йозефом.

– Ти змарнів, Йоші, – промовила, кладучи перед ним записку. – Відтоді, як ми бачилися востаннє, ти схуд, перетворився на тінь...

– Це я так з дороги. Завтра виглядатиму краще. Нам треба пережити ці страшні дні, й ми мусимо витримати, – промовив Йозеф, беручи з її рук картку.

«Я спробую влаштувати все так, щоб завтра ми повернулися до Дальґофа. Там ми заїдемо на твою квартиру. І звідти спробуємо зникнути. Потрібна буде допомога Фріца», – прочитала Інґе чергову його записку.

Погоджуючись, подала знак очима.

Інґе почувалася геть вичерпаною, але з появою Йозефа до неї поступово починала повертатися спроможність мислити. Бог забрав її синочка просто на небеса – у це вона вірила беззастережно. Але водночас інша думка починала надокучливо снувати в голові: «А може, це покарання за гріхи? За Йозефові й за мої. За те, що він убивав людей. За те, що я кохаю убивцю».

«Але ж Господь вчив прощати, – думала Інґе. – Він відпустив блудницю за однієї лише умови – щоб вона більше не грішила. Чому він так само не зможе простити нас: тих, хто розкаявся в своїх гріхах, і тепер просить не про те, аби уникнути покарання, а лише про те, аби мати сподівання на спасіння?»

Наступного дня подружжя Крилових повідомили, що їхня дитина померла від запалення легенів. Лікарі робили все можливе, щоб її врятувати... Це означало, що версія про помсту американців була висунута з єдиною метою – не випускати їх обох з очей ані на мить. Тепер настав час заборонити їм повернутися до батьків Інґе у Дальґоф...

– Так, звичайно, ви можете їхати до батьків, – відповів зв’язковий на запитання Інґе, чи тепер охорону можна зняти. – Але краще скористатися нашим транспортом. Про всяк випадок.

«Наш транспорт» виявився не один. Дорогою з Карлсгорста до Дальґофа за ними рухалася автівка, в якій Йозеф безсумнівно вгадав стеження. Коли під’їхали до будинку батьків Інґе, неподалік припаркувався «Вартбург». У ньому міг сидіти Юрій Миколайович – його безпосередній начальник з Луб’янки, з яким вони вилетіли до Берліна з Москви. Це був інтелігентний чоловік з розумними очима і хорошими манерами, що вигідно відрізняло його від попередника – Сєргєя, чий стиль роботи з агентами зводився до безапеляційних вимог виконувати його накази. Сєргєй був «поганим слідчим», Юрій – «добрим». Доки летіли, він намагався дати зрозуміти Сташинському, що попри службові обов’язки є ще й чисто людське співчуття, і воно йому не чуже.

– Знаю, що таке втратити близьких. У мене на війні загинули батько і двоє братів. Я єдиний повернувся з фронту живим. Мама казала, що не хоче далі жити. Але поступово рани стали гоїтися. Вони не зникли і болять донині: і у неї, і у мене. Але життя продовжується. Я одружився, згодом моя мати стала бабусею. Тоді їй стало легше. Так мені здається...

Йозеф мовчав. Він не хотів підтримувати розмову...

Від місця, де зупинилося авто, до входу в будинок було кілька кроків, але Йозеф встиг проінструктувати Інґе, що вона має зробити.

— Скажеш Фріцу, що хочеш, аби він пішов із нами на твою квартиру взяти речі. Я думаю, що ми спробуємо непомітно зникнути звідти.

— Так. За тим будинком починається поле і городи. Треба вийти не з парадного ходу... якщо вони, звичайно, не поставлять свого пантрувати ті двері... Побудемо трохи з батьками, а потім вийдемо прогулятися. Тоді все обговоримо.

У передпокої вже стояло два вінки, сплетені з гілок ялини і троянд. На стрічці одного був напис «Спи спокійно. Батьки». Другий призначався для маленького Петера від бабусі, дідуся і Фріца. Поки Інґе розправляла стрічки, до передпокою зазирнув Фріц.

— Це я їх щойно приніс від старого Ририґа. Чи добре він усе приготував? — обличчя брата Інґе мало заклопотаний і зосереджений вигляд, ніби він уже був утаємничений у секрети сестри та її чоловіка.

— Добре, — сказала Інґе і помахом голови попросила підійти його ближче. — Завтра ти візьмеш ось цей вінок. І показала на той — з написом «Спи спокійно».

Фріцові не треба було нічого пояснювати. Він і так уже здогадувався, що Інґе з Йоші збираються чкурнути до Західного Берліна, а отже, завтра на похороні маленького Петера їх не буде. Він зробив цей висновок із того, що неподалік біля їхнього будинку зупинився «Вартбург» і «Волга», з яких ніхто не виходив. В автах сиділи якісь підозрілі типи, не схожі на німців. За ким могли стежити ці люди? Зрозуміло, лише за Йоші, бо на їхній вулиці не мешкав ніхто такий, за ким могли б вислати аж дві машини.

— Коли я вертався від старого Ририґа, зустрів свого приятеля Фріка, і той сказав мені, що на станції Штаакен повно народу і що військові перевіряють кожного, а багатьох не пускають до західної зони, — сказав він ніби між іншим, стежачи за реакцією сестри і Йозефа.

Ті перезирнулися. Якщо Фріц про щось здогадувався, то саме час розповісти йому про їхні плани і попросити допомоги. Однак Йозеф вагався.

– Слухай, Фріце, тут така справа... – почав він. – Ми хотіли б поїхати до Берліна, але так, щоб ніхто не зауважив. Бо тут різні люди крутяться. Навіщо усім знати, що ми з Інґе зібралися до Берліна, коли завтра похорони. Ти розумієш, про що йдеться?

– Авжеж, що там розуміти. Ви хочете поїхати до Берліна, але так, щоб ніхто не помітив вашого зникнення.

– У такому разі ти повинен допомогти нам, – сказав Йозеф. – Визирни зараз на вулицю і поглянь, чи на нашій вулиці все ще стоїть «Вартбург». Зроби це так, ніби вийшов перевірити, чи зачинена фіртка...

Слова Йоші трохи образили Фріца, який чувся досвідченим конспіратором. Але він лише пхикнув, розуміючи, що в таку відповідальну мить нема часу на суперечки. За хвилину повернувшись, Фріц повідомив: «Вартбург» щойно від'їхав вулицею Ернста Тельмана в напрямку залізничного мосту.

Йозеф замислився. Інґе зауважила, як випнулись його вилиці. Наближався момент, який мав визначити їхню долю. Вони залишали маленького Петера. Їхній мертвий синочок мав врятувати живих батьків. Сама думка про можливість таким чином скористатися смертю дитини здавалася Інґе блюзнірством. Але іншого виходу не існувало, і вона мусила скоритися.

– Зараз ми підемо на Гайбеля до помешкання Інґе, – промовив Йозеф. – Підемо ровом поміж парканом і деревами. З вулиці нас не помітять. Питання лише в тому, чи «Вартбург», часом, не поїхав на Гайбеля... Вони знають, що ми можемо туди навідатися.

Не сказавши жодного слова батькам, Інґе з Йозефом і Фріцом вийшли з будинку, намагаючись вдавати прогулянку, бо ж не втікати вони зібралися. Ніхто не кинувся їм навздогін, і на вулиці, яку було видно з-поміж дерев, теж не зауважувалося нічого підозрілого. Інґе чула, як серце калатає у неї в грудях, ніби вона бігла довго під гору, а потім по піску, в який вгрузали ноги...

Нарешті вони досягли вулиці, що вела до залізничної станції Дальґоф. Тут Йозеф попросив Фріца піти уперед і пересвідчитися, чи там немає «Вартбурга», «Волги» або ще якогось підозрілого авта. За хвилину Фріц повернувся і повідомив, що все чисто. Тоді вони вийшли з кущів і попрямували до вулиці Гайбель, де Інґе винаймала помешкання у фрау Нібур.

На вулиці майже не траплялися перехожі, бо такої пори місцеві воліли ховатися від спеки біля озера чи у лісі. Лише в помешканнях літніх людей, які вже не мали сил відлучатися з домівок кудись далеко, були розчинені вікна і дехто з них споглядав, що діється назовні, зрештою, без особливої цікавості.

Біля будинку теж усе виглядало спокійно, що зродило у Інґе сумнів, чи вони, бува, не нагадують рибок у акваріумі, які й гадки не мають, що вони не на волі. Але наразі втеча проходила за планом.

У помешканні Інґе запитала у Йозефа, чи може вона взяти з собою іграшку Петера. Він кивнув головою: так. Тим часом одягнув свіжу сорочку і взяв плащ. Жодного разу у присутності Фріца не почулося слово «втеча». З будинку виходили через двері, що провадили на городи. З часу закінчення війни їх ніхто не обробляв, і тепер вони здичавіли, поросли густим чагарником, за яким було не важко сховатися. Їм потрібно було дістатися залізничної станції Фалькензее, де стояли таксі, а вже звідти – до Східного Берліна.

Так полями й ішли утрьох, а потім звернули у напрямку озера Фалькен. Були у дорозі вже приблизно хвилин сорок, час до часу озирались назад, чи, бува, не видно переслідування. Нарешті попереду побачили залізничну станцію. Не очікуючи доручення Йозефа розвідати, чи не видно підозрілих авт або людей, Фріц вибрався з кущів першим. Біля станції у затінку дерев стояло кілька таксі, в яких нудьгували розімлілі від спеки водії. Сідай і їдь, куди заманеться – жодних проблем. Однак Інґе вирішила не ризикувати. Вона пригадала, що неподалік є гараж, біля якого завжди стоїть авто чи й два, і запропонувала спробувати домовитися там, де ризик наразитися на небезпеку був нижчим. Вільних авт не виявилося, але власник гаража був на місці й зрадів можливості заробити кілька марок. Він завів свого старенького «Форда», і вони поїхали.

У Берліні теж вирішили підстрахуватись і не поїхали просто до станції Фрідріхштрасе, а висіли на розі вулиці Рейнґарда біля мосту Вайн. Фріц знову вийшов на розвідку, а Інґе з Йозефом залишилися чекати у під'їзді сусіднього будинку.

Увесь час, відколи вони зникли з Дальґофа, Інґе не полишало відчуття, що ось зараз, у цю мить, вони почують позаду наказ: «Зупинитися! Вас заарештовано!» Усякий раз, коли вони успішно пересідали з одного таксі в інше і діставалися до пункту, де належало змінити керунок руху, вона дивувалася, чому досі не почула цих слів. Втеча проходила підозріло гладко, і коли вони нарешті під'їхали до станції Шенгавзер-алее, звідки курсував поїзд до Західного Берліна, вона усе ще не вірила, що їх не затримають за крок до мети.

Тим часом на станції було людно. Виглядало так, ніби охочих сісти на поїзд і солдатів, які патрулювали площу навколо станції – порівну. По всьому відчувалося, що поява такої кількості військових – це неспроста: щось має відбутися... Тут треба було попрощатися з Фріцом. Чи ще колись побачить вона брата? Вона хотіла пригорнути його до себе, сказати щось важливе про нього і про себе, про батьків, про їхній дім, але розуміла: сцена прощання може привернути увагу тих, хто розшукує їх, або просто випадкових тайняків, яких тут, напевно, було чимало. Тому, примусивши себе не виказувати зайвих емоцій, Інґе поцілувала його так, ніби вони розлучаються максимум на кілька днів, і мовила: «Їдь до батьків. Скажеш їм про все. Будь біля них. Я повернуся щойно тільки зможу».

...Коли вони наблизилися до прикордонників, які перевіряли документи тих, хто їхав до Західного Берліна, Інґе подумала, що проскочити не вдасться. Штазі, ймовірно, попередила усі пункти контролю про спробу небезпечних злочинців втекти до західного сектора, і тепер військові уважно перевіряли кожного, хто проходив на перон. Але й вичікувати не мало жодного сенсу, бо час грав проти них.

– Йдемо, – сказав Йозеф, і вони рушили до прикордонників.

Тих було двоє, третій, здається, старший за званням, стояв неподалік і розмовляв з якимись людьми у цивільному. «Ці, напевно, тут неспроста. Якщо вони зараз звернуть свої погляди на нас, ми пропали», – встигла подумати Інґе перед тим, як подати свій паспорт на прізвище Поль з місцем проживання у селищі Дальґоф – передмісті Східного Берліна.

– З якою метою їдете до західного сектора? – запитав прикордонник, вивчаючи паспорт Інґе.

– До дядька з тіткою. Вони живуть у районі станції Ґезундбруннен. Завтра повертаюся, – відповіла Інґе якомога спокійніше.

Прикордонник нічого не відповів, але наразі й не виявляв особливого зацікавлення особою Інґе. За якусь мить він їй віддав паспорт. Вона могла сідати у поїзд і їхати. Що з Йозефом, Інґе не знала. Він проходив контроль за кількома людьми позаду. Озиратися Інґе не мала права, як дружина Лота. Інґе оговталася і рушила до кіоску з газетами. Діставшись до нього, вона стала таким чином, аби її не бачили прикордонники. Ось Йозеф підійшов до них, ось вони взяли в руки його паспорт на прізвище Лєман. Інґе намагалася відволікти свою увагу чимось, щоб не дивитися у той бік. Звідкілясь ззаду почувся гудок потягу, який наближався до перону. Певно, це був їхній потяг, але Йозеф все ще стояв біля прикордонників. Він тримався спокійно, в його рухах не було жодної ознаки хвилювання. «Йоші в цьому розумінні довершений. Він пройшов добрий вишкіл і так просто його не візьмеш», – подумала Інґе.

У цю мить вона зауважила, що до Йозефа рушив один із тих у цивільному, які розмовляли зі старшим із прикордонників, коли вона проходила контроль. Їй здалося, що він поспішає і що увагу його привернув саме Йозеф.

«Зараз його схоплять. Цей тип зауважив Йозефа і прямує до нього. Він хоче пересвідчитися у тому, що впіймав перебіжчика. Це кінець».

Інґе не сумнівалася, що їх викрито. Ще трохи, ще мить... У Йозефа заберуть паспорт і накажуть прямувати за ними... Що робити? Вийти зі свого укриття? Тоді їх заарештують обох. Для них вона також не просто собі жінка, а дружина агента... Її теж судитимуть або вб'ють. Це – друге – вірогідніше.

Чоловік у цивільному вже був біля Йозефа, коли прикордонник несподівано віддав Йоші паспорт і подав рукою знак, що той може проходити. Цивільний тим часом попрямував далі. Його, вочевидь, зацікавив хтось інший, кого Інґе зі свого місця не бачила. Отже, вона помилилася... Уся ця ситуація із затриманням Йоші виявилася лише грою її фантазії. Інґе озирнулася довкола, чи немає поблизу лавки, щоб сісти. Але сідати було ніколи. Вона вийшла з-за кіоску, аби Йозеф зауважив її. У цей момент до перону підійшов поїзд. Вдаючи, ніби вони незнайомі, Інґе і Йозеф сіли до вагона. Попереду на них чекала ще одна перевірка.

У Східному Берліні йшли приготування до якихось важливих подій. З вікна вагона Інґе бачила, як до станції прибувають нові вантажівки, з яких на землю зіскакують озброєні солдати армії НДР; як під'їжджають автобуси з якимись робітниками; як підтягується будівельна техніка. Інґе не мала можливості запитати у Йозефа, що все це мало б означати, але, правду кажучи, зараз Інґе залежало лише на одному: молити Бога, щоб КДБ і Штазі не встигли поінформувати прикордонників про втечу двох небезпечних осіб, і опинитися з Йозефом у західному секторі. Там їх теж можуть перехопити, але тоді зробити це агентам, кинутим їм навздогін, буде складніше.

Нарешті поїзд рушив. Затамувавши подих, Інґе прислухалася до того, як пришвидшується перестук коліс, що перестрибують із рейки на рейку. Вона подумки просила Бога, аби цей звук наростав, аж доки не зіллється в суцільний гуркіт – гучний і нестримний, як рев велетенського водоспаду десь у далекій Америці. Інґе бачила той водоспад лише на картинці в підручнику з географії. Хіба вона колись зможе потрапити туди, щоб послухати його несамовиту мелодію? Але зараз, у цю хвилю, вона готова була змиритися з усім, що приготувала їй доля, лише б доправити Йоші до комісаріату поліції у Західному Берліні. А далі хай буде, як Бог дасть...

До вагона зайшли прикордонники і знову взялися перевіряти документи пасажирів. Але цього разу контроль був вибірковим. Порівнявшись з Інґе, солдат запитав лише, чи вона є громадянкою НДР. «Так», – ствердно відповіла Інґе. «Вас інструктували, що на кордоні можуть відбутися певні зміни?» – «Так», – відповіла Інґе, хоча поняття не мала, про що йдеться. «Отже, будьте готові: режим перетину кордону зміниться», – попередив прикордонник.

Біля Йозефа він не затримався, а попрямував до кінця вагона, де почекав на двох інших солдатів, а відтак вони разом рушили до наступного вагона.

Через кілька хвилин потяг зупинився на станції Ґезундбруннен у західному секторі. Тут здебільшого висідали всі, хто прибував зі Східного Берліна. Тітка і дядько Фільвоки мешкали неподалік, і Йозеф з Інґе мерщій рушили туди, не гаючи часу на пошуки таксі. Йдучи вулицею, Йозеф озирався, бажаючи переконатись, що за ними немає «хвоста». Інґе подумала, що це, напевно, зайва перестерога, бо якщо їх вистежили, врятуватися їм все одно не вдасться. Але все ж з наближенням до будинку, в якому жили родичі Інґе, шанси на порятунок зростали.

– Це тут, – сказала Інґе, засапавшись від швидкої ходи.

Йозеф роззирнувся. Вулиця була порожньою, лише на її скраю рухалися якісь перехожі, та й то в протилежному напрямку. Не зауваживши нічого підозрілого, вони увійшли до під'їзду.

Ніби на доказ того, що гра триває, виявилось, що в помешканні порожньо. Інґе марно тиснула на дзвінок дверей – ніхто не відчиняв.

– Де вони можуть бути? У тітки Льотте? Може, й у неї, але у нас все одно немає іншого виходу, окрім як їхати туди. Однак це далеко, в дільниці Любарс, треба брати таксі.

– Тоді ти чекай тут, а я побіжу пошукаю авто, а потім під'їду за тобою сюди, – сказав Йозеф.

– Ні, краще я. Тебе вони розпізнають швидше. Мене, звісно, теж, але це забере у них на три хвилини більше.

На щастя, неподалік стояло вільне таксі. Водій дрімав, і коли Інґе попросила його під'їхати до сусіднього будинку, не одразу второпав, про що йдеться. Нарешті він прийшов до тями, завів двигун, машина розвернулася, і вони під'їхали до брами. З неї швидко вийшов чоловік у плащі, сів до авта, і таксі рушило.

Фільвоки виявилися у тітки Льотте. Вони вже збиралися додому, коли зауважили, що біля будинку зупинилося авто і з нього висів Йоші.

— Гляньте, хто приїхав! — із здивуванням вигукнув дядько Гайнц. — Це ж Йоші. А де Інґе? Щось трапилося?

Опинившись на порозі, Йозеф не став робити довгих вступів. Він був схвильований і говорив уривчасто.

— Дядьку Рудольфе, ми з Інґе вирішили втекти на Захід, але наша справа не така проста. Мусите нам допомогти.

— Що я маю для цього зробити, Йоші?

— Негайно завезти нас до американців.

— Чи, може, до комісаріату німецької поліції?

— Ні, одразу до американців. Справа надто пильна і надто серйозна.

— Гаразд, поїхали. А де Інґе?

— Чекає у таксі.

Коли вони під'їхали під американську комендатуру, був уже пізній вечір. Дядько Гайнц чекав кілька хвилин, доки двері відчинилися і до нього вийшов черговий офіцер. Вони про щось поговорили, після чого черговий зник, а дядько залишився на вулиці.

Долоня Інґе лежала на руці Йозефа. Якби зараз їх схопили, вона вчепилася б за нього і трималася б доти, доки вистачило сил. Час тягнувся нестерпно довго. Хотілося заплющити очі, забутися, поринути в інший світ, вчинити зі своєю притомністю будь-що, аби лише настала розв'язка.

Війна тривала. Поруч із нею сидів чоловік, який брав участь у цій війні. Він убивав людей, а зараз зрадив своїх. Але вона все одно його кохала. Він міг убити, але при тому виявився слабкодухим. Якби це було не так, вони зараз гуляли б вечірнім містом тут, у Західному Берліні або деінде, вдихаючи пахощі пізнього літа і розповідаючи один одному історії з дитинства чи юності. Або просто не здогадувалися б про існування один одного, бо і так могло трапитися, і тоді Інґе не змушена була б втікати світ за очі, знаючи, що назавтра похорон її дитинки, на який вона не прийде...

Згадка про Петера завдала Інґе нестерпного болю, який вона відчула фізично, стиснула долоню Йозефа і повернула голову, аби він не зауважив на її щоках сліз. Інґе думала про батьків, яких уже, напевно, ніколи не побачить. Що вони скажуть про неї, коли довідаються усю правду? А що вони можуть сказати? Той, хто любить, вибачить усе, навіть смерть і зраду. Вигадає будь-які історії, аби переконати себе, буцімто обставини складалися так, що іншого виходу просто не існувало, бо якби він був, хіба кохана людина зважилася б на великий гріх?

Несподівано Інґе почула голос дядька Гайнца.

– Виходьте. Вони погодилися вислухати Йоші. Зараз прибудуть офіцери, яким він зможе скласти зізнання.

Йозеф відчинив задні дверцята, але перш ніж вийти, оглянув вулицю. «Він не переконаний, що зараз не пролунає постріл, – подумала Інґе. – Йозеф знає, як це робиться. Він сам міг би опинитися на місці того, хто стріляє, якби одного разу не зустрів мене».

Вулиця лишалася порожньою. Услід за Йозефом Інґе висіла з авта і ступила до залізної хвіртки, за якою стояв чоловік у військовому. Ще крок... Ніщо, жоден сторонній звук не потурбував місто, яке вже поринало у сон.

...Інґе збудив делікатний стукіт у двері. Вона розплющила очі й побачила стелю – білу, як скатертина, що її мама витягала з нижньої шухляди шафи лише на свята і застеляла нею стіл у вітальні. Інґе пригадувала, як переживала, аби на Різдво чи на Великдень хтось не заплямив цю прекрасну накрохмалену скатертину. Сама вона, ясна річ, їла дуже обережно, увесь час пильнуючи, щоб не зіпсути цю красу необережним рухом. Навпроти ліжка стояв дерев'яний стіл зі стільцем і шафа. В куті кімнати був рукомийник із дзеркалом і гачок, на якому висів рушник. Більше не було жодних меблів. Знадвору через вікно, завішане простою полотняною фіранкою, пробивалося денне світло. Скидалося на те, що Інґе проспала до полудня. Остаточно прокинувшись, вона пригадала вчорашній вечір.

...Була вже глупа ніч, коли у коридорі американської комендатури до неї вийшов офіцер і сказав, що їй доведеться поїхати з ним.

– Куди? – запитала Інґе із занепокоєнням. – Що з моїм чоловіком?

– Ваш чоловік складає зізнання. Більше нічого я вам повідомити не можу. Оскільки вам доведеться залишитися в розпорядженні американської влади до з'ясування всіх обставин справи, до якої причетний ваш чоловік, я пропоную вам поїхати зі мною для тимчасового розквартирування.

Інґе зітхнула з полегшенням. Отже, американці зрозуміли, хто до них зголосився, і не виставлять їх на вулицю. Вона пригадувала, що вони сіли у військового джипа і кудись поїхали, але дорога виявилася недовгою. В кінці якоїсь глухої вулички перед джипом піднявся шлагбаум – і машина в'їхала на територію, схожу на військову частину. Потім Інґе провели у маленьку кімнату з ліжком – і вона заснула.

Тим часом у двері знову постукали.

– Увійдіть, – сказала Інґе, і на порозі кімнати з'явився солдат із підносом у руках.

– Дозвольте, фрау. Ваш сніданок. Крім того, вам попросили переказати, що через годину за вами зайдуть. Будуть якісь побажання?

– Ні, дякую. Я чекатиму.

На сніданок подали каву, грінки і варені яйця. Інґе згадала, що з учорашнього обіду не мала у роті ані крихти. Але їсти не могла. В думках вона була на цвинтарі, де ховали Петера. Інґе відчувала провину перед своїм синочком. Вона навіть не змогла проводити його в останню путь, і він лежав у домовині сам-одненький, покинутий батьками, які дбали лише про власну безпеку, а його покинули...

Коли у двері знову постукали, вона все ще не могла відійти від цих думок. Однак мусила отямитися, бо десь там, в іншому приміщенні, а може, вже далеко звідси, перебував Йоші – єдине виправдання доцільності її буття на цьому світі. Зараз він нагадував їй таке саме мале безпомічне створіння, що і Петер. Йоші потребував допомоги, і крім неї, ніхто зараз не міг підтримати його. Зайшов чоловік у військовій формі, назвався капралом Кроуном і попросив Інґе прямувати за ним. У кімнаті, до якої її запровадив капрал, за столом сидів офіцер середніх років. Він мав привітний погляд, але Інґе знала ціну позірної приязні співробітників спецслужб. Розмова одразу почалася про них із Йозефом.

— Фрау Поль, — розпочав офіцер, який назвався Джонсоном. — Хотів би одразу попросити вас виявити максимум терплячості, бо розмова перед нами довга, не на один день, і багато питань, які я або мої колеги ставитимемо вам, можуть здатися несуттєвими, зайвими і врешті — провокаційними, такими, що мають на меті приписати вам вчинки, яких ви не здійснювали. Але, погодьтеся, що справа, з якою зголосився до нас ваш чоловік, не є звичайною. І потім, це ви прийшли до нас, скажемо так — у гості, а не ми до вас. Тому на правах господарів ми дозволимо собі побудувати нашу співпрацю у той спосіб, який нам здається найбільш доцільним.

— Я не маю нічого проти…

З подальшої розмови Інґе зрозуміла, що їй справді доведеться давати покази не один день, тому що американців цікавило абсолютно все, пов’язане не лише з Йозефом, а й з її перебуванням у Москві, у Карлсхорсті, в Україні. Її перевірятимуть довго і докладно, аби пересвідчитись, що йдеться не про гру, провокацію, спецоперацію, задуману росіянами. Американцям, схоже, буде важко повірити, що Йозеф перебіг до них з власної волі.

На одному з перших допитів у Інґе запитали, чи не вважає вона дивним збігом обставин, що їй із чоловіком вдалося не лише обхитрити КГБ, а й перебратися у західний сектор буквально за годину до того, як навколо Західного Берліна почала зводитися стіна?

— Так, у це справді важко повірити, — погодилася Інґе. — Але ми дійсно не знали про жодні приготування. Ми лише звернули увагу на те, що на пункті перепуску було багато військових, під’їжджала будівельна техніка, звозили робітників.

— Контроль того дня проходив у звичному режимі?

– Так. Принаймні, нас пропустили без якихось ускладнень. Ми дуже нервували, бо передбачали, що усім постам, напевно, вже розіслане повідомлення про втечу двох небезпечних злочинців. Правду кажучи, я й досі не можу повірити, що нам це вдалося...

Потім її ще багато разів просили переповісти усі подробиці подій дня дванадцятого серпня, і вона знову й знову розпочинала свою розповідь спочатку: з будинку батьків вони пішли ровом, потім дісталися до її помешкання, відтак рушили городами до залізничної станції...

Інґе, звісно не знала, що їхня втеча виявилася чи не найбільшою сенсацією у хроніці подій 12-13 серпня 1961 року. Важливішою за неї була хіба що звістка про те, що комуністи оточили Західний Берлін живою стіною з військових та дружинників і рекордними темпами зводять навколо нього ще одну стіну – бетонну. Ця новина виявилася повною несподіванкою для всього західного світу. Коли вранці 13 серпня про неї доповіли канцлеру ФРН Конраду Аденауеру, він не одразу зрозумів, що мають на увазі: яку стіну?

Врешті, з'ясувавши, що трапилося, канцлер запитав: «А що, для генерала Геленаподії цієї ночі теж виявилися несподіванкою? Що, в БНД нічого не знали про підготовку провокації Москви?»

– Скидається на те, що не знали, як не знали і американці, пане канцлере...

– У такому разі, у нас дуже райдужні перспективи, панове. Одного ранку ми прокинемося і довідаємось із радіоповідомлень, що росіяни вже об'єднали Німеччину, а Бундестаг переїхав до Берліна. На той час уже теж об'єднаного.

Приблизно такою самою була реакція інших європейських столиць і Вашингтона. У Москві ж вичікували, як поведеться Захід, сподіваючись, що тепер американці та їхні союзники у Європі будуть податливішими у питанні визнання НДР. І в інших питаннях – теж.

Однак назагал позитивний результат по Берліну псувало повідомлення резидентури КДБ у Карлсхорсті про втечу до американців Богдана Сташинського – виконавця двох успішних замахів на Степана Бандеру і Лева

Ребета, керівників ОУН. Це був серйозний провал. Довідавшись про це, голова КДБ Олександр Шелєпін наказав кинути на пошуки Сташинського і його дружини усі сили, які були в наявності на території обох німецьких держав, а тих, хто відповідав за перебування втікача у Берліні, притягнути до найсуворішої відповідальності з негайним звільненням з органів.

Від свого «крота» у службі генерала Гелена Луб'янка отримала повідомлення про те, що Сташинський перебуває у американців і розповідає усе, що знає, в тому числі й подробиці операцій з ліквідації Бандери і Ребета. За таких обставин Шелєпін був зобов'язаний доповісти про втечу Сташинського Хрущову.

Нікіта Сергеєвіч слухав доповідь голови КДБ мовчки, і обличчя його ставало дедалі похмурішим. На Шелєпіна він покладав великі надії. Призначаючи його на цю відповідальну ділянку роботи, Хрущов очікував, що досвідчений комсомольський секретар допоможе остаточно вивітрити органи від духу Берії. З цим завданням «залізний Шурік», схоже, впорався. Однак оперативний напрямок роботи, особливо за кордоном, він завалив.

– Александр Николаевич, ты понимаешь, что произошло? Твое ведомство подставило Советское государство. Серьезно подставило. Это что же получается: вначале мы проводим успешные операции по ликвидации злейших врагов советской власти из числа руководителей эмигрантских организаций, а после этого сами себя высекаем, причем публично, на глазах у всего мира? Как это понимать?

Шелєпін не мав що відповісти. Шансів захопити Сташинського практично не залишалося – американці заховали його надійно: агентура спецслужб усіх країн-членів Варшавського договору досі не змогла навіть визначити місце його утримання. Залишалося думати, як спростовувати інформацію, що оприлюднить Сташинський. «Кротом» КДБ у службі розвідки ФРН був колишній підлеглий генерала Вальтера Шелленберга, керівник реферату Швейцарія–Ліхтенштейн VI управління РСХА Хайнц Фельфе. За іронією долі Фельфе відповідав у службі Ґелена за радянський напрямок і керував контррозвідувальними операціями по лінії резидентури КДБ у Карлсхорсті. Через рік Інґе зустріне його у коридорі приміщення суду в Карлсруге, куди Фельфе, заарештованого 6 листопада 1961 року за підозрою у шпигунстві на користь СРСР, допровлять на процес Сташинського як свідка. Її привезуть у Карлсруге у критому автофургоні з посиленою охороною. Потім вона увійде до приміщення суду і в супроводі поліцейських піде за ними коридорами, щоб перед дверима з номером 232 зупинитись, сісти на стілець з протилежного боку і очікувати, поки її викличуть. За якийсь час двері відчиняться — і секретар суду запросить свідка Інґе Поль...

VII

З причини проведення закритого засідання суду зала 232 була порожньою і тому видавалась величезною. Зі стелі, вкритої зеленуватими касетонами, донизу спадало м'яке світло. Стіна навпроти вхідних дверей була оздоблена трикутними плитами сірої і жовтої барви. На їхньому тлі стіл, за яким сиділи судді, здавався помпезним. Підлога зали була встелена сірого кольору килимовим покриттям. Прикручені до підлоги стільці мали м'які сидіння. Вони стояли, виставлені у шість рядів. На крайньому справа стільці в останньому ряду, який розташовувався ліворуч від вхідних дверей, уважний спостерігач міг зауважити номер 96.

Інґе не одразу побачила Йозефа. Вона прямувала за секретаркою, не роззираючись навколо, і щойно підійшовши до місця, з якого їй належало відповідати на запитання, підвела голову. Йоші сидів ліворуч від суддівського столу (поруч із ним — поліцейський). Він був одягнутий як завжди елегантно і мав на собі улюблену краватку в горошок. Поки Інґе йшла до місця, призначеного для заслуховування свідків, вона не бачила обличчя Йозефа. Коли наблизилася, помітила, як він ледве стримався, аби не підвестися з місця, як ніяково і винувато посміхнувся, з якою тугою і ніжністю дивився на неї.

Інґе хотіла подати йому якийсь знак. Бодай найменший. Рукою, очима, серцем. Вона хотіла підбадьорити Йоші й сказати, що з нею все гаразд, але без нього її життя виглядає так, ніби вона стоїть у довжелезній черзі, яка рухається вкрай повільно чи, може, взагалі не рухається, а стоїть на місці. Коли Інґе дійде до того віконечка, з якого їй повинні переказати якусь важливу новину, вона не знає. Але колись це неодмінно трапиться...

Інґе дивилася на Йозефа, не відводячи очей, забувши про час, про те, де вона зараз і навіщо її привели до цієї зали. Скільки так тривало, вона не знала, але нараз почула голос судді, який запитував, як вона себе почуває.

— Добре, ваша честь, усе гаразд...

— Тоді прошу назвати своє ім'я, рік і місце народження, віросповідання.

«Господи, про що він мене запитує? — думала Інґе. — Адже я мільйон разів усе це розповідала. КДБ, американцям, німцям, росіянам, старим і молодим, уважним і байдужим, у мундирах і в цивільному, вранці й увечері... Навіщо вам усе це, переписане десятки разів у різних протоколах? Ваша честь, ви краще запитайте мене, чому Йоші опинився на лаві підсудних? І я вам відповім: це трапилося не випадково. Усе його життя було приготуванням до цього процесу. Бо усе його життя було приготуванням до нашої з ним зустрічі. Пригадую, я гуляла з ним у лісі, в якому він ще хлопцем переховувався з українськими партизанами. Потім він виказав їх. Коли мій чоловік розповів мені про це, я жахнулася, але зрозуміла, що якби він вчинив тоді інакше, висловлюючись вашою мовою — моральніше, він не потрапив би на службу до КДБ. Він не поїхав би вчитися на диверсанта спершу до Києва, а потім до Москви. Йозеф, напевно, став би вчителем математики і викладав би в якійсь школі у далекій Україні. Він, напевно, одружився б, завів дітей. Але його дружиною була б не я. І хлопчика Петера, який помер, народила б йому не я... Так, Йозеф приїхав до Німеччини і почав, за наказом своїх начальників, стежити за українською еміграцією. Він ще не знав тоді, що наступним наказом буде — убий їх! Але навіть якби знав, не відмовився б від

203

цієї роботи, бо доля вперто провадила його до дня, коли він мав зустріти мене... Йозеф убив двох – українців... Важливих осіб у політиці... Я довідалася про це, коли вже не могла його покинути – я любила... І тоді запитала себе: «А якби він розповів тобі усю правду того першого вечора, коли ви познайомилися на танцях, ти відсахнулася б від нього?» І у відповідь я почула своє «ні». Я кажу вам про це, ваша честь, не для того, аби виправдати мого чоловіка. Він винен. Я лише хочу, щоб ви замислилися над тим, яку високу ціну ми заплатили за своє кохання. Божою волею наші долі нагадують дві лінії – покручені, покривлені, але нероздільні. Я люблю його, ваша честь, і ніколи не зречуся свого кохання, навіть знаючи, що мій чоловік великий грішник... Колись я чула слова з Євангелія про те, як Ісус писав щось пальцем на землі, коли до нього підвели блудницю. Потім я часто намагалася знайти відповідь на запитання, яке поставив священик: які слова міг писати Спаситель? І, врешті, знайшла відповідь. Ісус писав: любити грішників. Ось про що я хотіла б розповісти вам, ваша честь».

Цих слів суддя не почув. Інґе промовила їх сама до себе, механічно відповідаючи на його запитання, час від часу звертаючи погляд у бік Йозефа. Чи зрозумів би він її, якби почув, про що вона думає у ці миті? Інґе не мала сил шукати відповідь ще й на це запитання. Нараз їй усе стало байдуже. Вона припинила перейматися тим, яким буде вирок суду, як житиме після того, коли суддя скаже своє остаточне слово. Тепер це вже не мало для неї аж такого значення...

Наступного дня після оголошення вироку у справі Богдана Сташинського Інґе отримала дозвіл побачитися з чоловіком. Очікуючи у кімнаті для зустрічей з ув'язненими, яких ще не перевели до місця відбування терміну покарання, вона витягла цигарку і припалила. З певного часу Інґе призвичаїлася до цієї процедури: сягнути рукою до торбинки, намацати пачку Camel, потім пошукати запальничку і клацнути нею, зосереджуючи погляд на кінчику цигарки. Це було вкрай важливо – дивитися на край цигарки. Лише на неї...

Коли з інших дверей по той бік кімнати для побачень увійшов Йозеф, вона пошукала поглядом попільничку. Її не виявилося, і вона загасила цигарку об край кошика для сміття. Підвелася. Ступила крок назустріч чоловікові. За рік, що минув із часу арешту, Йозеф, здавалося, не змінився. Те саме досконало вирізьблене обличчя, що зводило її з розуму, та сама хода – легка, пружна... Зрештою, після того вечора, коли за ними зачинилися двері американської комендатури, вони бачилися кілька разів.

Змінилася й Інґе. Доки тривало слідство, вона як головний свідок перебувала під постійною охороною. Її спілкування із зовнішнім світом зводилися до мінімуму. Єдиною особою, з якою Інґе могла розмовляти без необхідності отримати на це дозвіл, була вона сама.

Інґе шукала відповіді на питання, які не відпускали її ні на мить з того часу, відколи збагнула, хто такий Йозеф. Годинами залишаючись усамітненою в кімнаті з наглухо заштореними вікнами, вона в думках поверталася до подій, які так змінили її життя. Вирушала до лісу за Борщовичами, чекала, поки у визначеному місці Йозефа – ні, не Йозефа, а Богдана, зустрінуть партизани і поведуть лише їм знаними стежками до боївки, спускалася у схрон, сідала на солому, настелену вздовж вологої земляної стіни, і вслухалася в чужу мову. Обличчя тих людей були сірими від втоми і постійної напруги.

Вони говорили мало, здебільшого мовчали. Інґе не розуміла, заради чого варто було заточити себе у цьому бункері, де пахло просякнутими гноєм бинтами поранених і немитими людськими тілами. Йозеф казав, що ці люди – фанатики, обдурені своїми зверхниками. Але Інґе не помічала в їхніх очах бездумного пожадання смерті. Серед них переважали хлопці Богданового віку, зовсім юні, в чиїх руках зброя здавалася наче несправжньою. Вони хотіли жити. В їхніх поглядах можна було прочитати жагуче бажання за всяку ціну вибратися на поверхню, де сонце і вітерець з верхівок старих дерев так швидко гоїли б рани, звідки так близько до батьківського дому... Єдиний серед них, хто знав, що не помре, був Богдан. І вона, Інґе, незримо присутня тут, теж була посвячена у його страшну таємницю. А мусила б непомітно наблизитися до командира, підповзти, нашепотіти: «Стережіться, серед вас – зрадник».

Не зробила цього, бо знала – Богдана вб'ють. Мусила б попередити: «Я бачила силу, проти якої ви боретеся. Вам її не здолати. Облиште спротив, не стріляйте, не вбивайте. Війна не має сенсу. Я знаю, я бачила війну. Та скажіть же щось цим хлопцям – вони мусять жити». Не наважилася, бо надто кохала. Казала собі: «Тебе це не стосується – чужі люди, чужа земля. Нехай роблять, як знають. Рятуй Йоші. Але як? Зрадники – приречені». Розуміла це і тому не знаходила сил поворухнутися...

Інґе здавалося, ніби її обличчя стало важчим. Вранці біля дзеркала намагалася зрозуміти, звідки береться це відчуття. Обличчя залишалося таким, як завжди: рожеві вуста не потребували помади, шкіра, ніжна навіть без крему, гладке чоло, білі рівненькі зуби... Ах, так, повіки очей... Ніби набухли слізьми. Звідси почуття постійної втоми. Повіки ніби нависають над очима, хоча зовні – жодних змін... Врятуватися... Тепер Інґе розуміла це слово інакше. Втеча ровом, чагарники, вокзал, перевірка документів, кілька кроків до хвіртки в очікуванні пострілу, глухий звук дверей, що зачиняються за спиною... Але хіба це означало врятуватися? Від чого? Після смерті дитини куля була б, можливо, кращим порятунком... Тоді вона думала не про дитину. Інґе рятувала своє кохання. Жити зі зміненим прізвищем, зовнішністю...

Їй пропонували зробити пластичну операцію, але Інґе відмовилася. Не тому, що боялася побачити у дзеркалі відображення незнайомої жінки, а заради Богдана. Адже він любив її такою, якою зустрів тоді, на танцях в казино...

Інґе і так ніхто не впізнає. Вона змінилася. Коли знаєш, що втратив майбутнє, ти – вже інша людина. А якщо й упізнають, то байдуже... Вона не відчувала в серці зла до тих, що за нею полювали. Ніхто сам по собі не викликав у неї відрази. Просто робота у них була така: шпигувати, а в разі необхідності – вбивати, чи, як у них казали – ліквідовувати. Такою була робота і її Йоші – Богдана. Жертва і той, хто її переслідує, врешті-решт звикають один до одного, стають навзаєм потрібними. Інґе пригадувала, як чоловік розповідав їй про свої операції в Мюнхені. Спершу він мусив розшукати об'єкт, віднайти у величезному місті, маючи в руках не так уже й багато даних про ймовірне місце його перебування. Одного разу в трамваї він опинився за спиною у цього чоловіка... Це було непросто: стояти позаду того, кого плануєш убити.

— Що ти при цьому відчував? — запитала Інґе, мимоволі намагаючись уявити себе
на його місці.

— Страх. Я боявся, що він може обернутися — і тоді побачить моє обличчя. Я навіть одягнув темні окуляри...

— Хто то був?

— Журналіст. Націоналістичний ідеолог. У Москві вважали, що його статті небезпечні...

— Ти читав їх?

— Ні. Мене ця тема ніколи не цікавила. До жертви ставляться так само, як до звичайного предмета людської діяльності.

Якщо одного разу Інґе вислідять, агент, якому буде доручена місія ліквідації, виконає її, напевно, не дуже замислюючись над тим, кого він убиває.

— Ти зустрічався поглядом з тими, у кого стріляв?

— Так. З Бандерою. Я пам'ятаю, як він глянув на мене, стоячи в дверях: байдуже.

Інґе теж не цікавить, хто її уб'є. Яке це має значення?

...Коли він увійшов до кімнати побачень, вона ступила крок назустріч. Все у ньому нагадувало її Йоші, лише погляд змінився. Не те щоб став чужим, а просто іншим... Очі пригасли. Не було помітно в них вогню, який хоч зрідка, та все ж запалювався і вмить перетворював чемного молодика на того, хто здатний вбити...

Щойно тепер Інґе починала розуміти, що це кров його жертв робила з нього — слабкого чоловіка — мужчину. Каяття врятувало душу, але за це зажадало його духу, сили волі. У нього і так була дрібка того духу. Тепер з невеличкої купки лишився самий попіл...

— Я чекатиму — сказала Інґе. — Я знаю. — Звикатиму до твого справжнього імені — Богдан...

Він промовчав. Інґе пошкодувала, що сказала не те, що хотіла. Якщо вони й зустрінуться через роки, їм доведеться жити під прибраними іменами. Тепер вона, так само, як і він, не має ані імені, ані прізвища. Не має дитини, Батьківщини, не має батьків. І брата...

Сергій Герман
ІНҐЕ

This edition was typeset and formatted by Virgola Press
Cover design by Virgola Press, using artwork by Egon Schiele *Autumn Tree in Stirred Air (Winter Tree)*, courtesy of the Google Art Project.

First American edition
Published in 2025
by VIRGOlA PRESS, New York
www.virgolapress.com